Um anjo na casa

Beca Aberdeen

Um anjo na casa

TRADUÇÃO
Beca Aberdeen

ubook UBK Publishing House

Publicado mediante acordo com Nova Casa Editorial, Espanha. Edição original do livro, *Él ángel en la casa*, publicado por Nova Casa Editorial.

ubook UBK
Publishing House

COPIDESQUE	Anna Beatriz Seilhe
REVISÃO	Pérola Paloma / Rafael Ottati
PROJETO GRÁFICO	Bruno Santos
CAPA	Vasco Lopes
ADAPTAÇÃO DA CAPA	George Lima
IMAGEM DA CAPA	Elena López Guijarro

Dados Internacionais de Catalogação na Publicação (CIP)
(Câmara Brasileira do Livro, SP, Brasil)

Aberdeen, Beca
Um anjo na casa / Beca Aberdeen ; tradução Beca Aberdeen. -- Rio de Janeiro : Ubook Editora, 2019.

Título original: Él ángel en la casa
ISBN 978-85-9556-072-7

1. Ficção espanhola I. Título.

19-28304 CDD-863

Ubook Editora S.A
Av. das Américas, 500, Bloco 12, Salas 303/304,
Barra da Tijuca, Rio de Janeiro/RJ.
Cep.: 22.640-100
Tel.: (21) 3570-8150

Para Alan, por acreditar em mim e nesta história

Gostaria de agradecer à minha mãe por inculcar em mim ideais feministas em um mundo que não é. E também, é claro, às minhas leitoras e aos meus leitores do Wattpad, porque sem eles não haveria história. Também agradeço à Nova Casa Editorial, por acreditar em meu projeto e o aprefeiçoar com tanto profissionalismo. Ao meu revisor, por sua dedicação e seu talento.

Ao Alberto, por me amar, apesar da minha excentricidade como escritora. À Carlota, por ler o rascunho e demonstrar seu entusiasmo. E não posso esquecer de Haimi Snown, por seus conselhos inestimáveis, e de Silvia, por sempre me incentivar em minha carreira.

1

Inglaterra, 7 de maio de 1892.

Amanda examinou seu reflexo no grande espelho do saguão da pousada George Inn. O brocado do vestido prateado se ajustava ao corpete e continuava ao longo da saia. Era a primeira vez que ela usava um vestido e, por esse motivo, ainda não se acostumara com a sensação de se mexer na roupa pesada. Ela acariciou o belo tecido enquanto balançava para brincar com a saia volumosa.

Naquele ano, Amanda completou dezoito anos. Era a única vez em que uma dama abandonava o conforto da calça para retornar aos vestidos que as mulheres de antigamente eram obrigadas a usar. Vestidos pesados e desconfortáveis que, como era contado na escola, representavam uma jaula para as mulheres. Agora, usavam calças e roupas práticas para trabalhar. Exceto no dia da cerimônia de conversão à idade adulta, quando uma dama escolheria o homem que a acompanharia e a serviria por toda a vida.

Era uma celebração de grande importância, e se realizava na maior pousada do centro de Crawley. Um acontecimento anual, todos os dias 7 de maio, para as jovens que haviam chegado ou chegariam aos dezoito naquele ano. A celebração começou à meia-noite e foi até o amanhecer, e pela primeira vez as debutantes puderam beber vinho.

Amanda contemplou a taça com o doce líquido vermelho que acabara de depositar sobre a cômoda, culpando-o pelo seu torpor. As imagens lhe chegavam turvas, como se estivessem estáticas. Ela prometeu a si mesma que nem mais uma gota tocaria seus lábios, já avermelhados pelo tom do vinho. Não queria que o álcool dificultasse a sua escolha.

Logo, elas deixariam o salão da pousada, onde haviam comido e bebido a noite toda, para ir ao Andrónicus e começar a tão esperada cerimônia de seleção.

O Andrónicus era a residência de todos os homens menores de dezoito anos. Ali eles eram criados e treinados para servir suas amas.

— Você está preparada? — perguntou Jane, atrás dela.

Amanda olhou a amiga através do espelho. Jane era uma das jovens mais lindas de Crawley. De seu coque alto, caíam cachos de cabelo preto. Amanda sempre desejou ter o cabelo da amiga, muito bem cuidado com o creme de Henkel & Cie — o seu era loiro e pouco atraente, como o das outras jovens na Inglaterra que sempre tentavam dissimular a falta de encanto com penteados *bouffant* ou *pompadour* e tratamentos para o cabelo como o de óleo de masacar, preparado com flores de ylang-ylang trazidas da Índia. Jane tinha a sorte de poder soltá-lo sempre que quisesse. A obrigação de usar o cabelo preso em um coque recatado estava ultrapassada, talvez porque já não havia homens que considerassem o cabelo solto uma provocação.

— Está nervosa?

— Estou — respondeu Amanda. — O vinho ajudou a me acalmar, mas ainda estou preocupada. Minha mãe diz para eu escolher o jovem mais forte e você, o que mais me atrair. Eu nem sei o que isso significa.

Jane, que era um ano mais velha que Amanda, já havia passado pela cerimônia de seleção. Desde então, estava sempre acompanhada por William, um belo rapaz de cabelo avermelhado e olhos verdes vivos.

— Na verdade, tem que ser uma mistura das duas coisas. Você quer que ele seja forte para ajudá-la com o trabalho, mas pense que o terá ao seu lado em todo momento. Você não quer escolher alguém que ache pouco atraente. Lembre-se de que você vai ter um filho com ele.

Ela pegou a taça de vinho que Amanda tinha deixado sobre a cômoda com detalhes dourados embaixo do espelho e tomou um gole.

— Eu sei — concordou Amanda. — Mas minha mãe insistiu para eu escolher o mais forte e que me pareça mais inteligente. Ela tem mais anos de experiência nisso do que nós.

— O mais inteligente? — repetiu Jane, rindo.

— Eu também achei estranho. Nunca ouvi falar da inteligência de um homem antes.

Jane cruzou os braços sobre o peito.

— Que bobagem! Todos os homens são iguais, não há um mais inteligente que o outro. Todos eles têm a bactéria no cérebro.

Amanda não sabia o que dizer. Jane a segurou pelo ombro e a girou para que ficasse de frente para ela.

— Amanda, não se preocupe. Quando o vir, saberá.

— Isso me preocupa ainda mais. E se alguém roubá-lo de mim?

A amiga pegou sua mão e a puxou de volta para a sala principal, onde as outras garotas conversavam e bebiam animadamente a última colheita que havia chegado da bodega de vinho Ridge View. Uma alegre melodia de violinos e harpas ressoou no corredor.

Amanda pegou outra taça de Port que estava disponível nas mesas ao lado da parede leste da sala. Era um vinho misturado com conhaque que fora muito popular entre os homens. Talvez por essa razão eles o servissem naquela noite.

— Você sabe como funciona a cerimônia, e expliquei todos os truques possíveis. Respire fundo, acalme-se e tudo ficará bem.

Quinze minutos mais tarde, o grupo de garotas abandonou a pousada para ir ao Andrónicus.

A luz inesperada a forçou a piscar várias vezes, para seus olhos se ajustarem à mudança e sua mente registrar a presença do novo dia.

Foi uma caminhada curta, já que nenhuma das garotas queria se demorar com distrações.

Somente as mulheres de Crawley que estavam debutando e fossem escolher seu servo naquela manhã podiam ir para a sala principal, onde os rapazes esperavam ser eleitos. As damas que estavam acompanhando as jovens deveriam esperar em outra sala ou ir embora.

Amanda respirou fundo ao entrar no salão. Seu nervosismo voltou, mais forte que antes. Ela temia que isso e a falta de sono lhe causassem um desmaio, o que não podia acontecer. Nem nas provas da escola ela precisava estar tão atenta como para a decisão prestes a ser tomada.

Acalmou-se um pouco quando entrou no salão de seleção do Andrónicus e observou que os homens não estavam ali. Somente as garotas, que emanavam como formigas das portas duplas e quebravam o silêncio com o eco de suas vozes.

O sol da manhã entrava energicamente pelas inúmeras janelas que rodeavam a sala, com as laterais adornadas por cortinas de veludo cor-de-rosa. Várias cadeiras enfeitadas com detalhes brancos e salmão circulavam a sala, deixando praticamente todo o espaço central disponível. Um imenso quadro cobria grande parte da parede com uma senhora do século passado que usava um lindo vestido branco e volumoso. Amanda não fazia ideia de quem o havia pintado, mas seu estilo lembrava Jan Vermeer, com cores intensas e um grande contraste entre luzes e sombras. Deve ter sido a ancestral de uma família importante na história de Crawley. Ficou absorta em seus olhos afáveis e em seu sorriso plácido. Aquela mulher tinha vivido entre homens, oprimida por eles, mas parecia resignada em seu vestido desconfortável.

Seus pensamentos foram interrompidos pela chegada de uma mulher de meia-idade e formas arredondadas, que surgiu de uma porta no outro extremo da sala e limpou a garganta para ser notada. As vozes das jovens foram desaparecendo de forma gradual até se calarem completamente.

— Bom dia e bem-vindas à sala de seleção do Andrónicus! — exclamou a mulher em tom firme e claro. — Agora vocês vão conhecer o grupo de homens nascidos no ano de 1874. Todos atingirão a maioridade esse ano e foram devidamente treinados nas diferentes disciplinas que, por decreto real, são esperadas de um servo. Como vocês já sabem, tais disciplinas incluem: leitura, canto, dança e instrumentos musicais, bordados, diversas atividades físicas e inglês. Portanto, eles não devem ter nenhum tipo de dúvida quando se tratar de obedecer às instruções de sua ama. Lembrem-se de que Sua Majestade, a rainha Vitória, indica como delito punível qualquer pedido a um servo que esteja fora da lei. Isto é, maltratar ou prejudicar os servos através de suas ordens. Vocês devem sempre cuidar da saúde deles e lembrar sempre que eles são seres vivos e com sentimentos e necessidades semelhantes aos de qualquer mulher.

A mulher fez uma pausa para olhar a porta de onde tinha saído e Amanda achou que ela havia terminado o discurso e chamaria os rapazes. Na verdade, o discurso era desnecessário, porque nas escolas elas aprendiam a dar ordens e cuidar dos servos. Além disso, elas cresceram vendo suas parentes e conhecidas lidando com eles no dia a dia.

Mas a mulher ainda não havia terminado.

— Quando os rapazes entrarem, vocês poderão se relacionar com eles e eleger vários candidatos. Façam isso o mais rápido possível, pois o sino pode soar a qualquer momento. Dura uma hora, mas, às vezes, tocamos depois de apenas vinte minutos. Quando o sino soar, vocês devem prender o cordão do seu cinto ao do jovem elegido. Por favor, peço para evitarem disputas, uma vez que não vamos lidar com quaisquer queixas. O rapaz será definitivamente da dama cujo cinto esteja preso ao dele.

Amanda respirou fundo, fechando a mão sobre o gancho do cinto que pendia sobre a barriga. O fato de não saber quando o sino tocaria a encheu de nervosismo e insegurança.

Ela olhou para as outras jovens ao seu redor. Algumas pareciam tão assustadas quanto ela. Outras pareciam dispostas a matar pelo objeto de seus desejos.

Apesar das advertências da zeladora do Andrónicus, sempre havia disputas entre as jovens para eleger os candidatos mais atraentes e fortes. Era parte da diversão e havia certas regras para evitar brigas e competições entre aquelas que causavam algum problema.

Amanda conhecia bem as regras, e vinha se preparando para aquele momento há anos. Havia memorizado os conselhos de todas as suas amigas com mais de dezoito anos.

Elas tinham no máximo uma hora para observar os rapazes na sala e lhes pedir que realizassem algumas tarefas, como levantar coisas pesadas, massagear um músculo dolorido e, às vezes, até mesmo brigarem entre eles, para avaliar qual era mais forte e ágil, apesar de não ser bem visto que elas os fizessem brigar; poderia implicar uma multa por parte das cuidadoras do Andrónicus. Depois de dezoito anos sendo responsáveis pela educação e formação dos moços, era normal e compreensível que as cuidadoras tivessem carinho por eles.

Durante essa hora, as jovens não podiam eleger o servo. Elas começavam a fazer uma espécie de jogo para despistar as outras, comentando entre si quais deles eram os melhores e louvando certas qualidades que garantiam ter visto neles. Inclusive dizendo abertamente qual era o seu favorito.

O problema era que, na maioria dos casos, elas estavam mentindo, tentando confundir as outras jovens e desviando a atenção de seu verdadeiro ponto de interesse. Outras vezes diziam a verdade. Era impossível saber.

Amanda não era a mais segura das garotas. Desde pequena ela duvidava do seu bom senso, e sempre procurava uma segunda opinião antes de decidir alguma coisa. Jane era sua conselheira. Mas ela não podia acompanhá-la naquele lugar.

Teria que tomar a decisão mais importante de sua vida sozinha, e cercada de concorrentes.

Ela temia não ter a oportunidade de escolher, sendo muito lenta, desajeitada, ou azarenta. O que aconteceria se, quando o sino tocasse, ela tivesse que se conformar com um rapaz de quem não gostasse? Ninguém a havia preparado para essa possibilidade.

Esfregou as palmas suadas das mãos contra o vestido, e o tecido de renda raspou a pele delicada com a crueldade do momento que ela estava vivendo.

A zeladora do Andrónicus aproximou-se da porta dupla que bloqueava a entrada dos rapazes e abriu-a.

— Jovens, avante — ordenou ela, afastando-se para que eles pudessem entrar.

Amanda ficou na ponta dos pés e esticou o pescoço entre as cabeças das demais jovens alvoroçadas que, como ela, tentavam ver os rapazes que passavam pela porta. Tentou se concentrar em seus rostos e decidir seus favoritos pela aparência. Uma pontada de dor lhe perfurou a parte de trás do pescoço por causa dos movimentos bruscos, e ela não foi capaz de ver nada além de orelhas, nuca e ombros com elegantes casacos e coletes.

As outras garotas não pareciam ter tanta vergonha quanto ela, pois não demoraram mais do que dois minutos para começar a examinar os rapazes de perto, a lhes dar ordens e comentar entre si quais eram os mais interessantes.

Amanda conseguiu reagir depois de vários minutos, quando sua respiração e pulsações se acalmaram, dando à sua mente uma trégua. Nesse momento, o grupo de dez homens tinha se desfeito em duplas e foram rodeados pelas jovens.

Infelizmente, Amanda estava interessada em vários garotos, então ela não sabia qual deles abordar primeiro.

Depois de vinte minutos vagando pela sala, todas as garotas pareciam ter enlouquecido por um dos rapazes. Ele tinha o cabelo loiro brilhante, grandes olhos verdes e lábios carnudos. Seu rosto era redondo e suave e, para Amanda, parecia muito feminino e jovem. Ele era sem dúvida o mais bonito, mas ela não o achava o mais viril e forte.

No entanto, sua presença lhe convinha. Distraía um bom grupo de jovens, impedindo-as de perceber as outras joias da coleção. E, sem dúvida, havia vários a considerar.

Três rapazes chamaram sua atenção. Talvez eles não fossem tão impressionantes quanto o loiro, mas Amanda preferia um rosto mais masculino, para ser apreciado pouco a pouco, do que um rosto suave e perfeito que rapidamente a faria perder o interesse. Além disso, os três rapazes eram mais vigorosos do que o loiro. Especialmente um deles, cuja robustez era evidente, mesmo com o casaco.

O problema era que Amanda não sabia qual dos três eleger. Dois deles eram como os cavalheiros ingleses típicos, com pele e olhos claros. Um era ruivo, e Amanda não se sentia atraída por ruivos, e o outro, o mais robusto da sala, tinha o cabelo muito bonito, castanho. O terceiro rapaz era fora do comum, tinha uma beleza impressionante. Não parecia inglês, devido a sua pele morena maravilhosa. Tudo nele era escuro. Seus cílios eram pretos, grossos e compridos, e os olhos, grandes e levemente rasgados, como os de um árabe.

Sua mãe lhe avisara para não se deixar levar pela beleza e eleger o mais forte, e, se tivesse dúvidas entre dois servos, para escolher aquele que parecesse mais inteligente. Nesse caso, Amanda pensava como Jane. Os homens estavam contaminados por uma bactéria invisível que vivia no interior de suas cabeças e os mantinham em uma espécie de transe. Por esse motivo, eles não pensavam — eram seres irracionais. Buscar inteligência em um deles era missão impossível.

No entanto, sua mãe lhe assegurou que havia diferenças entre as habilidades de uns e outros. Alguns tinham mesmo dado sinais de inteligência mínimos, como rapidez ao cumprir uma ordem, boa localização espacial e até mesmo algum vestígio de pensamento independente em relação a pequenas decisões, como mover uma carga pesada ou tarefas domésticas.

Ela descartou o ruivo, ficando com as outras duas opções.

A primeira opção teria sido a escolha da mãe, a segunda de Jane. Por que era tão difícil para ela decidir por si mesma?

Amanda olhou para o jovem de aparência árabe e caminhou lentamente na direção dele, esperando que o houvesse selecionado pelos motivos certos: o fato de ele ser forte, e não apenas bonito com características exóticas.

Ao seu redor havia várias jovens o examinando, apalpando seus braços e suas costas. Amanda se perguntou como iria se livrar delas.

Era difícil atravessar a sala cheia de gente e chegar até onde ele estava.

À sua direita, duas jovens começaram a brigar, chamando a atenção de todos os presentes, inclusive a dela. A zeladora se aproximou delas e levou o rapaz pelo qual elas estavam discutindo para outra parte da sala. As moças belicosas seguiram seus passos, reclamando da intervenção, mas a mulher não se deixou intimidar e ameaçou expulsá-las da sala. Isso fez com que elas parassem de discutir, já que uma expulsão significaria ficar com os dois últimos servos que não interessaram a ninguém.

À sua esquerda, três garotas comparavam o tamanho de dois servos que, atordoados, obedeciam a todas as ordens. Havia muito movimento na sala. Cotovelos e costas a empurravam de um lado para o outro. Quando voltou a ver seu objetivo entre várias cabeças, ele estava ainda mais longe. Sarah

Richardson, a jovem mais famosa de Crawley, estava pendurada no braço dele. O coração de Amanda se afundou quando a viu. Se Sarah o quisesse, ele seria dela. Era o tipo de mulher que sempre consegue o que quer.

Sua cabeça começou a girar. A qualquer momento o sino tocaria e as jovens agarrariam o servo de sua escolha. Seu coração batia acelerado com a emoção da caça.

Estava apenas a um metro e meio do jovem exótico. Um grupo de garotas cruzou seu caminho, forçando-a a dar meia volta. Só que, em vez de encontrar espaço disponível, ela encontrou algo sólido. Um peito musculoso e umas mãos grandes que, de repente, a seguraram, impedindo-a de cair no chão. As mãos eram tão fortes que lhe apertavam como se quisessem esmagá-la.

Quando levantou os olhos para ver quem bloqueara o seu caminho, ela encontrou dois olhos azuis que penetraram sua alma.

O seu coração se encolheu pelo devastador olhar do jovem. De repente, não havia mais espaço suficiente dentro dela.

Aqueles olhos tinham algo além da beleza. Havia uma inteligência gravada nas suas pupilas que ela só tinha visto em outras mulheres, mas nunca em um homem.

O sino tocou e, sem saber muito bem de onde vinha a ordem, o braço dela levantou o gancho da corrente que pendia do vestido e juntou-o ao cinto daqueles olhos tão cheios de vida.

As três garotas que o assediavam olharam para ela com ódio, mas rapidamente correram para encontrar outras opções.

Amanda suspirou aliviada ao perceber que era um de seus candidatos, o de cabelo castanho que se destacava por ser o melhor de todos. Ela testou a força e os reflexos dele com o choque acidental.

Ela cumprira o desejo da mãe.

— Qual é o seu nome, rapaz?

— Callum — respondeu. A voz lhe soou agradável e masculina, perfeita para ouvi-lo ler durante as noites.

Os olhos dele também eram um pouco curvos, e maiores do que os do outro servo. Ele parecia inglês e, embora fosse menos perceptível que a do jovem exótico, Amanda descobriu que adorava a forma triangular de seu queixo e a covinha discreta que o adornava. Seu rosto era proporcional e perfeito, como se os anjos que fazem nariz, lábios e olhos para Deus tivessem modelado cada uma de suas feições com a intenção de juntá-las. Mas o melhor do seu rosto, sem falar da cor de seus olhos, era seus lábios.

Eram muito masculinos e estavam tensionados em uma linha rígida enquanto ele a observava.

Ela pestanejou para recuperar a consciência.

— Você vem para casa comigo, Callum — disse, e teve que reprimir um sorriso, de tão feliz que estava com a ideia.

O rapaz lhe devolveu uma olhada tão cheia de vida que a fez estremecer. Era como se ela pudesse ver sua alma através daqueles olhos.

Normalmente, o olhar de um servo era como se estivesse vazio, devido ao efeito da bactéria. Mas não o de Callum, e essa anomalia lhe parecia adorável.

Hipnotizada por aqueles olhos azuis, como se fossem a porta para um novo mundo ou a capa de um grande livro misterioso ainda por ler, ela franziu a sobrancelha, imaginando o que ele estava pensando.

No entanto, assim que ele percebeu sua expressão desviou o olhar e os perdeu no horizonte, inerte como qualquer outro servo teria feito.

Amanda suspirou, um pouco desapontada. Talvez fosse sua imaginação.

A bactéria havia se espalhado muitos anos antes de ela nascer, e nunca em sua vida viu ou ouviu o caso de um homem com algum grau de consciência. Callum não seria diferente. Mas ela ficaria contente se, de vez em quando, ele a olhasse daquele jeito.

2

A cerimônia havia terminado e cada moça, feliz ou não, possuía aquele que seria seu servo para sempre e o pai de seus filhos.

Amanda entrelaçou o braço com o de Callum. O rapaz era apenas um palmo mais alto que ela, mas sua estatura enganava, pois era tão pesado que só conseguiu fazê-lo se mover puxando-o com todas suas forças.

Eles saíram do Andrónicus. O dia estava ensolarado, mas a terra estava molhada pela chuva fina que caíra durante a noite. Amanda gostava do cheiro de terra molhada, mas estava emocionada demais com sua nova aquisição para notar.

Enquanto caminhavam pelas ruas ainda vazias da cidade, ela se sentiu estranha — até mesmo tímida —, mas imediatamente se lembrou de que se tratava de um simples homem, infectado pela bactéria e, consequentemente, sem pensamentos ou opiniões próprias. Ele não se importaria se sua conversa fosse interessante ou chata, se ela ficasse calada ou falasse demais.

— Você vai gostar da nossa casa — comentou ela, levando-o em direção ao bosque.

Para chegar em Fairfax Manor, a mansão de campo onde Amanda e sua família viviam, eles tinham que atravessar um pequeno bosque frondoso de cedros.

Amanda não viu Jane se aproximando, e deu um pequeno salto ao vê-la cara a cara. A amiga ficou na frente dela com as mãos nos quadris e, com olhos brilhantes, olhou para Callum.

— Por que não veio me procurar depois da Cerimônia? — perguntou.

— Pensei que tinha ido para casa... Não está exausta? — desculpou-se Amanda, forçando um bocejo.

— Perfeito — disse Jane, aproximando-se do rapaz para examinar o seu rosto. — Não finja que está com sono, com esse presente você deve estar pulando de alegria.

Callum lançou-lhe um olhar penetrante e inteligente. Amanda viu brilho e interesse nesse olhar, enquanto ele observava o lindo rosto de Jane.

Ela sentiu uma pontada no peito. Com certeza, ele iria preferir Jane como ama. Uma garota bonita, quase tão alta quanto ele, com quem combinava perfeitamente. Eles poderiam ter filhos perfeitos, sem dúvida.

— Boa escolha, Amanda — comentou a amiga, colocando uma das mãos no braço de Callum.

Amanda mordeu o lábio inferior, tentando conter as palavras. Ela queria ordenar que Jane não o tocasse, e ficou surpresa ao ver como isso lhe incomodava.

O que estava acontecendo com ela? Acabara de consegui-lo e já tinha sentido vergonha, insegurança e ciúme.

Lembrou a si mesma, mais uma vez, de que Callum era um servo e não um homem sadio. Não precisava da reciprocidade dele. Callum era seu, lhe pertencia, tanto fazia se ele gostasse ou não disso.

— Jane, deixe-o em paz. Ele já foi bastante apalpado por hoje.

A garota a olhou um pouco surpresa, mas depois afastou a mão dele e começou a rir.

— Tenha cuidado, Amanda — disse, ficando de frente a ela. — Não acabe como essas damas ridículas que idolatram seus servos sem cérebro.

Amanda franziu os lábios. Ela não gostava de Jane zombando dela.

— Não é isso, o dia foi difícil, com as garotas tocando nele e lhe dando ordens — argumentou Amanda. — Ele merece descansar agora, só isso.

Jane lhe deu um sorriso inofensivo, carregado de toda a empatia que a sua personalidade era capaz de ter. No entanto, quando seus olhos pousaram no colar que Amanda usava o brilho zombeteiro voltou a eles.

— No que estava pensando quando adquiriu essa coisa horrenda? A metade da cidade nos viu juntas e você com isso.

Amanda tocou sua gargantilha inconscientemente. Suas primas a trouxeram de Londres e ela se apaixonara pelo precioso pingente, digno de ser exibido no cassino Monte Carlo. Consistia em um laço delicado e escuro, coberto de pedras cujas extremidades terminavam em folhas, como ditava a moda. Debaixo do laço havia uma pedra turquesa grande, oval, rodeada por pequenos diamantes. O enfeite era a perfeita combinação entre simplicidade e modernidade, ou isso era o que ela achava. Jane não era o tipo de pessoa que insultaria a aparência de ninguém por inveja. Não havia dúvida de que a gargantilha era ridícula — e nem Amanda nem sua família tiveram o gosto necessário para percebê-lo.

Desapontada com a mudança de perspectiva, Amanda puxou Callum para acompanhá-la. Era como mover uma montanha, mas finalmente o rapaz captou a mensagem e começou a andar.

— Estou cansada, Jane. Amanhã nos vemos.

— Mas Sally está nos esperando para o café da manhã — exclamou a jovem atrás dela.

Amanda fingiu não ouvi-la e correu para o bosque.

O sol se filtrava através das folhas, dando ao bosque um brilho esverdeado. O canto dos pássaros e a brisa suave acariciando as árvores eram os únicos sons ouvidos quando chegaram na vila.

Amanda se afastou de Callum. Seria mais fácil para ela contornar os troncos e buracos no caminho sozinha, devido à saia pesada, e também se sentia incomodada depois do que Jane disse. Ela supôs que precisaria de alguns dias para se acostumar com a ideia de que seu servo era... como Jane dissera, um homem sem cérebro.

— Nossa casa está do outro lado do bosque — disse, voltando-se para olhá-lo.

Seu coração pulou quando ela o viu olhando ao redor. Ele parecia confuso, como alguém tentando decidir o caminho a seguir.

Amanda sabia que deveria informar imediatamente ao Andrónicus aquelas pequenas anomalias. Porém, não tinha intenção de fazê-lo. Ela o escolhera por ser diferente dos outros homens.

Ela se lembrou de que Callum não tinha sido sua primeira escolha e, naquele momento, ao vê-lo ali parado, no meio do bosque à luz do dia e com cabelo alvoroçado, se perguntou como poderia ter considerado qualquer outro.

Sentiu no peito uma excitação estranha. Esse belo espécime era dela, lhe pertencia. Podia se aproximar e tocá-lo como Jane havia feito. E o mais interessante é que podia fazê-lo quantas vezes quisesse.

O vento soprou de repente, fazendo com que uma folha caída rolasse no chão. Callum virou a cabeça para observá-la. Amanda podia jurar que ele tinha franzido a testa.

— É só o vento — assegurou ela, caminhando na direção dele. — Não há o que temer. A cerimônia acabou, e vou cuidar de você.

Ele a olhou como se estivesse confuso, e Amanda soltou um suspiro. Talvez fosse normal que, depois de dezoito anos vivendo no Andrónicus, sair para um novo mundo com uma estranha alterasse seu comportamento. Só podia ser isso.

O olhar de expectativa do jovem se prolongou demais, até que ele baixou os olhos para fixá-los na gargantilha dela. Amanda bufou suavemente, lembrando-se do deboche de Jane, e desfez o nó que a prendia. Observou a joia com os lábios apertados, e a jogou com pena. A gargantilha voou até cair no chão e se enrolar nos galhos da árvore mais próxima. Seria melhor dizer às primas que a perdeu durante a noite.

Callum olhou para a gema turquesa na terra, depois voltou a encará-la interrogativamente, e por um momento ela pensou que ele ia perguntar por que a jogara, mas isso era impossível.

— Eu tenho meus motivos — falou ela, um pouco envergonhada. Ele parecia julgá-la com aqueles olhos da cor de uma armadura medieval. Eram assim quando não estavam iluminados diretamente pelo sol.

Amanda mentalmente ordenou a suas bochechas que esfriassem. Devia recuperar o controle dos seus nervos e da situação.

Fingindo bravura, ela pegou a mão direita dele, içando-a para observá-la de perto. Era muito maior que a dela. A pele era firme e os dedos cálidos a deixaram boquiaberta.

— Estou muito feliz por ter você — disse, corando ainda mais. — Não pensei que fosse assim.

Ela deixou cair o braço e observou os dedos unidos como um emaranhado de raízes na terra. Se virou para continuar caminhando. Queria dar tempo para que ele se acostumasse com o contato dela. Nossa! Ela também precisava de tempo. Então relaxou a mão para soltar a dele.

Inesperadamente, os dedos quentes do jovem se fecharam firmemente nos dela. Callum a puxou com força e a derrubou no chão.

A dor latejante em seu braço ficou em segundo plano, já que o pior foi o rosto batendo no chão e a grama picando sua pele. A testa levou o impacto total e todo o seu crânio latejava, junto com o seu coração.

Ela se levantou o máximo que pôde e olhou em volta.

Nada, exceto árvores, galhos e folhas. O sol continuava a brilhar como se o mundo inteiro não tivesse passado por uma mudança dramática.

— Callum?! — chamou, e parou para tentar ouvir se ele respondia. No entanto, a pulsação cardíaca que martelava seus ouvidos e sua respiração estavam agitadas demais para ouvir o farfalhar das folhas sob os passos do servo.

O que estava acontecendo? Como ele se rebelou dessa maneira? Nunca tinha ouvido falar de tal comportamento em qualquer outro servo.

Ela sabia o que deveria fazer. Deveria voltar para a cidade e relatar o comportamento do rapaz para que as autoridades se encarregassem dele.

Ela quis chorar quando pensou que iria perdê-lo. Não queria outro servo, só ele. Toda a alegria que sentira antes tinha desaparecido, deixando um gosto amargo na boca.

"Talvez eles possam curá-lo", pensou, animando-se um pouco.

— Callum?! — gritou novamente, rezando para que aquilo fosse um pesadelo.

Depois de vários passos, avistou o final do bosque, mas ainda estava longe da cidade. Será que ele tinha ido para a cidade? Se fosse o caso, uma mulher com medo do seu comportamento poderia machucá-lo.

Ela andou mais depressa ao pensar isso, mas, de repente, sentiu um braço forte envolvendo-a e uma mão cobrindo seus lábios para evitar que ela gritasse. Callum a apertou contra o peito e se virou, escondendo-os atrás de uma árvore.

Se antes era improvável que alguém a visse, agora era impossível.

Desesperada, ela tentou lutar, mas a força dele era bárbara. Ela mal conseguia se mover entre os braços dele, e se sentiu igual um passarinho numa gaiola de ferro.

— Fique quieta — sussurrou o rapaz em seu ouvido.

Naquele instante, percebeu que ele não precisava de cura. Callum estava livre, e ia matá-la nesse exato momento.

Ela parou de lutar e permaneceu rígida em seus braços. Sua respiração agitada era a única coisa que a movia.

— Não grite, por favor — pediu ele, com mais gentileza do que seus músculos de ferro eram capazes de mostrar.

Seria inútil. Mesmo que ela gritasse, ninguém a ouviria naquela parte do bosque.

— Não me machuque — implorou, mesmo sabendo que, se Callum fosse um homem de verdade, não seria misericordioso, mas sim agressivo, cruel e autoritário.

Ele ignorou o comentário.

— O que eu sou? — sussurrou.

Ela virou o rosto para encará-lo, e ele a soltou.

— O que eu sou? — repetiu Callum, olhando-a de frente. — Não sou como você, mas também não sou como os outros. O que aconteceu com os outros homens?

— A bactéria... — balbuciou Amanda. — Eles estão infectados pela bactéria, como você deveria estar.

— Que bactéria?

— Uma bactéria que age sobre o sexo masculino e os deixa... — Amanda não podia acreditar que estava conversando com um homem. — Bem, você viu como são os outros homens. É como você deveria estar.

Callum colocou as mãos na testa, afundando os dedos no cabelo.

— Desde quando você está consciente? — perguntou ela, notando como ele apertava os nós dos dedos ao cobrir o rosto.

— Uma semana — respondeu, surpreendendo-a. — Há uma semana eu acordei, bem, recuperei a consciência. Antes, era como estar em um sonho.

— Você contou a alguém?

— Tentei falar com os outros, mas não consegui. E quando segurei uma das cuidadoras pelo pulso para falar com ela, ela começou a gritar desesperadamente. Ela informou a zeladora do Andrónicus e pensei que me machucariam, mas a zeladora tranquilizou-a e pediu-lhe para não contar a ninguém, para não alarmar a população até que elas soubessem exatamente o que tinha acontecido comigo. Assustado com o que elas estavam dizendo, decidi fingir que tinha voltado ao estado em que estavam os outros rapazes. No final, elas devem ter acreditado, porque me deixaram em paz.

Amanda mordeu o lábio inferior. Ela teria que reportá-lo para que ele fosse novamente infectado com a bactéria, mas não podia dizer isso, senão ele iria atacá-la.

— Há quanto tempo isso está acontecendo? — perguntou Callum, mexendo no cabelo. — Não me lembro da minha infância.

Ela sentiu pena dele. Imaginou a sensação de acordar em tais circunstâncias. O melhor seria que elas o infectassem o quanto antes para que ele voltasse ao seu estado inicial e parasse de sofrer.

— O primeiro surto da bactéria foi há quase quarenta anos, na Espanha, e se espalhou rapidamente por toda a Europa — explicou. — Você nasceu com essa condição. É o primeiro homem que vejo consciente em toda a minha vida.

Callum se encostou contra a árvore, recebendo o impacto daquelas palavras.

— Não posso acreditar... Todo esse tempo e não encontraram uma cura?

Amanda cerrou os punhos. Como poderia explicar que havia uma cura, mas que elas não queriam usá-la? A bactéria afetou toda a população masculina da Europa e da Ásia no final de 1855 e, durante o primeiro trimestre do ano seguinte, os americanos também foram afetados.

— Como é possível que eu possa falar?

— Vocês aprendem desde a infância, para poder obedecer e respeitar as ordens.

— Ordens?

Amanda piscou várias vezes.

— A cerimônia era para isso? — Ele gesticulou com indignação, apontando para a vila. Seu tom de voz se elevou. — Vocês nos distribuem como escravos?

— Escravos não — respondeu ela, corando — , ajudantes.

Callum a observou com dureza e se afastou da árvore com o olhar fixo nela. A pele de Amanda se arrepiou quando ele foi em sua direção.

— Me leve para um lugar onde possam estudar alguma cura para os outros rapazes.

Ela torceu as mãos, mas permaneceu em silêncio.

— Qual o problema?

— Algumas mulheres não querem curá-los.

Callum fez um som que era entre um riso e um bufo.

— Claro que não, somos seus escravos e nos tratam como querem — disse ele, andando de um lado para o outro. Então parou de repente. — E você? Também prefere assim?

Amanda engoliu saliva perante o olhar inquisitivo do rapaz. O que ela achava? Nem sabia o que dizer a respeito. Mas havia crescido em um mundo seguro e livre, e tinha medo de perdê-lo. As histórias contadas pelas mulheres mais velhas sobre como eram as coisas antes da bactéria lhe davam arrepios.

— Antes, éramos nós as escravas — murmurou.

Callum assentiu com uma expressão desapontada.

Ele olhou para baixo pensativo e vários fios de cabelo castanho brilhante caíram em sua testa.

Acima de suas cabeças, os pássaros cantavam alegres melodias de boas--vindas ao novo dia, totalmente indiferentes ao que acontecia a seus pés. Amanda invejou a ignorância deles.

— Você tem que me ajudar a fazer o certo — disse Callum, depois de observá-la por um momento. — Tem que me ajudar a encontrar a cura para salvar os outros. O caminho para a cura está em mim.

Ela sabia exatamente o que era certo. Denunciá-lo, para que o infectassem novamente. Assim, ele voltaria a ser seu. Tudo isso seria apenas uma história para contar. Se lembraria dele livre, sendo um homem completo.

Callum, impaciente com a falta de cooperação dela, avançou em sua direção e a segurou pelo antebraço.

— Diga que você me entende — ordenou ele enquanto a sacudia.

— Você está me machucando.

Os dedos fortes do rapaz se afundaram em sua pele como uma pinça de aço. Amanda sabia que os homens eram mais fortes, por isso eram utilizados como ajudantes para trabalhos pesados. Milhares de vezes viu os servos de outras mulheres cortarem troncos e levantarem móveis, sacos de farinha e até pedras enormes. Mas nunca havia sentido a magnitude daquela força em seu próprio corpo, e a origem disso parecia um mistério que o aspecto físico não explicava. Callum poderia ser maior que ela, mas sua facilidade em imobilizá-la ia além do normal. Por que Deus tinha decidido dar tal presente aos homens, essa vantagem sobre as mulheres? Era intenção divina que eles as dominassem? Na escola, pregavam sobre o motivo da misericórdia e bondade de Deus. Mas, para Amanda, Deus tinha uma maneira estranha de demonstrar isso. Por que então ele as criou para deixá-las desprotegidas por tantos séculos? Pelo menos até lhes enviar a bactéria, que muitas mulheres consideravam um castigo divino.

Callum abaixou o olhar para a mão que segurava o braço de Amanda e, ao se afastar, notou as marcas em sua pele. Ele parecia surpreso por tê-la machucado tão facilmente e, quando seus olhares voltaram a se encontrar, ela viu superioridade em seus olhos.

Amanda cobriu as marcas com a outra mão, um pouco constrangida. Como ele ousava considerá-la fraca? Ela era normal, era ele quem possuía uma força sombria que, sem dúvida, pertencia à bruxaria.

— Vou ajudar você, Callum — mentiu ela. A indignação tinha feito o medo diminuir. Ela se sentia capaz de recuperar o controle da situação. — Mas você vai ter que fazer do meu jeito. Esse é o meu mundo, e você é só um homem que não tem ideia de como as coisas funcionam.

Callum piscou várias vezes, talvez se perguntando se teria ouvido bem. Era compreensível porque, desde que a conhecera, tinha visto uma Amanda nervosa, buscando o seu servo, uma Amanda dócil, que lhe sussurrava frases tranquilizadoras ao ouvido, e uma Amanda assustada e frágil. Bem, já era hora de conhecer a sua ama.

— Se alguém descobrir que você está curado, o pânico se espalhará, e podem matar você. Tem que fingir o tempo todo até encontrarmos a cura — explicou, em tom um pouco menos autoritário.

— Elas vão me matar? — repetiu ele, com certa zombaria. — Vamos ver... Quantas de vocês são necessárias para me machucar?

Amanda franziu o nariz, e começou a se irritar. Considerou a possibilidade de lhe dar uma bofetada, para que ele perdesse essa expressão irritante de arrogância. Mas, ela teve que admitir, não era conveniente para si própria transformar a disputa verbal em física. Tentou recuperar a calma.

— Muitas como eu, que tem servos mais fortes que você, que estariam dispostos a cumprir as ordens que receberem — retrucou sem receio. E o viu se ofender depois de ouvir que havia homens mais fortes que ele.

— Eu não tinha pensado nos outros homens — disse Callum, em um sussurro quase inaudível. Por causa da sua expressão tenaz, sabia que não o ouviria concordar com ela com frequência.

Depois de um breve silêncio, ele a observou pensativo, e finalmente concordou.

— O que propõe, *ama*? — perguntou, pronunciando a palavra como se fosse um insulto.

Amanda estreitou os olhos.

— Deveríamos discutir esse assunto no meu quarto. Aqui não é seguro. — Ela olhou em volta. Ainda era cedo para que os habitantes locais estivessem pelo bosque, mas com certeza algum madrugador logo apareceria. — Até lá, você deve fingir ser normal.

— Ah, é mesmo?! — comentou ele, abanando o dedo diante do rosto dela. — Você deveria reconsiderar o seu conceito de normal.

— Normal, você goste ou não... — ela começou a dizer, mais irritada do que gostaria — é ser dócil, obediente e disciplinado. Normal é exatamente o oposto do que você está sendo.

Callum revirou os olhos, mas seu rosto mostrou certa determinação, e ele começou a dar voltas ao redor dela como um gigante sonolento.

— Mim seguir ordens de inseto loiro. Mim ter cuidado para não esmagar o inseto loiro ao andar. — Com passos sonoros e mãos esticadas à frente do corpo, ele bateu contra ela como se não a visse.

Amanda o empurrou desajeitadamente, imaginando de onde ele havia tirado tais ideias, sendo que tinha "despertado" havia apenas uma semana.

— Eu disse disciplinado, não cego.

Como ela não estava acostumada a usar vestido, pisou em sua saia. O tecido fez barulho ao rasgar, enquanto ela caía no chão. Seu vestido, que milagrosamente não tinha rasgado quando ele a empurrou, mas agora sim.

— Sabia que esmagar você ao caminhar era uma brincadeira? — perguntou ele, observando-a com as mãos nos quadris. — Não é necessário que você morra assim.

Callum estendeu a mão para ajudá-la. Amanda aceitou a ajuda, mas o soltou o mais depressa possível. Sacudiu a saia, tentando limpar a areia e folhas secas. Ela havia notado algo peculiar na mão dele, algo que se espalhou por todo o seu braço. Mas não tinha energia para investigar do que se tratava.

— Olhe o meu vestido... — ela se lamentou. — Como vou explicar isso?

— Diga que foi perseguida por um cervo.

— Não há cervos aqui, eles estão em áreas mais altas.

— Um pavão, então.

— Por que um pavão me perseguiria? — perguntou Amanda, levantando a sobrancelha.

— Eu sei lá! — Callum deu de ombros. — Para que você lhe devolva o vestido?

— Isso é um sinal de senso de humor masculino?

— Exatamente — disse ele, curvando-se e fazendo uma reverência.

— Não posso acreditar que ficamos todo esse tempo sem desfrutá-lo — zombou ela.

Às vezes, os rapazes do Andrónicus eram levados ao teatro — sem dúvida, Callum aprendera muitas coisas depois de anos como espectador. Sua pele arrepiou quando ela percebeu que os jovens estavam mais conscientes do que as mulheres acreditavam.

— Não se preocupe, tenho mais piadas assim guardadas — disse ele. — Vou me esforçar para recuperar o tempo perdido.

Ela tentou fingir uma cara de horror, mas não conseguiu. Naquela manhã seu rosto se negava a seguir suas ordens.

— E você, em troca, deve fazer o esforço de compensar o meu tempo perdido — continuou ele, muito mais sério. — Minha infância, para começar.

Ela concordou lentamente, desejando que Callum não a encarasse tão diretamente. Era difícil respirar quando ele a olhava assim.

Como se lhe jogassem um balde de água fria, ela se lembrou de que devia denunciá-lo. Não era só uma questão de proteger a ordem da cidade e da sua vida, mas de denunciar uma pessoa com quem acabara de conversar e se divertir. Ela se perguntou se seria errado aquele desejo de experimentar um pouco da vida com ele antes de denunciá-lo. Pensou no que implicava ter um homem acordado. Era arriscado, pois ela não o conhecia e não sabia o que esperar dele. Tudo o que ouvira sobre os homens era violência e crueldade, e ela mesma testemunhara sua força e como ele poderia fazer o que quisesse com ela com uma facilidade surpreendente. Se não o denunciasse imediatamente, estaria arriscando a vida dela e de outras mulheres, e não poderia viver com isso. Mas, se quisesse sair viva do bosque, tinha que convencê-lo de que estava do lado dele.

— Você tem que fingir muito bem, Callum — avisou. — E deve ter certeza de estarmos sozinhos antes de ser você mesmo.

— Eu sei — concordou ele. — Tive sorte de observar os outros por uma semana.

— Por que não tentou escapar?

Callum passou a mão pelo cabelo, e Amanda o observou fixamente. Sua mente estava distraída com pequenas bobagens devido à falta de sono.

— Eu tentei. Elas nunca trancam nossos quartos. Há cinco noites, esperei o pôr do sol e saí do Andrónicus. Avancei apenas um pouco mais de duzentos metros. Então, escutei um barulho e me abaixei atrás de um monte de palha. Vi um casal de idosos caminhando, e observei que ele estava no mesmo estado que todos os outros homens da casa. Percebi que todos estariam iguais, não importava aonde eu fosse. Então, voltei para minha cama. Não consegui dormir a noite inteira, pensando no que estava acontecendo e quais eram minhas opções. Tentei lembrar o meu passado, mas apenas imagens nebulosas vieram à minha cabeça, como um sonho que você mal consegue lembrar. Não sabia qual era o meu lar nem para onde deveria ir. No dia seguinte, ouvi as cuidadoras dizendo que faltavam quatro dias para a cerimônia e que nos entregariam às jovens. Então, decidi esperar essa oportunidade para sair de lá e descobrir o que estava acontecendo.

— Coitado, você deve ter se sentido perdido.

— Ainda estou me sentindo assim — murmurou ele. — Mas tudo é muito melhor agora que tenho você.

Uma pontada de culpa perfurou a parte mais profunda do coração de Amanda, e ela teve que desviar o olhar para que o jovem não percebesse.

— Temos que ir, estão nos esperando. Todas querem ver o meu ser... Bem, elas querem conhecer você.

— Mas como vamos encontrar o tratamento se mantivermos em segredo que estou curado?

Amanda fingiu estar concentrada no caminho que levava à vila, mas na realidade estava ganhando tempo para pensar em uma desculpa.

— Há um grupo de cientistas em Brighton que são contra a bactéria e continuam procurando a cura — mentiu. — Vou escrever para elas, explicando o seu caso e que precisamos mantê-lo em segredo.

Callum a observou com ceticismo.

— Por que esperar? Por que não me leva agora?

— Temos que avisar com antecedência, e você precisa me dar pelo menos uma semana para encontrar uma desculpa para minha família. Não posso simplesmente ir a Brighton assim de repente. Desconfiariam de nós.

Callum se aproximou dela antes de continuar. Folhas e galhos secos rangeram sob os seus pés. Esse som nunca a assustou tanto quanto naquele momento. Ela sempre andava sozinha no bosque sem medo. Amanda começava a entender as mulheres do passado, as que decidiram deixar os homens naquele estado.

Ela tentou esconder sua desconfiança o melhor que podia. Se ele sentisse que o temia, começaria a suspeitar de suas intenções de ajudá-lo, e ela estaria perdida.

— Então posso ir sozinho. Temos que ajudar os outros o mais rápido possível.

— Você ficou louco? Um homem viajando sozinho, sem sua ama. Isso nunca aconteceu antes, prenderiam você imediatamente — garantiu ela. — Você tem que ter paciência. Me dê uma semana. Teremos uma resposta de Brighton.

Callum cruzou os braços, observando-a de sua estatura vantajosa. Ele parecia ter dificuldade em cumprir as ordens de alguém menor que ele.

Amanda não estava surpresa. Ele era um homem. Um século antes, eles tiranizavam as mulheres, relegando-as a tarefas domésticas e proibindo-as de ter participação plena na esfera pública.

Mas esse homem estava em seu mundo, em um mundo de mulheres, então ele teria que aprender a ouvi-la e se resignar a fazer as coisas do seu jeito.

Após um minuto andando em silêncio, eles estavam diante da casa dela. Callum parou para observar a bela fazenda.

Como ela cresceu naquela casa, nunca parou para apreciá-la, mas, naquele momento, imaginando o que Callum via, valorizou a beleza da fachada amarela com portas e janelas marrons. Rosas estavam enredadas em algumas partes da fachada e belas árvores cercavam o perímetro.

— Você mora aqui com outras mulheres? — perguntou ele, talvez pensando que era a versão feminina do Andrónicus.

— Moro aqui com minha família.

— Esse lugar é imenso, grande demais para uma única família — comentou Callum, franzindo a testa.

— As nossas empregadas e seus servos também moram aqui. Minha mãe é a prefeita de Crawley.

Ele parecia um pouco confuso, como se não entendesse que relação havia entre a profissão de sua mãe e o tamanho da casa.

Amanda imaginou como ele devia estar desconcertado. As professoras do Andrónicus liam livros com frequência e os ensinavam desde cedo, então ele provavelmente sabia o significado de quase todas as palavras. Mas Callum nunca viveu por conta própria e ainda não entendia como o mundo funcionava. Conhecer e experimentar eram duas coisas diferentes.

— Onde os servos dormem? No celeiro?

Ela se virou para olhá-lo com cara de espanto.

— Normalmente não, mas é possível que eu comece essa tradição com você.

Callum sorriu. Seu rosto mudava por completo quando ele sorria.

— Sua casa é linda.

— Imagino que sim. A verdade é que nunca parei para admirar sua beleza.

O jovem parecia confuso com isso.

— A rotina é poderosa. Adormece os sentidos, mesmo diante das maiores belezas. — Os olhos azuis pousaram no rosto dela.

— Acredito que nem mesmo a passagem dos séculos pode fazer com que eu pare de apreciar uma bela vista.

O calor que subiu por suas bochechas, como milhares de línguas de fogo queimando suas veias, a deixou tonta.

Ele se inclinou, batendo com o dedo indicador na testa.

— O que há de errado com o seu rosto? Sua cor mudou de repente. — Callum parecia genuinamente curioso, e isso a deixou aliviada. Ele não tinha entendia o motivo de ela ficar ruborizada.

Em vez de explicar, ela ficou séria, para que ele entendesse que o que estava prestes a lhe dizer era importante.

— Callum, a partir de agora você tem que fingir estar infectado, e sempre se certificar de que estamos sozinhos antes de retornar ao seu estado normal.

— Sim, ama.

— O sarcasmo não é uma característica muito comum entre os servos — observou ela.

— Sim, ama.

— Você deve obedecer às minhas ordens imediatamente — continuou ela, não escondendo o quanto apreciava a ideia.

— Está bem, mas você não precisa gostar tanto disso — protestou ele, arrancando um sorriso dela.

— Se você hesitar, elas descobrirão.

— Fique tranquila, sei como fazer o meu papel, fiz isso por uma semana.

— O menor erro será o suficiente para pôr tudo a perder. Você tem que estar alerta o tempo todo.

Amanda não entendia por que estava insistindo tanto em sua discrição quando planejava denunciá-lo assim que estivessem cercados pela família e se sentisse segura.

— Você não dissimulou muito bem com Jane — alfinetou-o, sem poder evitar. — Demonstrou muito interesse nela, não pode fazer isso a partir de agora.

— Jane era aquela garota com o cabelo preto e brilhante? — Callum pronunciou as palavras "preto e brilhante" da mesma forma que uma pessoa com fome pronunciaria "carne de porco assada com batatas".

Amanda, que desde a infância se perguntara por que o coração era o símbolo do amor, descobriu do modo mais doloroso de todos.

— Exatamente, você não deve olhar para ninguém com tanto interesse — disse, surpresa por soar tão amável ao repreendê-lo.

— Fingir tédio — repetiu ele, apático. — Não será muito difícil para mim se você continuar choramingando assim.

Ela balançou a cabeça ao recapitular a situação em que estava. De todas as fantasias que tivera sobre seu futuro servo, receber insultos nunca fora uma delas. Mas não disse nada. Eles estavam muito perto da casa para continuar a discussão. Não importava, pois tudo acabaria rápido.

3

Eles cruzaram a entrada da casa, que estava vazia. No silêncio, conseguiam ouvir o som dos próprios passos na madeira úmida do chão. Amanda olhou ao redor, estranhando aquilo. Àquela hora da manhã, a casa deveria estar com gente andando de um lado para outro.

Ela entrou no grande salão, escoltada por seu servo subitamente silencioso. Sem dúvida, suas primas estariam lá. Mas, enquanto olhava pela sala, descobriu que os sofás avermelhados e as cadeiras cor-de-rosa estavam vazios — o único som que se escutava era o tique-taque do relógio grande de ouro, cujo pêndulo balançava ritmicamente. Debaixo dos ponteiros, lia-se em letras pretas Alex R. Emilie. Quando criança, Amanda havia lido esse nome milhares de vezes, imaginando o aspecto do relojoeiro, com uns pequenos óculos redondos escorregando na ponta do nariz, enquanto montava as pequenas peças que marcariam a passagem do tempo, mesmo quando o coração do criador já tivesse parado de bater.

As cortinas brancas bordadas com pequenos desenhos de flores ainda não tinham sido abertas, impedindo que a luz do sol entrasse.

Eles estavam prestes a sair quando um barulho quebrou o silêncio incomum.

— Feliz aniversário!

Amanda deu um salto diante do repentino grupo de pessoas que apareceu no salão. Callum também levou um bom susto. O jovem se recompôs, transformando seu rosto na máscara inexpressiva própria de um servo.

Suas primas e sua irmã a atacaram, tentando segurá-la ao mesmo tempo, e ela caiu.

— Meu aniversário foi no mês passado — disse, agitada.

— Ah! Amanda, é adorável! — falou Henrietta, aproximando-se de Callum para examiná-lo mais de perto. Pelo menos, ela não se atreveu a tocá-lo como Jane fizera.

Sua irmã, Cassandra, de apenas oito anos, foi a que lhe deu a mão para que se levantasse do chão. O cabelo loiro e curto da menina se encrespava com rebeldia em torno de sua cabeça. Amanda não entendia como o cabelo de Cassandra podia ser tão diferente do dela, que na melhor das hipóteses enrolava um pouco nas pontas. Suas bochechas rechonchudas estavam sempre avermelhadas pelo vigor da idade.

— Estou com ciúmes, ainda falta muito tempo para eu ter o meu. Você vai me emprestar?

Amanda corou.

Ela sabia que Callum entendia tudo o que estavam dizendo. E lá estavam elas, falando sobre ele como se fosse um objeto que pudesse ser usado e emprestado. Como se fosse dela. Todas a felicitaram por ter o seu servo quando, na verdade, Callum estava longe de ser seu.

— Onde está a mamãe? — perguntou Amanda, sem responder à irmã.

— Mamãe e a tia estão no jardim, nos esperando para tomar café da manhã.

Amanda acariciou seu estômago. O efeito do vinho havia se dissipado, deixando uma sensação incômoda de fome e sede. Ela olhou as primas. As três garotas, de diferentes idades, estavam pairando em torno de Callum. Apenas Isolda, a mais velha, tinha o seu próprio servo, que descansava em uma cadeira no corredor que ia do salão até a porta do jardim. Ele estava inerte, com uma expressão de indiferença e ausência que congelou seu sangue.

Em pouco tempo, Callum seria como ele.

Não que ela não estivesse acostumada a ver homens daquele jeito, mas, agora que tinha conhecido Callum, o verdadeiro Callum, sentiu certa tristeza ao imaginá-lo naquele estado.

O que ela poderia fazer? Tinha que denunciá-lo imediatamente, assim que falasse com a mãe. Mas isso significaria estragar a festa.

"Talvez seja melhor esperar até amanhã", pensou.

Ela olhou para Callum, que mirava fixamente à frente com uma expressão indiferente, enquanto as garotas mexiam nele. Então, percebeu que não tinha pena de estragar a festa, e sim de deixá-lo igual aos outros servos. Ela queria desfrutá-lo um pouco mais. Só mais uma noite.

— Meninas, parem de importuná-lo — pediu, calmamente, sabendo que elas odiavam ser chamadas assim. — Deixem-no respirar.

— Amanda não quer compartilhar o brinquedo — disse Henrietta, fazendo com que suas irmãs rissem baixinho, histéricas. Ela era a caçula, com apenas catorze anos, mas sem dúvida era a mais rebelde.

— Espero que cresçam logo — retrucou Amanda, revirando os olhos. Ela chegou perto de Callum e esticou o braço para pegar a sua mão, fazendo-o se levantar do sofá onde as primas o sentaram. — Vamos para o jardim, Callum, você deve estar com fome.

Ela não olhou para ele, porque voltou a corar ao tocá-lo. Ele não era tonto e logo perceberia que, toda vez que se tocavam, ela ruborizava. Precisava aprender a controlar suas emoções.

O rapaz obedeceu imediatamente, como se fosse um robô, e ela até pensou se tudo o que tinha acontecido no bosque foi um sonho. Se censurou por se sentir tão triste com a possibilidade de seu servo ser infectado.

Amanda o puxou para o jardim, e eles foram seguidos pelas garotas e pelo tumulto que as acompanhava. Ela não pôde evitar apertar a mão dele suavemente, como se estivesse pedindo desculpa pelo comportamento das primas. E não pôde evitar sorrir quando ele também apertou a sua mão.

Na parte de trás da casa, havia um enorme jardim que se estendia até uma fonte gigantesca e, atrás da fonte, um pequeno bosque. À direita, estava o estábulo.

— Seu quarto está ali — sussurrou ela com um sorriso, apontando para os estábulos.

Havia algo perverso, que a agradava, no fato de que ele não podia responder em público.

À esquerda, havia uma pequena horta que sua tia cuidava como passatempo. Um passatempo de que todas gostavam, pois não havia comparação entre o sabor dos legumes frescos e o dos que sofreram os maus tratos de um dia de mercado.

A mãe e a tia estavam sentadas no jardim, tomando chá. As mesas estavam cheias de comidas e bebidas. Tom e Ross, os servos delas, estavam sentados na grama ao lado dos cachorros.

Quando a mãe de Amanda os viu, um brilho se instalou em seus olhos ao olhar para Callum. Amanda achou estranho, pois era anormal que a sua mãe demonstrasse interesse por um servo. Talvez ela tivesse percebido imediatamente a inteligência do rapaz e aprovado a escolha da filha.

Sua tia sorriu para eles com uma despreocupação habitual. Era uma mulher muito tranquila, e não era fácil deixá-la nervosa. Ela estava sempre de bom humor. Seu cabelo grisalho estava preso em um coque cheio e elegante, no centro de sua cabeça. Ao contrário de Mary, a tia de Amanda era magra como uma gazela, e a única coisa que as diferenciava era que a irmã ainda conservava o cabelo loiro escuro com o qual tinha nascido.

— Excelente exemplar, Amanda, parabéns — disse sua tia, Evelina.

Enquanto ela falava, Amanda reparou com o canto do olho que a mãe notara a marca que Callum havia feito em seu braço.

— Uma escolha sensata — outorgou Mary ao perceber que a filha a observava. No entanto, para a surpresa de Amanda, não a questionou sobre a marca, apenas perguntou como ele tinha se comportado até então.

Amanda respirou profundamente, tentando recuperar a sanidade. Claro que a mãe não sabia nada sobre seu servo. Apenas a tensão de esconder um segredo como aquele a deixava nervosa.

— De momento, está tudo bem.

— Excelente — disse Mary, e tomou um gole de chá. — Sinceramente, é um dos melhores exemplares que vi ultimamente e, com essas proporções, será muito útil em seu trabalho. Parabéns, filha!

No entanto, a temida pergunta veio da tia.

— Meu Deus, Amanda! O que aconteceu com o seu vestido?

— Caí, no bosque.

— Dez vezes?

Amanda mordeu o lábio.

— Não estou acostumada a beber vinho, tia.

— É verdade, querida, são necessários anos de treinamento — disse a mulher, confirmando as suspeitas da sobrinha sobre seu bom humor estar diretamente ligado ao excesso de vinho que bebia.

— Amanda, venha jogar críquete — chamou Henrietta.

Ela se sentou em uma das bonitas cadeiras do jardim, apreciando os raios do sol em seu rosto. Foi um longo inverno, mas o mês de maio lhes deu uma trégua. Ela ordenou a Callum que se sentasse ao lado dela.

— Henrietta, você acha que posso jogar alguma coisa com essas saias sem me machucar ou me matar?

A prima soltou um som entre uma risada e um protesto.

— Que bobagem, ninguém morre jogando críquete.

— Na realidade, várias pessoas já morreram jogando críquete.

— Que coisas mais entediantes você é capaz de ler, Amanda. — Henrietta revirou os olhos e voltou ao jogo.

— Ler coisas "entediantes" evita que você seja entediante — respondeu, confiante. — É algo que você saberia, se lesse algo diferente de romances.

— Eu leio — retrucou a prima, com falsa seriedade. — Peguei seu livro de Voltaire para as ocasiões em que não consigo dormir.

Evelina observou divertida enquanto suas filhas riam do comentário da caçula. Amanda a olhou com censura por encorajar a frivolidade delas.

Seu estômago roncou, lembrando-a de que ela estava com fome. Se abaixou para pegar um biscoito da mesa do jardim, e sufocou um grito ao pisar na própria saia e perder o equilíbrio.

Sua mãe se inclinou para lhe segurar e, felizmente, não caiu da cadeira.

— Esses vestidos foram desenhados por homens para garantir que não pudéssemos fazer nada dentro deles — disse Mary. Sempre foi assim com ela, a política estava sempre presente em sua casa.

— Nada, exceto levantá-los facilmente — concluiu Evelina.

— Mamãe! — protestou Isolda, tapando as orelhas de Cassandra. Amanda desejou que alguém tapasse as orelhas de Callum também.

Evelina soltou uma risada da própria piada e se serviu de mais vinho.

Amanda se perguntou como ela poderia beber diariamente e tão cedo. Ela não suportaria se sentir daquele jeito tantas vezes.

— Minha médica diz que o vinho é o melhor café da manhã — falou a tia ao vê-la observar a taça, adivinhando seus pensamentos.

Ela assentiu com um leve sorriso.

— Como foi a cerimônia? Foi difícil escolher? — perguntou Isolda enquanto olhava os biscoitos que ainda tinha na bandeja.

— Bem, era o exemplar mais forte e mais inteligente da sala. Eu não poderia ter escolhido outro — mentiu Amanda, lembrando-se do jovem de aspecto árabe. Sem dúvida, ela era a primeira garota que não podia falar abertamente sobre como precisou se conformar com sua segunda escolha porque ele estava ouvindo.

— Inteligente, claro. — Isolda soltou uma risada ao olhar para Callum. — Claro, a aparência dele não teve nada a ver com isso. Você sabe quem é a mãe dele?

Amanda olhou para Callum. Ela se perguntou o que o jovem sentiu quando ouviu falar de sua mãe.

— Não sei, Isolda — retrucou ela. — Sabe que os bebês vêm de outras áreas, desde que aquela cientista demostrou que as crianças são mais saudáveis quando não vêm de pais emparentados.

— Mas você pode solicitar um relatório sobre Callum no Andrónicus, para conhecer um pouco mais sobre sua ascendência.

— Sei disso, por causa do meu irmão — disse Amanda. — A ama dele pediu o nosso endereço no Andrónicus da cidade em que mora e tenho me correspondido com ela.

Amanda não percebeu o que tinha dito até ver a mãe olhá-la com cara de surpresa.

— Você tem se correspondido com Elizabeth Thorton? — falou com voz baixa e grave. — Sobre o quê? O que lhe interessa naquela mulher?

Ela apertou os lábios ao ouvir o tom da mãe. Deveria ter adivinhado que Mary não aprovaria tal relação. Quando receberam a primeira carta de Elizabeth, dizendo-lhes que havia escolhido Daniel como servo, ela a rasgou, alegando que suas únicas filhas eram Amanda e Cassandra, e que o resto não lhe interessava.

Amanda recuperara os pedaços da carta e, junto com Cassandra, no seu quarto, remontara-a como as peças de um quebra-cabeça. Ela ficou surpresa ao ver que se sentia alegre em ler sobre o irmão. Nunca chegou a conhecer Daniel, já que ele fora enviado imediatamente após o nascimento ao Andrónicus de outra cidade. Era assim com todos os bebês nascidos homens, para evitar que as mães se afeiçoassem a eles.

— Me responda. Por que você escreve para essa mulher?

— Gosto de ler sobre meu irmão — respondeu Amanda, mortificada.

— Você só tem uma irmã! — retrucou Mary com veemência. — Espero que saiba a diferença. Daniel não é nada mais que uma embalagem vazia. A pessoa dentro dele não existe e, portanto, você não tem irmão.

Amanda assentiu, se sentindo muito incomodada com a situação em si e também porque Callum estava vendo como sua família falava dos homens. Ela queria finalizar a discussão, mesmo que isso significasse dar razão à mãe.

— Fico tão feliz por nunca ter tido um filho — comentou Evelina em um tom mais conciliatório. — Só de pensar em ter que passar pelos nove meses de gravidez e a tortura do parto para ter que entregá-lo. É desanimador.

— Bobagens! É uma honra para qualquer dama servir à sociedade, produzindo um servo que ajudará outra mulher em seus trabalhos — interveio Mary.

— É uma honra que ninguém quer — argumentou Isolda. — Vi minhas amigas chorarem por semanas depois de dar à luz um menino.

— Isso porque elas não entendem o valor do sistema social que temos — continuou Mary, e Amanda ficou tensa. Quando a mãe começava a debater essas questões, costumava dar dados para demostrar que estava certa, e alguma coisa que dissesse poderia alertar Callum sobre o que Amanda tinha lhe dito no bosque. — Antes da bactéria, as meninas eram desprezadas no nascimento por seus pais por serem mulheres. Suas amigas preferem voltar para esse estilo de vida?

— Não, tia — admitiu Isolda. — Suponho que a dor delas é egoísta, porque preferiam ter tido filhas. Dar à luz um menino é praticamente o mesmo que dar à luz um natimorto.

— *Damnant quod non intelligunt* — disse Mary em latim.

Amanda pensou no significado do ditado. Sua mãe o aplicava a mulheres que se queixavam de dar à luz filhos homens, mas Amanda encontrou outro significado que agradaria Callum.

— Eles condenam tudo o que não entendem — traduziu Mary em voz alta, sem olhar para ninguém particular.

— *Dura lex sed lex* — completou Evelina, fechando assim a conversa.

O resto do dia se passou dolorosa e lentamente. Amanda não pôde deixar de se perguntar como Callum estava se sentindo, sentado ali sem poder dizer nada, e aguentando as ordens e os jogos das primas dela. Ela desejou que o sol descesse pelo céu o suficiente para levá-lo a seu quarto, onde ninguém iria incomodá-los e o jovem poderia ser ele mesmo.

Para aproveitar o clima agradável, eles também almoçaram no jardim. Mas, quando o sol sonolento começou a se deitar no horizonte, a tarde ficou fria demais para continuarem no jardim, e todos entraram no salão. Ali, Nathaniel, o servo de Isolda, tocou ao piano todas as melodias que ela lhe indicava.

Elas jogaram cartas e Amanda perdeu várias mãos, pois não conseguia se concentrar. Ela só pensava em como Callum deveria estar entediado, sem poder se mover ou participar de qualquer atividade.

— O que está acontecendo, Amanda? — perguntou sua tia, dando uma gargalhada. — Nunca vi você perder assim antes, é como se nunca tivesse jogado.

Amanda lutou para esconder seu rubor.

— Estou há muito tempo sem dormir, tia.

Finalmente, o relógio bateu às sete da noite e Amanda anunciou que iria para o seu quarto descansar. Ninguém achou estranho que ela quisesse dormir mais cedo que o normal.

Sua mãe desenterrou o olhar do livro que segurava, *Utopia*, para observá-la, pensativa. Quando ela foi na direção da escada com Callum, Mary a chamou, forçando-a a parar para ver o que a mãe queria.

— Amanda, assim que tirar o vestido, poderia deixá-lo no meu quarto?

Ela piscou várias vezes e a cada vez parecia ainda mais difícil levantar as pálpebras novamente. Com certeza, não havia entendido corretamente o pedido da mãe.

— O que a senhora disse, mãe? — As palavras vieram acorrentadas uma à outra, pois ela estava com tanto sono que se sentia atordoada.

— Que leve o seu vestido ao meu quarto depois de tirá-lo — repetiu a mãe, com total normalidade.

— Por quê? — Amanda não se preocupou em esconder como aquilo lhe parecia estranho.

— Eu gostaria de mantê-lo como lembrança — disse Mary, sorrindo.

Ela a olhou de boca aberta, porém sua mãe voltou a ler o livro sem acrescentar mais nada. Mary nunca foi sentimental, e muito menos o tipo de mulher que guarda coisas extremamente femininas como, por exemplo, vestidos. Na verdade, Mary os odiava e proibiria a tradição de eles serem obrigatórios na cerimônia de seleção se pudesse.

— Divirta-se hoje à noite — falou Isolda com os olhos apertados e um sorriso malicioso que provocou a risada histérica de suas irmãs.

— Estou cansada. Meu encontro hoje é com Morfeu — retrucou Amanda, sentindo suas bochechas queimarem quase tanto quanto a mão que segurava Callum.

— Fique tranquila, Amanda, sabemos exatamente o que você vai fazer hoje à noite — zombou a tia, e risos se espalharam pela sala.

Amanda tinha que levá-lo embora de lá o quanto antes.

Ela soltou a mão do jovem, pois estava com vergonha demais para sentir suas peles se tocando. Perguntou-se se Callum sabia do que elas estavam falando, ou se tinha a inocência de um recém-nascido. Ela desejou que fosse a segunda opção.

4

Amanda e Callum subiram a escada de madeira, que estava umedecida pelo clima inglês e rangeu sob o peso de seus corpos. Ele observou discretamente as pinturas que adornavam as paredes, a maioria renascentista. Parou diante de um dos quadros, que estava bem iluminado pela lâmpada do corredor, e o observou de mais perto. Era uma cena em um bosque, onde uma mulher estava deitada com as costas perto das raízes de uma árvore e duas fadas pequenas flutuavam ao seu redor. Era a pintura favorita de Amanda porque lembrava o poema de Spencer, "A Rainha das Fadas", que ela tinha lido e relido milhares de vezes.

Ela o levou pelo corredor do último andar até uma porta de madeira branca que dava diretamente para a escada do sótão. O quarto de Amanda ficava ali e, felizmente, não o compartilhava com mais ninguém. Naquela ala da casa, eles teriam total privacidade.

Callum ficou calado todo o caminho, mesmo depois de Amanda fechar a porta do quarto.

— Você pode falar aqui — avisou ela, quando viu que o rapaz a olhava fixamente. — Ninguém nunca me incomoda no meu quarto.

Em vez de dizer algo, o jovem olhou ao redor do dormitório, apreciando os detalhes.

— A tarde foi insuportável? — perguntou ela, acendendo a lamparina que ficava sobre sua penteadeira. Estavam em uma época do ano que a noite vinha depois das nove, mas naquela noite o céu estava nublado, com nuvens pretas, dando boas-vindas à escuridão. — Você apenas respirou, e não comeu nem bebeu nada.

— Não tive coragem — respondeu ele. — Sua mãe tem cara de que arrancaria a mão de quem ousasse pegar um biscoito, e sua tia, de que enfiaria um garfo em quem pegasse uma taça de vinho.

— Callum, não seja cruel.

— Você é cruel, porque riu, e elas são suas parentes.

Amanda escondeu o sorriso, movendo-se para a parte menos iluminada do recinto. Felizmente era espaçoso. Ela tinha escolhido o sótão da casa como quarto, e era a única que dormia naquele andar.

— Quando você vai escrever a carta? — perguntou Callum sem olhar para ela, observando a cama com dossel, quase que coberta por inteiro por cortinas azuis-celestes.

— Agora mesmo — falou ela rapidamente, feliz por ter algo para fazer. — Amanhã cedo vamos levá-la ao correio.

— Seu quarto é estranho — continuou o rapaz, olhando para os móveis cor-de-rosa e verde, com desenhos de flores e folhas.

Amanda pegou uma folha de papel da gaveta da sua escrivaninha.

— Eu mesma construí os móveis, é por isso que você nunca viu nada parecido.

— Não é como se eu tivesse visto muitos móveis.

Era verdade. As únicas casas que ele vira em sua curta vida consciente foram o Andrónicus e a mansão Fairfax.

— Mesmo assim, você não verá móveis parecidos em outro lugar. Só se forem comprados de mim — brincou ela, sorrindo com orgulho. Ele a olhou sem entender por que ela estava sorrindo. — Eu queria que meu quarto parecesse um campo ensolarado. É por isso que o chão é verde e o papel de parede tem grama desenhada. O teto é azul como o céu, e os móveis têm esses desenhos.

— O que isso significa no seu rosto? — perguntou ele com curiosidade, chegando tão perto que ela não pôde evitar piscar e ficar tensa.

— A-acho que é porque estou orgulhosa do meu trabalho. Muitas mulheres vêm de outros lugares da Inglaterra para comprar meus móveis e às vezes eu viajo para decorar seus quartos ou casas.

Os olhos de Callum perscrutaram o rosto dela, até que um pequeno sorriso apareceu em seus lábios.

— Essa expressão... Quando você fala sobre o seu trabalho — comentou ele, fascinado. — Quero experimentar isso.

Amanda não sabia o que responder. Servos não se dedicavam a nada concreto, somente cumpriam ordens das suas amas para facilitar a vida delas. No máximo, ajudavam em suas profissões. Na vida de um homem não havia lugar para vocação e realização.

Mas não poderia discutir algo assim com ele. Então, olhou para baixo e se concentrou em tirar outra folha da gaveta da escrivaninha. Sentou-se no banco verde acolchoado, com os pés e o encosto marrons como o tronco de uma árvore. Como ela não estaria orgulhosa do seu trabalho? Era a paixão de sua vida.

Callum espiou por cima do ombro. Ela podia sentir a presença do rapaz próxima de suas costas mesmo que ele não a tocasse. Como ela podia sentir o fogo queimando sem tocá-lo?

Umedeceu a pena no tinteiro com as mãos trêmulas, sob o olhar atento de Callum.

Foi difícil escrever uma carta que ela não pretendia enviar, principalmente porque toda a sua atenção estava concentrada no ser que respirava em seu pescoço. Ela desperdiçou várias folhas por causa dos erros que fazia ao escrever.

Callum ficou de joelhos para ficar mais próximo da mesa.

— Você deveria melhorar sua letra — sussurrou ele, e dessa vez ela pôde sentir seu hálito quente no ouvido. — Parece que escreveu com os olhos vendados, galopando um cavalo e bêbada. Elas vão pensar que você está imaginando coisas.

— Normalmente, minha letra é bem legível — defendeu-se Amanda, dando uma rápida olhada. Tinha que parar de rir sempre que ele a insultava, ou ele acharia que isso era bom. Ela se inclinou para o lado esquerdo, só para poder ficar mais longe dele e recuperar a respiração.

— Diga que estou disposto a ser examinado e a passar por todos os testes necessários.

Amanda parou.

— Você se sacrificaria a esse ponto pelos outros? — perguntou, com cara de espanto.

Os cílios pretos de Callum, que escondiam seus olhos quando estavam fixos na carta, subiram, e as pupilas dos dois se encontraram.

— Enquanto os outros não forem livres, também não serei — disse ele, sério. — Terei quantos dias como o de hoje?

Amanda olhou para baixo e, sem responder, continuou a escrever. Ele queria saber quantos dias viveria assim. Com certeza nenhum, pois no dia seguinte ela teria que denunciá-lo imediatamente. Amanda não podia deixar Callum sentir o gostinho dessa vida, ou acabaria se sentindo como uma assassina.

— Pronto — disse ela, depois de assinar a carta. Ele pegou a carta e se levantou para ler.

— Tenho uma sensação estranha, sei ler e não me lembro de ter aprendido. Não sei o que posso fazer.

— Todos os jovens aprendem a fazer as mesmas coisas. Para serem úteis e agradáveis. Eles aprendem a tocar instrumentos, ler com voz doce, a bordar...

— Elas nos ensinam a jogar cartas? — interrompeu ele.

— Não, é necessário ser inteligente para jogar cartas, porque são decisões estratégicas.

— É por isso que você estava jogando tão mal?

A garota piscou e deu um sorriso sarcástico enquanto olhava para ele com os olhos meio fechados.

— Na verdade, tenho uma habilidade excepcional com jogos de cartas, é só que... — Amanda não era tímida, mas o olhar dele a deixava assim.

— Gostaria que me ensinasse a jogar — pediu Callum, sem perceber sua inquietude.

Amanda assentiu, embora soubesse que no dia seguinte tudo terminaria. Talvez ela pudesse esperar mais um dia, para matar sua curiosidade sobre os homens. O estado dele lhe despertava novas sensações que, embora fossem desagradáveis em sua maior parte, a faziam se sentir viva.

— Amanhã, talvez, agora quero ler um pouco antes de dormir. — Ela o segurou pelo braço para levá-lo ao dormitório dele. — Esse é o seu quarto, é adjacente ao meu.

Amanda pegou na maçaneta e a puxou, mas ele segurou a porta com a mão.

— Dormir? Você está brincando! — exclamou ele, horrorizado, como se aquilo fosse um crime. Ele empurrou a porta atrás de si, fechando-a novamente. — Tenho muito a descobrir e você quer que eu durma? Faz dezoito anos que estou dormindo.

Amanda suspirou. Seus olhos ardiam por não ter dormido ainda. Mas não ficou surpresa por Callum se recusar a lhe dar um momento de paz.

— Por que não fazemos o que sua prima falou?

— Não — exclamou ela, abruptamente, ficando vermelha da cabeça aos pés.

— Por que não? Parecia divertido.

— Porque... você precisa de um corte de cabelo — disse finalmente. Era verdade que ele precisava cortar o cabelo, e pelo menos seria uma desculpa para afastá-lo de tais ideias.

Callum olhou para ela com uma expressão assustada e deu um passo para trás.

Amanda ficou aliviada em poder fazer outra coisa em vez do que a prima tinha insinuado. Ela foi rapidamente até a penteadeira e pegou a tesoura e um pente.

— Você não vai fazer uma coisa dessas — disse ele.

— Não precisa ficar com medo. Todos nós cortamos o cabelo de vez em quando, e você sem dúvida precisa de um corte.

Ela colocou a tesoura na pequena mesa de centro do quarto e se colocou na frente do rapaz.

— Tire seu casaco — pediu suavemente.

Callum a olhou fixamente por alguns segundos e viu a determinação no olhar dela. Acabou obedecendo.

Debaixo do casaco, havia um colete da mesma cor, sobre uma camisa branca. Ele também tirou o colete. Callum desfez o elegante nó do lenço, puxou-o de um lado e jogou-o na cadeira ao lado do resto das roupas. Então, começou a desabotoar sua camisa branca.

— Não precisa tirar a camisa — disse Amanda quando viu as clavículas e a parte superior do peito.

— Esse quarto parece o caldeirão de uma bruxa — falou ele, dando de ombros. Lógico que ele não entendia suas objeções.

Amanda não podia dizer que ele estava errado. O sol tinha batido no telhado da casa o dia todo, mas ela não notara até então. Uma gota de suor deslizou por sua barriga.

— Sente-se — ordenou bruscamente, e foi até a janela mais próxima para abri-la.

Ele fez o que ela pediu, mas resmungando. Amanda se colocou atrás dele e começou a escovar seu cabelo suavemente.

— Por que tenho que cortar o cabelo?

— Porque um cabelo tão comprido em um cavalheiro não está na moda.

— Moda? — repetiu ele, olhando por cima do ombro.

Amanda o segurou pelas têmporas para fazer com que ele olhasse para a frente.

— Não se mova ou vou cortar uma orelha.

— De onde vem a moda?

— Normalmente de pessoas ricas e atraentes. Em Crawley, de Sarah Richardson, a jovem mais rica da cidade. Ela costuma viajar com frequência a Londres, vai a festas, presta atenção em como as pessoas se vestem, os tipos de cortes de cabelo e penteados que usam. Quando volta a Crawley, está com roupas e acessórios novos, e organiza festas para que todas fiquem com inveja.

Amanda parou de penteá-lo e jogou um pouco da água do jarro que estava sobre a mesa para molhar o cabelo de Callum e tornar o corte mais fácil.

— Então, moda não é outra coisa senão se fantasiar de alguém que você acha que é melhor que você?

Vendo que ela tinha parado de passar as mãos pelos fios castanhos de seu cabelo, Callum levantou a cabeça para olhar para ela através do espelho.

— Por que você está sorrindo? — perguntou, com uma curiosidade inocente estampada no rosto. Amanda nunca havia desejado tanto beijar alguém como desejava fazê-lo agora.

— Eu senti pena por você não ter tido uma infância antes — explicou ela. — Mas estou percebendo que, graças a isso, sua mente não é prisioneira da sociedade, e o seu modo de pensar é livre. Nunca havia pensado que eu e minhas amigas nos fantasiássemos de sra. Richardson, que por sua vez se fantasia de dama importante de Londres, e essas se fantasiam de damas de Paris.

Eles riram juntos ao pensar na situação.

— Você é um verdadeiro filósofo.

— Talvez eu deva deixar minha barba crescer e me vestir com um dos seus lençóis.

Amanda sorriu ao imaginá-lo vestido assim, e continuou molhando o cabelo dele. Com certeza ele já estava com o cabelo bem molhado, mas ela gostava de sentir os fios macios entre os dedos.

— Jane é mais rica que você? — perguntou o jovem depois de um momento de reflexão.

— Não, minha família é muito mais rica que a dela — respondeu, enquanto escovava o cabelo dele novamente.

— Então, por que decidiu tirar seu colar quando ela o criticou?

Seus olhos se encontraram no espelho e ela notou como suas bochechas ficavam vermelhas. Quando aquilo aconteceu, ela não sabia que ele estava sem a bactéria. E agora se lembrava de perceber o olhar curioso dele naquele momento.

— Eu... não — ela foi incapaz de encontrar as palavras certas. Engoliu em seco antes de continuar: — Sempre sigo os conselhos de Jane em relação à moda, porque ela é mais bonita do que eu.

Amanda o observou com atenção. Callum desviou o olhar, pensativo, talvez buscando em sua memória a beleza de Jane.

— Mesmo assim — continuou, e ela não pôde se conter e deu um puxão no cabelo dele de propósito. O jovem soltou um gemido.

— Desculpe-me.

Callum fez uma careta olhando para ela através do espelho, mas sem perceber que tinha sido de propósito.

— Mesmo assim — continuou ele, com veemência —, você não deveria ter jogado fora a gargantilha de que gostava só porque sua amiga não gostou. Na verdade, você deveria se rebelar contra Jane, a sra. Richardson e todas as mulheres como elas, e ser você mesma, fazendo o que gosta.

Ela sorriu, entusiasmada pelo modo de falar libertador de seu servo.

— Acho que já estou me rebelando contra todas as mulheres ao mesmo tempo, mantendo um servo falador e cheio de ideias revolucionárias escondido no sótão.

Callum teve a ousadia de piscar para ela através do espelho, e Amanda reprimiu uma risadinha que, se tivesse escapado, se pareceria muito com a risada das suas primas.

Ela colocou a escova na mesa e pegou a tesoura com a outra mão. Quando selecionou um tufo da franja de Callum entre os dedos indicador e médio e aproximou a tesoura, ele se encolheu e fechou os olhos, esperando sentir dor. Amanda parou ao ver sua expressão.

— Callum, fique tranquilo, cortar o cabelo não dói.

O jovem abriu um olho primeiro, como se ainda não acreditasse, e finalmente o outro, para fitá-la com certa desconfiança.

— Como não vai doer se você me cortar?

Amanda tentou não rir. Imaginou que seria ofensivo a pessoa que era a causa de sua ignorância zombar da sua cara.

— Eu prometo que não vou machucá-lo. — Amanda procurou seus olhos, que agora estavam cinzentos no reflexo do espelho. — Confia em mim?

Ele não confiava nela, mas não tinha outra opção — ela era sua única aliada. Finalmente, relaxou os ombros quando viu que os cortes não doíam.

O rapaz escondido no quarto de Amanda era como um garotinho dentro do corpo robusto de um homem, e sua inocência o tornava tão adorável que puxava os pequenos fios invisíveis das entranhas dela.

— Conte-me mais sobre como eram as coisas antes da bactéria — pediu ele, enquanto ela se concentrava em deixar todos os fios do mesmo tamanho, tarefa que era mais fácil em sua imaginação do que na prática.

— Eu nasci após a mudança, mas as mulheres mais velhas e as professoras da escola contam muitas histórias. Este século tem sido como um vórtice de transição e mudança. E de punições divinas. No meio da fumaça, da pulcritude e do sofrimento das crianças trabalhando por muito tempo nas fábricas, Deus se mostrou enfurecido. Ele enviou sua ira na forma de uma doença. Todos pensavam que a cólera viajava pelo ar fétido das ruas de Londres, mas não era assim. Na verdade, a doença estava escorrendo pelas águas sujas do Tâmisa. Apesar disso, Deus não estava satisfeito com essa punição. Já que mulheres e crianças eram seus favoritos e eram maltratados, enviou a bactéria aos espanhóis, sabendo que se espalharia por toda parte. Foi quando os dias mais sombrios vieram. Os homens caíram rapidamente, um após o outro, e deixaram os trabalhos que ocupavam. A sociedade foi paralisada como nunca antes. Por alguns meses, tudo foi confuso e doloroso. Quase não havia comida no mercado, os bancos e as fábricas fecharam e os transportes pararam por várias semanas. A rainha Vitória se reuniu com outras mulheres ligadas a algum tipo de poder em seus respectivos países. Depois que ela voltou dessa reunião importante, publicou uma declaração escrita de seu próprio punho. Nela, explicou o precedente que marcaria a nova estrutura da sociedade. A declaração foi bastante longa, e infelizmente somos forçadas a estudá-la na escola.

— Eu gostaria de ler essa declaração — interrompeu Callum, observando-a com olhos atentos. Graças à sua falta de capacidade de esconder o que sentia, Amanda sabia que o distraía com a história. Ela era uma das melhores contadoras de histórias da família. Em noites frias costumava entretê-las com histórias ao lado da chaminé.

— Tenho certeza de que há uma cópia na biblioteca. Mas, resumindo, a rainha Vitória decretou que toda mulher apta para trabalhar tinha que ocupar um posto de trabalho que sua vocação e seu conhecimento permitissem. Escolas foram criadas para ajudar as mulheres indecisas a identificar sua vocação e receber educação gratuita, se necessário. Grande parte da população continuava a trabalhar nos postos de trabalho anteriores à bactéria, outras naqueles em que haviam trabalhado seus maridos, como a esposa do dono da mercearia ou a do fazendeiro. A ideia da rainha era ser benevolente, dar a oportunidade às mulheres de se dedicar ao que gostassem. Mas colocar isso em prática foi complicado. Levou tempo para as coisas voltarem ao seu curso e para a sociedade evoluir como tinha feito com os homens.

Amanda não contou que, sete anos depois, uma cientista encontrou o antídoto para a bactéria. Entretanto, àquela altura, as mulheres não tinham tanta certeza de que queriam recuperar os maridos e pais que as tratavam como se fossem seus senhores e amos e agora obedeciam a toda e cada uma de suas ordens sem reclamar. A opinião foi dividida. A rainha estava a favor de despertar os homens, pois, como todas sabiam, ela amara muito o príncipe Albert e sentia falta dele como era antes da bactéria. Para decidir oficialmente, organizou-se uma grande votação, e o resultado não foi favorável para os homens. Eles permaneceram escravizados por duas décadas, até Callum chegar.

— Você realmente acha que foi um castigo divino? — perguntou o rapaz, tirando-a de seu devaneio.

— Parece, você não acha? — disse ela, enxugando o cabelo dele com uma toalha. — Deus tem um jeito sutil de se comunicar. Sem dúvida, achou que havia chegado a hora das servas se tornarem amas.

Callum estreitou os olhos.

— E pode ter me enviado para que não exista mais servos nem amos.

Amanda prendeu a respiração. Não tinha passado pela sua cabeça que Callum fosse parte de uma mensagem divina e que, se fosse, ela era a receptora direta da mensagem. A ideia pesava em seu peito como um saco de farinha. O que aconteceria se ela não entendesse a mensagem corretamente e fizesse o contrário do que deveria? Se isso fosse um ato de Deus, então suas decisões seriam muito mais importantes do que ela acreditava e afetariam o destino de toda a sociedade, não apenas o dela e de Callum.

O esforço de pensar em algo tão grave e importante a fez sentir uma dor muito forte nas têmporas. Ela fechou os olhos com força e se lembrou do quanto estava cansada.

— Amanhã será um novo dia cheio de novidades para você — disse ela. Callum tinha se levantado e andava pelo quarto, bisbilhotando suas coisas. — Agora temos que dormir.

— Vamos jogar o que suas parentes estavam falando — recordou ele, ignorando o que ela havia dito. — Do que se trata?

Amanda fantasiou sobre a sugestão. Era o que se esperava que eles fizessem na primeira noite. Ela se imaginou andando até ele para tirar o resto de roupa que ele ainda usava. Conseguia imaginar sua pele cálida e masculina.

Ela engoliu em seco, tentando se concentrar para que suas mãos parassem de tremer. Nenhuma mulher tinha um homem consciente em sua primeira noite. Nenhuma delas teria ousado tocar em Callum com o risco de despertar os instintos selvagens do jovem. O medo a petrificou só de pensar nisso.

— Amanda?

Ela mordeu o lábio enquanto pensava em um jogo para enganar o rapaz.

— Fique na minha frente — pediu em tom instrutivo. — Assim, muito bem. Levante suas mãos e as agite, como eu. "Mary Elizabeth saiu para passear" — começou a cantarolar enquanto lhe ensinava a bater as palmas das mãos contra as dela e as dele de maneira rítmica. Era algo que ela tinha jogado muitas vezes quando era mais nova com suas primas e amigas, e em algumas vezes, há pouco tempo, com Cassandra. — Ela encontrou-se com a padeira e se cumprimentaram. Ela se encontrou com a açougueira e esta lhe sorriu..." Callum, você tem que imitar os meus gestos.

— Estou tentando — exclamou ele, movendo as mãos rapidamente, mas fazendo uma confusão. Eram gestos descoordenados que não coincidiam com a música.

Amanda repetiu, esperando que ele a memorizasse, mas Callum, longe de melhorar, começou a franzir a testa como se não estivesse se divertindo. Não era de admirar, porque tal atividade não interessaria a quem tinha mais de dez anos. Mas foi a única coisa que ela imaginou para fugir da situação.

— Esse é o jogo que provoca tanta risada nas suas primas?

A indignação na voz do rapaz quase a fez rir, mas ela tomou cuidado para não parecer suspeita. Apenas assentiu com a expressão mais séria que pôde para que parecesse verdade.

— Suas primas são tontas.

Ela escondeu um sorriso, embora fosse uma pena enganá-lo dessa maneira. Se ele soubesse o quão diferente era o jogo a que todas se referiam, com certeza gostaria mais. Amanda tirou aqueles pensamentos da mente, porque só de pensar que ele gostaria que ela o beijasse a deixou sem fôlego.

— Eu sei outras músicas, quer aprender?

— Outro dia — interrompeu o jovem, mal-humorado. — Minha cabeça está doendo.

Amanda riu para si mesma, por causa da desculpa pouco convincente.

Callum se sentou na cama. O colchão afundou mais do que costumava afundar com ela.

— Essa é minha cama. Não se sente aí — implorou.

Longe de obedecê-la, ela o viu sorrir maliciosamente enquanto tirava as botas.

— Você tem medo de que eu quebre o seu ninho, inseto? — perguntou ele, ficando de pé em cima da cama e começando a pular.

Callum era muito inocente para entender o temor dela referente a ele e sua cama. Sentindo-se segura, ela se aproximou da cama e, como se estivesse falando com Cassandra, insistiu para ele descer.

— Você é uma esnobe, com certeza nunca fez isso — acusou ele de cima da cama. — E, com certeza, brincava de tomar chá quando era pequena.

Na memória de Amanda veio uma lembrança fugaz de si mesma sentada no mesmo quarto, servindo chá para seus bichos de pelúcia, e um pequeno sorriso pouco disfarçado a traiu.

— Eu sabia — disse Callum, apontando um dedo acusador para ela. Então ele se abaixou e a agarrou pelo braço.

Amanda recuou, evitando-o, e Callum saiu da cama para ir até ela. Seu coração disparou enquanto fugia dele para o meio do quarto. Uma risada nervosa se apoderou dela quando ele a alcançou e a puxou para a cama.

— Pare, Callum! — pediu, mas sua risada fazia com que o pedido perdesse toda a credibilidade. Seu coração seguia batendo freneticamente, ainda mais quando o jovem viu que ela resistia e a segurou colocando seu braço de ferro ao redor de sua cintura, levantando-a com uma facilidade espantosa. Ele a colocou na cama e, segurando-a pelos ombros, a encorajou a pular com ele. Amanda se deixou levar pelo momento de loucura e gargalhadas.

— Não sou o único que tem que recuperar a infância perdida — gritou ele entre os saltos.

Quando eles pararam, o coração dela demorou um pouco para diminuir o ritmo. Ela se sentia bem, como quando corria pelo bosque ou brincava com as primas. Todas as veias do seu corpo ferviam de emoção.

Quase sem fôlego, Callum caiu na cama.

— Não posso acreditar que você não fazia travessuras — disse Callum, enrolando a manga da camisa, com calor pelo exercício.

— Claro que fiz travessuras.

— Por exemplo?

— Uma vez joguei o livro favorito de Isolda no fogo.

Callum juntou os lábios fazendo um O.

— E o que aconteceu?

— Minha mãe me castigou: sem poder ler durante um mês — explicou ela, fechando os olhos pelo esforço de voltar ao passado. — Foi um mês muito chato. Acho que é por isso que evito as travessuras. Bem, por isso e porque já tenho dezoito anos.

— Ah, é? — perguntou Callum, sorrindo. — Tenho uma semana e muitas travessuras para fazer. Tudo o que minha imaginação for capaz de imaginar.

Amanda olhou para as próprias mãos. As bochechas de Callum estavam avermelhadas pelo calor, e seu novo corte de cabelo o deixou ainda mais bonito.

— Seus olhos estão vermelhos — falou ele, mudando de assunto. — Acho que não tenho escolha a não ser deixar você dormir.

Então, ele bocejou e caiu de costas.

— Não quero dormir — protestou novamente, mas se contradisse, fechando os olhos e virando o rosto para um lado. — Tenho tanto o que viver.

Amanda se levantou da cama e se escondeu atrás do belo biombo de madeira e dos espelhos que tinha em uma das extremidades do quarto. Antes daquela noite, ela só tinha usado o biombo para analisar sua imagem e pendurar roupas. Aquela foi a primeira vez que ele cumpriu sua função de esconder um corpo nu.

Ela tirou o vestido. Era precioso, mas também a coisa mais desconfortável que havia usado. Não entendia como as mulheres do século anterior os usavam todos os dias.

Vestiu a fina camisola rosa com a qual costumava dormir no verão e que, pela primeira vez, lhe parecia indecente.

— Callum, quero me desculpar pelo que teve que suportar hoje. Imagino o quão tedioso deve ser ficar quieto por horas.

Ele não respondeu.

— Quero que você saiba que nem sempre será assim. Hoje você era a novidade, então eu tinha que deixá-las brincar com você, mas amanhã não haverá muito abuso. Eu prometo.

Mais uma vez sem resposta.

— Callum? — Amanda saiu de trás do biombo, e não pôde evitar sentir frio e tapar os seios com os braços. O rapaz ainda estava deitado na mesma posição em que ela lhe havia deixado, com as pernas penduradas para fora da cama. Ele não tinha se mexido nem levantado a cabeça para escutá-la.

— Você encontrará pijamas confortáveis no seu quarto. Lá ninguém vai incomodar... Callum?

Ela se aproximou da cama para olhá-lo e o encontrou imerso no mais profundo sono.

Finalmente, ela pôde observar suas feições sem que os olhos inquisitivos dele a observassem de volta. Quanto mais ela olhava para ele, mais gostava de seu rosto e cabelo. Naquele momento, ela não conseguia se imaginar com nenhum outro jovem da cerimônia. O nervo do pescoço estava proeminente devido à postura e uma fragrância emanava da pele quente do jovem com uma intensidade embriagante. Quem dera poder tocá-lo um pouco sem correr risco de acordá-lo.

Ela se obrigou a parar de olhá-lo e foi até a escrivaninha. Tinha que escrever outra carta, a que enviaria a Brighton no dia seguinte em vez de enviar a que tinha escrito com Callum.

Quando terminou de escrevê-la, voltou para a cama, deitando do lado oposto ao dele. E, de uma forma quase que ridícula, sentiu em seu peito uma grande felicidade.

Olhou-o uma última vez antes de apagar a vela da lamparina. Disse a si mesma que esperaria uma semana para denunciá-lo. O mesmo tempo que lhe prometera para ir a Brighton. Durante esse tempo, Amanda iria deixá-lo experimentar o mundo ao seu redor.

Ou talvez fosse ela que quisesse experimentar um novo mundo, e para isso tinha o instrumento perfeito dormindo em sua cama.

5

Os dedos que apertavam seus lábios eram cálidos, fortes e um tanto ásperos pela falta de uso de hidratantes. Amanda abriu os olhos ao senti-los, mas só viu mais escuridão, como se não os tivesse aberto.

Ela tentou se apoiar nos cotovelos, mas outra mão agarrou seu ombro, impedindo-a. Um chiado suave no ouvido a incitou a ficar quieta.

— Não faça barulho, é muito cedo.

A voz masculina a lembrou do que aconteceu no dia anterior, indicando que sua vida já não era tão simples quanto antes da cerimônia. Seus sonhos lhe deram uma trégua, mas a realidade estava de volta, junto com as complicações.

— O que houve?

— Se vista, quero aproveitar que todo mundo na casa está dormindo.

Amanda piscou várias vezes, acostumando-se à escuridão absoluta, e começou a vislumbrar o rosto do rapaz. Como o rosto dele estava muito próximo ao dela, o hálito quente de Callum acariciou sua pele ao falar.

— Mas... Aonde quer ir? Que horas são?

— É cedo. Imagino que todos estejam dormindo. É por isso que você deveria me mostrar a casa agora.

Callum tinha razão. Ninguém se levantaria antes das nove da manhã no domingo — especialmente depois da sua festa de aniversário, na qual pelo menos seis garrafas de vinho foram esvaziadas.

Amanda se virou e enterrou o rosto no travesseiro. Ela ainda se sentia exausta, devido aos acontecimentos do dia anterior. Apesar de terem se recolhido ao dormitório cedo, ela não conseguiu dormir muito com ele deitado na mesma cama.

Agora, ele queria que ela abandonasse os lençóis confortáveis, sendo que o sol ainda não tinha nascido.

— O que está fazendo? — sussurrou Callum, dessa vez com um tom mais impaciente, que lhe chegou ao ouvido sufocado pelo travesseiro. — Vamos, Amanda, levante-se.

Sem nenhuma delicadeza, ele a agarrou pela cintura, forçando-a a se levantar. Amanda sufocou um grito. O quarto ficava no telhado e era impossível que alguém os ouvisse, mesmo àquela hora, quando a casa inteira estava dormindo. Mesmo assim, ela quis evitar que o som saísse da sua garganta.

No começo do século, um cavalheiro nunca teria tocado em uma dama de maneira tão inapropriada, mas a educação de Callum parecia ter sido ainda menor do que ela suspeitara no dia anterior. Tudo referente ao relacionamento sentimental e físico entre mulheres e homens foi completamente omitido da educação dos servos.

— Fique sabendo que isso foi inapropriado — censurou ela enquanto abria as portas gigantes do armário. Elas rangeram como uma velha reclamando e Callum voltou a chiar para que ela não fizesse barulho. — Não se preocupe, não há mais quartos nesse andar. — Disse, escolhendo no armário roupas confortáveis para vestir. — Na verdade, ninguém nunca sobe aqui.

Callum pareceu acreditar, porque ousou andar pelo quarto e abrir uma fenda entre as pesadas cortinas marrons que imitavam o tronco de uma árvore.

Havia mais luz do que ele suspeitava. O alvorecer se instalara timidamente e já não era noite. Essa era uma das poucas vantagens do verão inglês.

Amanda alisou o cabelo emaranhado pelo travesseiro. Agora que a luz iluminava todo o recinto, ela ficou incomodada, pois não se achava bonita pelas manhãs.

No entanto, para Callum, o cabelo despenteado e os olhos inchados de sono lhe davam um toque meigo que o fazia parecer ainda mais um menino.

Ela foi até o biombo para trocar de roupa. Inclinou-se para segurar a bainha da camisa e puxá-la sobre a cabeça.

— O que há aí atrás?

A voz de Callum soou ao lado do biombo, fazendo com que Amanda levasse um susto, abaixando a camisa novamente.

— Deveria ter privacidade — retrucou ela, e com um gesto pediu que ele fosse embora.

Longe de obedecer, Callum cruzou os braços sobre o peito para observá-la, carrancudo.

— Por quê? O que você está fazendo?

Ela teve que reconhecer a ironia da situação. Era o seu primeiro dia oficial como adulta e, em vez de ter um servo a seu serviço, tinha um menino teimoso que lhe dava ordens — e se recusava a obedecer às suas.

— Estou trocando de roupa.

— Ninguém se esconde para fazer isso.

Amanda suspirou cansada.

— É porque você vivia com jovens sem cérebro — disse com malícia.

— Qual é a diferença? O que as mulheres escondem? — A pergunta foi acompanhada por um olhar lento, que deslizou pelo corpo dela, praticamente nu, já que a camisola fina de verão não escondia muito. Ela ficou vermelha até sua cor combinar com a cor do biombo. — Além de uma falta alarmante de músculo, quero dizer.

— Você não deve me ver nua, nem me tocar como fez antes, não é apropriado — explicou ela. — Porque nós somos de gêneros diferentes.

Callum descansou seu antebraço no eixo do biombo, enquanto erguia uma sobrancelha.

— Acho isso uma estupidez — afirmou, realmente sem entender tudo o que se escondia atrás de suas exigências —, porém, se é isso que você quer...

Ele caminhou de volta para a cama, dando-lhe a privacidade que queria.

— Vai ser melhor que você me empreste alguns livros para que eu possa entender como o mundo funciona, isto é, tudo que as cuidadoras não nos ensinaram.

Em silêncio, Amanda disse a si mesma que preferia arrancar todo o cabelo da cabeça antes de deixar Callum descobrir como certas coisas funcionavam.

— Por exemplo, este livro que você tem aqui — continuou o jovem.

Ela ouviu o som inconfundível da gaveta de sua mesa de cabeceira sendo fechada.

— *O Monge*.

— Não! — gritou ela, aparecendo de trás do biombo para se apressar em recuperar o livro. Só de pensar em Callum lendo a obra de Lewis, cujo personagem, o monge Ambrósio, se degenera até assassinar Antônia, ela ficou arrepiada. — Não, esse não é o mais adequado — continuou, mais serena, vendo que ele a observava com os olhos arregalados. — Mais tarde, pego outro na biblioteca que o ajudará a entender o nosso estilo de vida, melhor do que esse.

Ela colocou o livro de volta na mesa de cabeceira, desejando que a gaveta tivesse chave.

— Muito bem, dona inapropriada. Você está pronta? O que vamos fazer agora?

— Vamos descer para o primeiro andar. Você não deve fazer barulho quando a gente passar pelo segundo andar. Entendeu? Quero mostrar minha sala de trabalho.

Eles cruzaram a casa em silêncio, até chegarem à sala onde Amanda trabalhava. Era um lugar quase todo feito de madeira, com exceção do sofá de tecido e das poltronas acolchoadas e cobertas com tecidos azuis. A sala formava um semicírculo em uma extremidade, que estava coberta de cristais, permitindo a passagem de uma grande quantidade de luz do lado de fora. As paredes brancas contrastavam com o azul dos tecidos e a madeira do mobiliário, criando a ilusão de espaço amplo e serenidade. Aquele quarto era um de seus lugares favoritos no mundo e onde passava muito tempo. Ao mostrá-lo a Callum, não pôde evitar se sentir um pouco exposta.

— É aqui que você faz os móveis? — perguntou ele, observando as diferentes ferramentas dispostas em toda a sala e peças de madeira meio cortadas e inacabadas.

— Isso mesmo. — Amanda reprimiu um sorriso pelo modo como ele o dissera, como se não pudesse acreditar.

Ela respirou profundamente. O cheiro familiar de serragem e verniz sempre a fazia se sentir bem, e naquela ocasião não foi diferente. Ele a observou com uma expressão de curiosidade. Seu olhar deslizou pelos braços nus da garota.

— Você duvida da minha capacidade? — perguntou ela, depois de corrigir sua postura para parecer mais alta.

Callum se aproximou de uma pequena mesa de madeira e mármore, acariciou a pedra fria da superfície e deslizou os dedos pela madeira escura ornamentada. Não contente com isso, descansou as duas mãos na superfície e, usando o peso de seu corpo enorme, sacudiu a mesa.

Amanda o olhou sarcasticamente. O jovem se preparou para levantar a mesa com apenas um braço, mas quase caiu de quatro em cima dela, de tão pesada.

Ele se sentou com o máximo de dignidade possível, afastando o cabelo dos olhos com um movimento de cabeça, e se virou para olhá-la.

— Sem dúvida, essa peça não foi feita por você.

— Suposição errada — replicou ela com prazer. — Eu a terminei há pouco tempo.

Callum olhou para seus braços novamente, com óbvio ceticismo. Ali ela começou a entender melhor suas ancestrais.

— Como você poderia criar algo tão perfeito sozinha? Pesa quase o mesmo que eu.

Ela deveria ficar chateada com a falta de fé dele, mas a única coisa que ressoou em sua mente foi a palavra usada para descrever seu trabalho. Callum tinha chamado-o de perfeito. Suas bochechas queimavam, e ela exalava a euforia em seu peito.

Ele não era o primeiro a elogiar seu trabalho — ela sabia do seu talento e havia conseguido vender inúmeros objetos a preços exorbitantes — , mas, por algum motivo, ouvi-lo dizer aquilo a encheu de prazer.

— A inteligência é mais poderosa que a força.

— Você deve ser muito inteligente, porque esses braços... — inesperadamente, ele a agarrou pelo pulso com uma mão e com a outra apertou os bíceps — ... poderiam se quebrar com um vendaval.

Os dedos fortes e cálidos dele na pele do seu braço lhe enviaram uma torrente que causava arrepios em seu peito. Ele era pior que o vento — poderia quebrá-la mais facilmente.

Callum interpretou sua súbita seriedade como desprezo pelo fato de ele a tocar novamente e a soltou de imediato. Então, enrolou a camisa branca um pouco mais, revelando seu próprio músculo.

— Olha meu braço — disse, flexionando-o. — Entende o que quero dizer?

Amanda revirou os olhos. Livros e histórias lhe ensinaram que os homens eram competitivos e gostavam de mostrar sua força. Verificar como algumas dessas características se confirmavam em Callum era fascinante. Ele nem fora criado por homens, mas repetia o protótipo, como se as características exclusivamente masculinas descritas pelas cientistas tivessem o poder de modelar o comportamento.

Naquele momento, ela o via como o homem que era, e todas aquelas histórias horríveis sobre sua espécie a atingiram, aterrorizando-a e deixando--a arrepiada. Ao mesmo tempo, tudo lhe pareceu mais exótico, proibido e perigoso do que nunca.

— Não tenho intenção de competir com você — disse ela finalmente, cruzando os braços. — Além disso, seus lindos músculos não o ajudaram a levantar a mesa.

Amanda percebeu que fora um erro ter dito a última frase assim que viu a expressão desafiadora no olhar dele. Callum foi para perto da mesa e se preparou para levantá-la. Ele conseguiu fazê-lo dando um rugido que a fez olhar para a porta da sala. Por sorte, estava fechada, e a madeira maciça sufocaria o som.

Ela o repreendeu pelo descuido, mas ele apenas sorriu, orgulhoso por sua façanha. Amanda não pôde deixar de sorrir.

— Muito bem, vou contratar você! Pode me ajudar a construir meus móveis.

— Como soube que fazer móveis era sua vocação?

Ela se aproximou dele para pegar um serrote de mão e acariciou a ferramenta com carinho. Como explicar o que sentia quando estava rodeada de madeira? Quando modelava as peças e pouco a pouco estava construindo algo bonito que havia saído de sua imaginação?

— Quando eu era pequena, sempre analisava as peças dos mobiliários, onde elas estavam unidas e como eram montadas. Também ficava fascinada pela maneira como a madeira muda de uma peça para outra, como se tivesse personalidade própria. É difícil de explicar, mas, quando trabalho, me sinto completa e entendo meu lugar no mundo.

Callum se jogou no banco que ficava no parapeito da janela, com os ombros abatidos. Por alguma razão, tudo parecia confuso ou deprimente.

— Você está bem?

— Qual será minha vocação? Minha razão de viver? — perguntou ele, olhando nos olhos dela como se pudesse encontrar a resposta lá. — Sou um servo, mas, e se eu quiser ser outra coisa? O que acontece se eu quiser ser médico? Não posso, porque sou servo e elas já decidiram por mim que isso é o que devo ser para o resto da vida. Amanda, você acha isso justo?

Ela desviou o olhar e, com um pano, começou a limpar a cadeira em que estivera trabalhando nas últimas semanas.

— Antes da bactéria, as mulheres não podiam ir à universidade e eram relegadas a atividades relacionadas ao trabalho doméstico.

Callum mordeu os lábios, inquieto.

— Agora, as coisas serão diferentes — assegurou ele depois de refletir por um momento. — Desta vez, ambos os sexos serão livres para fazerem o que quiserem.

Amanda duvidava que os homens permitissem que algo do tipo acontecesse, especialmente depois de descobrir que foram mantidos naquele estado por tantos anos. As represálias tornariam a situação da mulher ainda pior do que no passado.

Mas não discutiria com ele. Tinha que convencê-lo de que pensava como ele e que iria ajudá-lo a libertar o restante dos homens.

— Bem, vamos mandar essa carta.

6

O centro de Crawley estava deserto. Sua agitação habitual estava atenuada pelo ritmo sossegado dos domingos ao amanhecer. Eles subiram pela High Street com o The Old Houses à direita. O edifício tinha um belo estilo medieval, com paredes brancas e molduras de madeira escura que formavam semicírculos e triângulos na fachada, enquanto a parte inferior era de tijolos. O telhado grande de palha deslizava pelos dois lados do prédio, e as marcantes janelas de madeira eram separadas em pequenos quadrados.

No começo, Callum estava gostando da tranquilidade. Ele achou que poderia andar livremente sem fingir estar infectado, mas em todo o momento eles cruzavam com algumas pessoas madrugadoras. A padeira preparando seu local para a clientela, o olhar curioso de uma garota através da janela de seu quarto, uma carruagem transportando uma família rica de viajantes. Todas prestavam atenção nele, pois naquela hora da manhã não havia muita coisa interessante na rua para olhar.

Amanda sentiu a tensão de Callum ao seu lado, controlando-se para não analisar todos os detalhes do novo mundo que se abria diante dele. Para recompensá-lo, ela sussurrou explicações sobre as coisas que acreditava terem chamado a atenção dele. Não era estranho falar com seu servo, já que toda mulher fazia aquilo, era como falar com um cachorro ou com um bebê que ainda não entende as coisas.

O correio estava fechado, como ela havia previsto. Mas também sabia que Fanny Wishaw permitia colocar a carta por debaixo da porta pesada, e a enviaria quando voltasse, na segunda-feira. Amanda poderia voltar mais tarde para pagar a dívida. Obviamente, não era a carta que escreveu sob o olhar atento de Callum, mas a substituta, uma carta para suas primas em segundo grau que moravam em Brighton. Mas ele não sabia disso.

Depois de empurrar a carta por debaixo da porta, ela o olhou com um sorriso forçado e, vendo-o observar a loja através do vidro, se perguntou se ele desconfiava dela. Seu coração deu uma rápida acelerada. Sua segurança dependia de Callum acreditar que ela o ajudaria.

— Tem certeza de que vão ver a carta e enviá-la? — perguntou ele, preocupado. — Não seria melhor voltar na segunda-feira para garantir?

— Claro! — respondeu Amanda, e teve que limpar a garganta. — Na segunda-feira retorno para fazer o pagamento. Então, verificamos se a enviaram.

Amanda olhou em volta, inquieta. O jovem, animado com a perspectiva de se comunicar com as cientistas, se esqueceu do seu papel. Felizmente, ninguém havia testemunhado isso.

Ela o segurou pelo braço e apertou os dedos discretamente, para que ninguém que estivesse observando percebesse.

— Callum, qualquer indiscrição... Uma mulher é suficiente para perceber que há algo estranho em você, e estaremos perdidos. Não se esqueça disso novamente.

Ele não respondeu, mas ela soube que a ouvira, pois seu rosto congelou novamente em uma máscara inexpressiva.

Eles voltaram pela rua que vieram. A padaria estava aberta e o cheiro de pão fresco tinha inundado tudo ao redor, acordando a vizinhança. Amanda sorriu quando sentiu Callum indo discretamente na direção do recinto, recusando-se a dar outro passo para longe do delicioso aroma. Ela também estava com fome, já que saíram de casa antes do café da manhã ser servido.

A padaria era pequena e escura e estava lotada. As vitrines de madeira e vidro permitiam que eles vissem os saborosos doces e biscoitos de diferentes variedades e tamanhos. A iluminação vinha de duas pequenas janelas e das lamparinas a óleo que ficavam nas prateleiras, junto com farinha, latas de açúcar, frutas e espigas, que contribuíam para a decoração.

— Você tem dinheiro, Callum? — sussurrou Amanda, disfarçando um sorriso. O jovem acabava de detê-la na parte da vitrine que o interessava e cutucou seu braço com os dedos, para lhe indicar que queria o objeto cujo rótulo marcava um número. Foi um gesto inteligente, e Amanda não pôde deixar de olhar para as outras mulheres da loja, acompanhadas de seus homens vazios, e se sentir com sorte.

— Não sei como você pretende comprar esse doce, se não tem dinheiro.

Callum olhou para ela com uma cara de ódio que durou apenas um segundo, mas foi o suficiente para ela entender que ele não achara graça. Amanda apertou os lábios para esconder o sorriso.

Ele estendeu o braço que estava preso ao de Amanda e puxou o chapéu da mulher que estava na fila na frente deles. O chapéu caiu e deslizou até parar no chão.

A senhora se virou surpresa e olhou para Callum e Amanda. Ele estava com a sua melhor cara de servo inerte, deixando Amanda com toda a responsabilidade do que havia ocorrido.

— Mas que vergonha, mocinha! — começou a senhora, corando de indignação. — Na sua idade fazendo brincadeiras desagradáveis. Sua mãe não lhe deu educação?

Ela tinha uma voz irritante e estridente e, num piscar de olhos, toda a loja estava observando.

— Me desculpe, senhora, foi um acidente — disse Amanda, envergonhada.

Ela se abaixou para pegar o chapéu do chão e entregá-lo a sua dona, que estava cada vez mais irritante.

— Um acidente... Que descarada! Quem é sua mãe, sua atrevida? — continuou ela, analisando seu rosto.

Amanda estava mordendo os lábios, mortificada, sentindo todos os olhares sobre ela.

— Eu realmente sinto muito, não sei o que aconteceu comigo.

Callum, ao seu lado, começou a tossir para esconder o riso.

— Por favor, cuide do seu servo, ou quer que ele morra de tuberculose?

Amanda pegou Callum pelo braço e o levou até a porta.

— Sua pequena travessura vai lhe custar aquele pão que você tanto queria — sussurrou ela antes de sair da loja.

— Sim, ama — respondeu ele alto e claro, para que toda a loja pudesse ouvi-lo. Então, se virou e pegou o guarda-chuva da mesma senhora de antes, e começou a golpeá-la no traseiro.

É claro que todos que estavam na loja pensaram que tinha sido ela que havia lhe dado a ordem quando lhe falou ao pé do ouvido.

O sangue de Amanda congelou em sua cabeça.

— Callum, pare! — ordenou ela, fazendo com que o rapaz parasse imediatamente como um servo fiel e adotasse uma postura serviçal, esperando pela próxima ordem da sua ama.

Amanda observou os rostos a olhando, a fúria e a indignação da dama do chapéu, os olhos arregalados de outras mulheres e os sorrisos meio envergonhados de algumas garotas que não conseguiam deixar de rir com cada grito indignado da senhora cada vez que Callum batia com o guarda-chuva.

Amanda ordenou que ele devolvesse o guarda-chuva e o arrastou para fora da loja sem se incomodar em pedir desculpas — isso não teria solucionado o problema.

Ela o empurrou para a pequena travessa que cercava a padaria, e eles se esconderam entre as lixeiras da loja.

— Você está louco! — gritou quando Callum se encostou à parede, rindo alto.

— Viu a cara delas? — disse ele entre risos e lágrimas.

Amanda não queria rir, mas os gritos ultrajantes da mulher sendo surrada com o próprio guarda-chuva voltaram à sua memória. Para disfarçar a risada, ela bateu várias vezes no braço dele.

— Você me fez parecer ridícula — exclamou ela, recompondo-se. — O que vão pensar?

— Que você não gostou do chapéu dela?

— Callum! — Ela o censurou e teve que se controlar para não estrangulá-lo. Mesmo assim, lhe golpeou no peito com o punho.

— Seria ótimo se elas saíssem da loja e a vissem me maltratando — disse, encolhendo-se contra a parede como se ela o estivesse espancando.

Amanda imediatamente se afastou dele. Preocupada, olhou em volta para ver se havia gente olhando. Ela se recompôs, vestiu sua jaqueta novamente com toda a dignidade que podia e saiu da travessa sem olhar para ver se ele a seguia.

Quando chegaram à praça principal de Crawley, o mercado de domingo estava começando a lotar. O som animado dos transeuntes mais madrugadores se misturava ao grasnar dos gansos. As vendedoras falavam gritando para chamar atenção para suas mercadorias e atraíssem a clientela. Amanda olhou vários sabonetes Pears à sua esquerda, mas desistiu de comprar um ao ouvir a vendedora gritando o preço a outra cliente.

— Dez centavos por um pedaço de sabão — disse a si mesma e balançou a cabeça.

Callum parou diante de um pequeno chiqueiro para ver dois porcos grunhindo alegremente sem saber do futuro que os aguardava. Amanda não pôde evitar compará-los com ele.

Eles devoraram dois pedaços de torta de maçã recém-feita que fizeram Callum exclamar de admiração, e ela o repreendeu, olhando ao redor. Embora os servos sentissem prazer como qualquer ser humano, anunciá-lo em voz alta era uma qualidade única da inteligência.

— Veja, Jane, meu presságio foi cumprido.

Amanda ouviu a voz inconfundível de Sally Gaskell e se virou para olhá-la enquanto limpava os restos de torta do canto da boca.

Sally a observou sorrindo quando se aproximou dela, acompanhada por Jane.

— Eu disse à Jane que, se viéssemos ao mercado, encontraríamos você na barraca de bolos e doces — disse Sally, entusiasmada.

Jane ignorou as amigas, porque seus olhos se fixaram em algo muito mais interessante. Ela se aproximou de Callum com o andar de uma felina e deixou seus olhos deslizarem pela abertura da camisa dele.

Os lábios de Callum se separaram e seus olhos brilharam novamente, como no dia anterior, quando a conheceu. Ele a olhou com o mesmo interesse que mostrara pelo bolo.

— Você nem mudou a roupa dele? — questionou Jane, como se achasse que isso era a prova de algo que Amanda não conseguia entender. Levantou a mão para prender um dos botões elegantes na gola de sua camisa.

— Então, este é o famoso Callum — disse Sally, parando bem na frente do jovem. — Amanda, entendo você por estar com ciúmes. Jane Wentworth, tire suas mãos de cima dele agora mesmo!

Callum teve dificuldade em deixar de olhar a exótica Jane para observar Sally. A moça tinha 21 anos, era mais baixinha que a esbelta Jane, até mais que a própria Amanda, e mais gordinha também. Ela era assim desde pequena e ficou mais ainda depois de dar à luz sua filha Sofie. Ela lhe dera um nome francês porque seu servo, o pai da criança, era francês. Sally era fascinada pela cultura francesa desde que fora enviada para estudar na França aos dezesseis anos. Ela comemorou seu décimo oitavo aniversário em Paris, onde escolheu seu servo, Phillippe.

Quando voltou a Crawley, assegurou que os franceses eram os homens mais bonitos de toda a Europa, e contava as maravilhas da organização das mulheres francesas.

Elas saíram juntas do mercado. Amanda se perguntou se Callum estava surpreso com sua nova faceta, porque, quando ela estava com as amigas, se comportava de uma maneira um pouco diferente da jovem tímida que parecia ser. Mas o jovem se manteve em silêncio, e Amanda não podia adivinhar seus pensamentos.

Jane começou a fazer cócegas em Amanda, sabendo que ela era sensível a elas. Enquanto ria, Amanda viu como Callum desfez seu olhar perdido para observá-la pela primeira vez. Mas ela não conseguia ler a expressão em seus olhos, nem seu significado.

Eles se sentaram perto do chafariz em uma das praças de Crawley. O dia estava ficando quente, e as poucas gotas d'água que quebravam contra a pedra da fonte aliviavam a atmosfera.

— Onde estão seus servos? — perguntou Amanda.

— Phillippe estava com frio ontem à noite, então o deixei na cama. Ele precisa descansar — respondeu Sally, abanando-se com uma mão e balançando os pés na fonte.

— O meu ficou descansando também — comentou Jane, e imediatamente sorriu. — Dei muito trabalho ao pobre rapaz ontem à noite, mas ele parecia feliz.

Amanda corou ao ouvir a amiga.

— Nada que vocês dois não tenham feito. Queremos todos os detalhes — continuou ela com malícia e apontando para eles com o dedo indicador.

— Não há nada para contar — retrucou Amanda rapidamente. — Estávamos cansados.

— Claro — disse Jane com óbvio ceticismo. Ela se virou para Sally. — Vamos acreditar nessa história?

— Recebi uma carta de Elizabeth Thornton — começou Amanda depressa, para mudar de assunto. Ela sabia que Callum estava ouvindo tudo. Mais cedo ou mais tarde, ele perceberia que ela mentira sobre o jogo de que todas estavam falando. — Ela disse que meu irmão está muito bem de saúde e que parece ter se adaptado bem a Londres.

— Por que ele não iria se adaptar? Não é como se pudesse questionar se gosta da vida no campo ou na cidade grande — respondeu Jane zombeteiramente.

Com o canto do olho, Amanda viu que Callum apertava a mandíbula.

— Só porque estão infectados não significa que eles não sintam nada, Jane. Alguns ficam deprimidos quando não gostam do seu novo ambiente ou quando não são bem tratados, o que demonstra que eles sentem.

A amiga levantou os lábios, não muito convencida.

— Pessoalmente, eu adoraria morar em Londres. Crawley é tão chato. Aqui nunca acontece nada de novo.

Amanda sorriu e olhou dissimuladamente a Callum. Se ela soubesse que sim, que às vezes acontecem coisas diferentes em Crawley, não estaria dizendo aquilo.

— Elizabeth também me contou que está muito feliz com Oliver e que quer ficar grávida o mais rápido possível. Quando tiver o bebê, serei convidada para ir em sua casa em Londres para conhecer minha sobrinha.

— Ou sobrinho — interrompeu-a Jane.

— Tenho certeza de que será uma sobrinha — disse Sally, lançando um olhar envenenado para Jane.

Ela estava sendo mais irritante que o normal. De vez em quando, olhava para Callum. Sally e Amanda sorriram entre si. Sem dúvida, Jane estava com ciúmes. Se fosse por ela, uma mulher teria uma coleção de homens em vez de ter um só.

Stephanie Wentworth, a mãe de Jane, avistou-as e se aproximou delas.

— Bom dia, meninas! — cumprimentou. — Este deve ser o servo que você escolheu, certo, Amanda? Parabéns! Jane já havia me dito que era um exemplar excepcional.

— Obrigada, sra. Wentworth.

— Vamos, meninas, venham comigo à igreja. Amanda, sua mãe está debatendo com Elizabeth Hale, a defensora da libertação dos homens.

O coração de Amanda pareceu desmoronar. Ela não conseguia dizer se ele havia começado a galopar com violência ou se tinha parado completamente. Havia se esquecido de que o debate era naquela manhã.

As jovens se levantaram para acompanhar a sra. Wentworth, mas Amanda duvidava que suas pernas funcionassem, já que seu corpo inteiro parecia estar em transe. Ela se endireitou o melhor que pôde e se aproximou de Callum com a intenção de empurrá-lo para o bosque.

— Não me lembrava de que a minha mãe ia debater hoje — disse Amanda com a voz estrangulada. — Apesar disso, tenho que trabalhar.

— Num domingo? — protestou Sally.

Amanda assentiu e puxou o braço de Callum, mas ele se recusou a se mexer. Ela sabia por quê. Ele ouvira o que a mãe de Jane dissera de Elizabeth Hale e queria conhecê-la. Claro que tinha ouvido, não era surdo.

As três estranharam a reação de Amanda e o fato de ver que o seu servo não se mexia quando ela tentou fazê-lo andar.

Amanda cravou as unhas no jovem, mas ele continuou sem obedecê--la. Então, não teve escolha senão aceitar o convite. Não queria que elas percebessem que Callum era diferente dos outros servos.

7

A igreja estava lotada. As duas rivais se enfrentavam no altar, de frente para o resto da sala. As ouvintes estavam em silêncio enquanto Mary Fairfax, a mãe de Amanda, lia o trecho de um livro:

— "Entre os flancos das mulheres está o útero, uma viscosidade feminina, parecida com um animal, pois se move por conta própria de um lado para o outro, até as cartilagens do tórax..." Em seguida, explica que o nosso útero se move através de áreas do nosso corpo e diz: "em uma palavra, este órgão é completamente inconstante. Ele também se deleita com maravilhosas fragrâncias e avança em direção a elas. No entanto, não gosta de maus odores e foge deles. Na sua totalidade, o útero é como um animal dentro de outro animal."

Mary fechou o livro e dirigiu sua atenção ao público.

— Este parágrafo pertence a um texto clássico, mas, sem ir muito longe, nossos médicos do sexo masculino, bem aqui na Inglaterra, acreditavam até o século XVII que o útero pressionava órgãos e veias importantes, levando as mulheres a estados de histeria e fraqueza, o que nos transformava em seres imprevisíveis e inúteis.

— A ignorância e precariedade da medicina da época explicam a existência de teorias tão díspares — interrompeu Elizabeth Hale.

— O que explicam, querida Elizabeth, é a mentalidade dos homens — continuou Mary com determinação. — Seres convencidos da inferioridade das mulheres, que, além disso, se aproveitam das diferenças em nossos corpos para nos relegar a um estado animal que não nos permite realizar trabalhos com os quais possamos alcançar nosso próprio desenvolvimento intelectual e independência. As teorias deles tinham como objetivo nos tornar escravas da nossa condição e nos convencer da nossa inutilidade para manter a soberania econômica que lhes permitia nos controlar.

Em meio às exclamações e aplausos dos ouvintes, Elizabeth balançou a cabeça, cansada, e esperou que o murmúrio diminuísse.

— Você tem medo do monstro errado, sra. Fairfax, você tem medo do órgão masculino. Temer os atributos errados, aqueles com os quais nascemos, é muito perigoso e conduz, inevitavelmente, ao ódio e à destruição. Não temo a cor da pele, ou o que se encontra entre as pernas. Temo a ignorância e a falta de educação, e isso sempre pode ser curado. A educação é a cura para todos os verdadeiros monstros da sociedade. — Elizabeth esforçou-se para elevar a voz acima da aceitação óbvia que Mary provocara. — A educação é a arma mais poderosa que existe. De fato, as mulheres dos séculos passados se julgavam inúteis e incapazes de realizar os trabalhos que agora realizamos. Se nós despertarmos nossos homens hoje e os educarmos na crença do nosso valor, eles nem pensarão em ideias como as que acabamos de escutar.

Amanda apertou os dentes com tanta força que teve medo de quebrá-los. Mas desejar com toda a força que a sra. Hale parasse de falar não era suficiente para mantê-la quieta.

— Manter esses seres humanos infectados por uma doença que já tem cura é uma crueldade intolerável e inadmissível. O medo não é uma desculpa para privá-los da sua liberdade e não somos nós que decidem se eles merecem viver uma vida de escravidão.

— Mas é exatamente o que fizeram conosco — protestou Mary, adotando uma postura mais agressiva. — Pelo menos nós os mantemos em um estado onde não dói estarem privados de liberdade e cuidamos de sua saúde e seu bem-estar. No entanto, antes da bactéria, a lei permitia que um marido batesse em sua esposa quando ela o desobedecesse, e até dava descrições detalhadas sobre a vara que ele deveria usar para espancá-la. O jurista lorde Hale estabeleceu que uma mulher podia ser estuprada pelo marido pois ela era obrigada a servi-lo por contrato. Um ancestral seu, talvez, sra. Hale — provocou Mary, fazendo com que toda a sala explodisse em gargalhadas.

Amanda não precisou se preocupar em levar Callum embora de lá, foi ele quem a agarrou pelo pulso com a força de um gorila. Ela entendeu a mensagem e, juntos, eles deslizaram pela parede da igreja até a saída.

Ou pelo menos ela pensava que estavam saindo. Antes de chegarem às enormes portas da igreja, ele a puxou para uma pequena sala. Felizmente, estava vazia e parecia que ninguém havia prestado atenção neles.

Callum fechou a porta e, quando ele se virou para ela, um arrepio percorreu sua pele. Talvez fosse melhor para ela se alguém tivesse visto eles saírem. Naquele momento, ela se arrependeu de não tê-lo denunciado imediatamente.

— Você mentiu para mim — murmurou ele, aproximando-se dela lentamente, como uma pantera prestes a atacar.

Amanda suspirou assustada e se virou para contorná-lo e chegar à porta. Callum se moveu como um raio e, antes que ela pudesse tocar a maçaneta, sentiu o braço forte dele em volta da sua cintura e uma mão tapando sua boca. Ele a jogou no chão e, com uma perna segurando seus braços, usou o peso do seu corpo para imobilizá-la.

Ela não se lembrava de ter ficado tão assustada em toda a sua vida. A dor que ele infligia em seu corpo lhe mostrou que ele não teria misericórdia. Callum era tão cruel e implacável como todos aqueles homens das histórias que ouvira. Como ela pôde ter sido tão estúpida? Se ele a matasse naquele momento, seria culpa dela.

Callum continuou tampando a boca dela e se inclinou para poder falar sem levantar a voz. Mas o peso dele nas costelas se tornou insuportável.

— Você nunca quis me ajudar, certo? — questionou ele com um olhar cheio de rancor. — Claro que não, sua própria mãe se esforça para nos destruir.

Amanda tossiu ao primeiro sinal de sufocamento e Callum piscou, como se tivesse acabado de acordar de um transe. Ele se levantou e retirou o peso de cima do corpo dela, e Amanda conseguiu respirar.

— Sinto muito, Amanda — falou, e parecia genuinamente arrependido. — Eu esqueço o quanto você é delicada.

Ela o viu enrugar os olhos com sua tosse, como se ele não fosse o responsável. Ele esfregou as costas dela vigorosamente com uma das mãos, como se quisesse ajudá-la a respirar, e Amanda sentiu a força dele contra seu peito. Mesmo assim, era tão forte sem querer que nem ela nem qualquer outra teriam qualquer chance em uma luta corpo a corpo. Por esse motivo elas foram escravas durante séculos.

— Não olhe para mim assim, não quis machucar você — defendeu-se, com a inocência de uma criança estampada no seu rosto.

— Mas poderia, se quisesse — sussurrou ela com os olhos úmidos. — Eu não poderia impedi-lo se decidisse me matar.

Callum parecia adivinhar a direção de seus pensamentos, que o que acabara de acontecer entre eles só reforçava sua aprovação pelo sistema em que viviam.

— Não faça isso — implorou o rapaz, balançando a cabeça lentamente. — Não pense saber tudo sobre mim e minha personalidade somente por ser homem. Se eu a machuquei foi porque estava desesperado. Não entende minha situação? Por acaso não somos todos humanos?

Amanda olhou para os seus pulsos. Estavam marcados pelos joelhos dele e provavelmente ficariam roxos. Amanda deveria ter feito a denúncia. Ela tinha a impressão de que, se não o fizesse, a sua vida estaria em perigo. Mas, quando eles se olharam, soube que não poderia viver com aquele peso na consciência.

Callum não esperou mais, levantou-se e virou-se para a porta.

— Aonde você vai? — perguntou a ele, enquanto se levantava com dificuldade.

Callum parou e se virou para olhá-la. Ele parecia triste, mas ao mesmo tempo tinha uma expressão de determinação que ela não tinha visto antes.

— Vou me apresentar a Elizabeth Hale.

— Você não pode fazer isso. Acredite em mim. Mesmo que Elizabeth esteja a favor da sua causa, isso não a fará ir contra a lei. Elas vão prender você e acho até que são capazes de matá-lo.

Mas ele não estava prestando atenção, e agarrou a maçaneta decidido a sair daquela sala e se revelar ao mundo.

Amanda não podia deixar que ele fizesse aquilo. Sem pensar duas vezes, pegou um peso de papel da escrivaninha e o lançou na cabeça dele com toda a sua força.

Callum parou e, quando parecia que nada iria acontecer, desabou no chão.

Amanda mordeu o lábio, preocupada que o tivesse matado, mas, apesar de uma ferida no couro cabeludo, ele ainda respirava.

Ela colocou o peso de papel de volta na mesa e abriu a porta pedindo ajuda. Diria a todas que ele tinha batido a cabeça na prateleira por acidente. Nenhuma mulher jamais tinha batido em um servo, porque nunca fora necessário fazê-lo. Todos os servos eram obedientes e trabalhadores. Mas o servo de Amanda a meteu em confusão duas vezes em apenas uma manhã.

8

Callum tentou abrir os olhos várias vezes, mas a luz do sol, que intermitentemente vazava pelas folhas das árvores, forçou-o a fechá-los novamente.

Ele estava deitado de costas em uma espreguiçadeira do jardim. Não se lembrava de como chegara lá, mas a dor de cabeça refrescou sua memória e lembrou-o do que acontecera na igreja com Amanda.

Pensando na jovem, se obrigou a procurá-la. Não precisou expandir muito seu campo de visão, já que ela estava em uma espreguiçadeira ao lado da sua, com um livro entre suas mãos pequenas.

Callum sorriu quase imperceptivelmente, imaginando como ela tinha conseguido derrubá-lo com aqueles braços tão finos. Não disse nada, teve medo que houvesse mais pessoas, cuja posição não lhe permitisse ver, e estivessem nas proximidades.

— Olha, Amanda, ele acordou — disse uma voz alegre, embora ele não pudesse ver quem era.

Amanda deixou o livro descansar em seu colo e se virou para encará-lo. Callum foi capaz de ler a culpa e o medo nos olhos da jovem. Na verdade, o medo sempre estava lá quando o olhava.

— Cassandra, por favor, vá para a cozinha e me traga um chá.

A menina, que estava atrás dela, saiu correndo para atender ao pedido da irmã.

Então, Amanda se aproximou dele com medo, como se achasse que ele ia mordê-la a qualquer momento.

— Você escorregou e bateu com a cabeça quando estávamos na igreja — disse com cautela enquanto se inclinava sobre ele. — Pode falar agora, estamos sozinhos, mas não se mexa. Você precisa descansar.

— Caí e bati a cabeça? — perguntou ele, tentando esconder um sorriso. Quando ela chegou perto o suficiente, ele a agarrou pelo braço e a puxou até que seus narizes estivessem a um dedo de distância. — Pelo menos, conheço o seu rosto quando mente.

A jovem o olhava com olhos arregalados, de modo que ele não teve escolha a não ser sorrir para tranquilizá-la.

— Parece que não é preciso ser um homem para ser violento — disse ele com prazer, vendo seus cílios grossos descerem para esconder seus olhos, sem dúvida por vergonha.

O braço dela tinha ficado roxo onde ele a segurou com os joelhos.

— Acho que estamos quites. Nós dois nos comportamos mal.

Amanda finalmente sorriu, e Callum se afastou, porque a fragrância dela dificultava sua respiração, assim como em outras ocasiões. Seu perfume tinha algo que mexia com seu estômago. Talvez ele fosse alérgico às flores da fórmula.

— Cassandra está chegando — avisou ela.

A irmã voltou com um remédio medicinal de cheiro horrível, mas Amanda ordenou que ele bebesse, e ele não podia recusar uma ordem na frente de Cassandra. O sabor era ainda pior do que esperava, mas ele começou a se sentir melhor imediatamente.

— Você dormiu a tarde toda, Callum — contou a pequena, acariciando a testa dele. — Eu lhe trouxe um violino. Você pode tocar para nós e assim não ficará entediado enquanto estiver se recuperando.

— Callum, você precisa dormir ou quer tocar? — perguntou Amanda, como se estivesse falando com um cachorro, ou uma pessoa meio surda.

Ele se sentou e sua resposta foi colocar o instrumento sob o queixo. Não conseguia entender por que tinha tanta certeza de que sabia tocar. Mas estava seguro.

Cassandra colocou um caderno de notas nas pernas e o abriu nas páginas que a interessavam. Sorrindo, lhe apontou para a música que ela queria escutar.

Callum começou a tocar como se fosse a primeira vez que o fizesse, mas, assim que começou, percebeu que não era. Era simplesmente a primeira vez que o fazia estando consciente. O ar em seus pulmões ficou pesado, como quando cheirava o perfume de Amanda. Uma excitação começou a fluir de seu peito aos dedos, no ritmo da música. O som vinha dele e retornava ao seu corpo como um raio de sol aquecendo a pele, ou como a brisa que o aliviava quando ele estava acalorado.

Ele se esqueceu delas até as duas se virarem para observá-lo. Os olhos de Cassandra estavam arregalados e com os lábios entreabertos, e Amanda o olhava com espanto.

— Callum, você toca melhor que qualquer outro servo que eu tenha ouvido — comentou Cassandra, encantada. — Essa é minha música favorita, mas você a deixou mais bonita.

Amanda sorriu e Callum quis imitá-la. Ele quase não conseguiu reprimir o sorriso que estava curvando seus músculos faciais junto com o calor que aquecia suas bochechas. No entanto, a menina não parecia muito preocupada com suas anomalias — pelo contrário, estava encantada com ele.

Quando o sol estava se pondo, Amanda o levou para dentro, até o piano. Cassandra os seguiu, querendo verificar como ele tocava o instrumento. Por essa razão, ele não pôde comentar com Amanda as novas sensações que descobrira naquela tarde. Mas, quando seu olhar encontrou o da jovem, teve a impressão de que ela o entendia. Talvez fosse o que ela sentia ao fazer seus móveis.

Depois do jantar, Amanda o levou para o quarto ao lado do seu. Ela lhe explicou que ele deveria dormir ali todas as noites, mas Callum queria acompanhá-la até o quarto dela para conversar sobre todas as coisas que aconteceram naquele dia. Ele ficou em silêncio a tarde toda por causa das outras mulheres da casa.

Mas Amanda insistiu que ele deveria descansar e, depois de cobri-lo com a fina colcha de verão, serviu um pouco de láudano, que o entorpeceu por completo.

— Amanda. — Ele conseguiu chamá-la, apesar de estar atordoado, quando ela estava prestes a sair do quarto. Suas pálpebras pesavam como dois carros carregados, mas ele os mantinha parcialmente abertos. — Hoje foi o melhor dia da minha vida.

A jovem sorriu para ele. O sorriso dela flutuou nas cortinas das suas pálpebras mesmo depois de ter fechado os olhos.

— De verdade? O melhor dia da sua vida inclui ter levado uma pancada e desmaiado?

Ele sorriu de olhos fechados, quase sem saber se aquilo era real ou não.

— Sim — sussurrou ele — , assim é a minha existência.

9

Na manhã seguinte, Amanda acordou com o som de fortes pancadas na porta entre seu quarto e o de Callum. Na noite anterior, trancara a porta do quarto para evitar que o jovem lhe surpreendesse outra vez. Embora eles não tivessem conversado sobre o que aconteceu na igreja por causa da presença constante de Cassandra e dos outros membros da família, além da sonolência de Callum, ela não podia evitar tal discussão por muito tempo.

Ela respirou fundo antes de abrir a porta que os separava, preparando-se para o que estava por vir.

— Já estava na hora — exclamou, impaciente. — Estou faminto.

Foi um alívio que ele não pedira explicações imediatamente.

— Por que trancou a porta? — perguntou ao vê-la calada, voltando para dentro do quarto.

Amanda pensava que era óbvio, porque estava com medo dele, mas Callum não parecia entender as coisas mais óbvias.

— Era para que você não me acordasse. Eu precisava dormir bem essa noite — mentiu. — Vista-se e me espere no corredor.

Callum obedeceu e cinco minutos depois desceram até o primeiro andar em silêncio.

A casa estava excepcionalmente iluminada devido ao brilho generoso do sol. As paredes brilhavam com mais energia do que nos dias nublados daquele inverno.

— Tive um sonho estranho — sussurrou Callum.

Amanda colocou o dedo indicador nos lábios pedindo silêncio.

Um murmúrio de vozes na sala de jantar alertou a jovem de que suas parentes já estavam de pé e se preparando para tomar o café da manhã. Não era normal que suas primas estivessem em casa tão tarde nos dias de escola, mas hoje estavam.

Ela olhou para o grande relógio de madeira que adornava a sala de visitas e percebeu que eram sete da manhã. O sol da manhã, que estava forte, enganou seu corpo, confundindo seu relógio interno.

Dias ensolarados e quentes como aquele não aconteciam sempre na Inglaterra e Amanda não ia perder a oportunidade de aproveitá-lo ao máximo.

Ela parou antes de entrar na sala. Olhou em volta para se certificar de que não havia ninguém no corredor. Então, entrou no armário das capas e guarda-chuvas do corredor e esperou que ele a seguisse. Quando o jovem entrou, ela fechou a porta.

O armário era pequeno e escuro. Estava cheio de casacos, chapéus, luvas e roupas penduradas. As coisas se chocavam com a cabeça dela, e a de Callum também.

— Não fale, só se tiver certeza que estamos sozinhos na sala.

— Nós estávamos sozinhos antes de eu falar.

Amanda não disse nada. Naquele instante, percebeu o quão perto eles estavam um do outro.

Callum ficou ali, observando-a com expectativa. Seu rosto estava a apenas dois dedos de distância do dela.

A luz da manhã se filtrava pelas rachaduras nas portas, iluminando-as com tons marrons, o suficiente para que ela pudesse ver o rosto do jovem e o contorno de seu corpo, e dando-lhes um halo de intimidade que ela não planejara.

O aroma viril de Callum fez com que seu coração acelerasse. Ela olhou para os lábios dele sem ser capaz de lembrar o que mais tinha a dizer.

Amanda teve que se apoiar com as mãos nas prateleiras ao lado do corpo para se manter em pé.

Ela entrou ali para lhe dizer várias coisas, mas a única coisa em que conseguia pensar era em seus lábios amaldiçoados. Ela gostava do formato e de como eles combinavam com o queixo. Tinham uma dureza diferente da feminina.

Amanda só percebeu quanto tempo passou quando o viu levantar a mão e tocar os próprios lábios com seus dedos bonitos e masculinos.

— Tem alguma coisa na minha boca?

Amanda fez que não com a cabeça. Considerou ficar na ponta dos pés naquele momento e tocar os lábios nos dele. Sentir a barba dele contra a pele de seu queixo. Quase morreu só de pensar.

De qualquer forma, o que ele sabia? Poderia dizer a ele que era um gesto carinhoso e normal entre amigos.

Respirou profundamente. Seu peito parecia querer se abrir em dois e espalhar toda a euforia que estava controlando, todo aquele líquido quente que a queimava por dentro e o tambor frenético que ocupava o lugar do coração. Seu peito queria que ela o beijasse, mas a voz tímida e desmancha-prazeres no fundo de sua cabeça lhe dizia que não era uma boa ideia. Amanda estava arriscando acender a paixão dele e, embora não soubesse nada sobre isso, a natureza e o instinto lhe ensinariam como proceder. Ela sempre ouvira falar que os homens tinham uma paixão implacável e dificilmente extinguível.

A fantasia de Callum, tomando a iniciativa e atacando-a naquele armário fez seus joelhos tremerem.

— Minha família está na sala tomando o café da manhã — ela se ouviu dizer com uma voz diferente. Uma parte dela se odiava por não ter feito o que tanto desejava. — Sei que você tem muitas perguntas sobre o que aconteceu ontem na igreja, mas depois do café da manhã ficaremos sozinhos o dia todo. Teremos tempo para conversar sobre o que quiser. Por favor, não se revele a ninguém até ouvir o que tenho a dizer.

Callum assentiu.

Sem acrescentar mais nada, Amanda levantou a mão trêmula para abrir o armário e sair, mas, antes que pudesse, ele a puxou pela camisa e a jogou contra o seu peito. Ela teve que segurar no ombro dele para não perder o equilíbrio, enquanto sentia os dedos segurando a sua roupa. Sua pele parecia ter se sensibilizado, porque cada toque tinha uma intensidade que ela nunca sentira antes.

— Não gosto de ervilhas — sussurrou ele, alheio à tempestade que estava gerando dentro dela. — Elas me obrigavam a comê-las no Andrónicus, mas não quero comê-las aqui.

— Tudo bem — murmurou ela, sem fôlego, rezando para que o rapaz a empurrasse para fora, porque se sentia incapaz de soltá-lo por conta própria.

As pontas dos dedos dela sentiram a pele do ombro dele sob a camisa fina.

Mas ele não a empurrou, e parecia ter adquirido uma fixação com o seu cabelo. Usou a mão que estava livre para pegar uma mecha de cabelo loiro e o acariciou entre os dedos. Então, Callum levantou a mão para depositá-los em seu rosto. Seus olhos, cinzentos dependendo da luz, entrelaçaram-se aos dela, e ele a olhou mal-humorado.

— Não estou me sentindo bem — falou baixinho.

Era como se ele tivesse derramado óleo no fogo dentro dela.

Amanda só tinha que arrastar a mão que descansava no ombro quente do jovem até a nuca para atraí-lo até ela e aliviar a pressão que sentia, ou deixá-la pior — não tinha certeza.

Mas sabia que, se mostrasse esse caminho a ele, não haveria volta.

— Aqui dentro faz muito calor — sussurrou perto da boca dele —, você vai se sentir melhor do lado de fora.

Ele assentiu com os olhos ainda fundidos nos dela.

Então, ele abriu a porta do armário. A luz e a mudança de temperatura os trouxeram de volta à realidade.

Depois de trocar um último olhar, eles atravessaram a entrada para a sala, onde as primas de Amanda conversavam e riam com o habitual rebuliço juvenil. Todas ficaram em silêncio ao vê-los, ou melhor, ao ver Callum.

— Amanda Fairfax! — exclamou Isolda. — O que aconteceu com seus braços?

Sua mãe estava lendo o jornal, enquanto sua tia espalhava patê em um pão torrado. As duas mulheres levantaram os olhos de suas tarefas para cravá-las em Callum.

— Ontem, quando Callum bateu a cabeça, desmaiou sobre mim. Eu bati meus braços contra uma mesa quando caí — explicou Amanda enquanto se sentava.

— Você está bem? Está tão vermelha que parece febril — observou a tia.

Mary deslizou o olhar do rosto para os braços da filha.

— Está tudo bem? — perguntou.

Amanda a conhecia bem e sabia que estava verdadeiramente preocupada.

— Está tudo bem — respondeu, com uma expressão cansada. — Obrigada pelo interesse. Podemos tomar café?

Sem esperar por permissão, inclinou-se sobre a mesa e encheu dois pratos de comida, um para Callum e outro para ela.

— Quais são seus planos para hoje? — perguntou a mãe.

— Acho que vou ao lago cortar um pouco de madeira.

— Quer que Tom acompanhe você?

Amanda franziu a testa. Era a primeira vez que sua mãe lhe oferecia algo semelhante.

— Tenho meu próprio servo agora, mãe. Não preciso do seu para me ajudar com o meu trabalho. Callum é bastante forte.

— Não tenho dúvidas disso — murmurou Mary, e tomou um último gole de chá antes de se levantar para trabalhar com Tom.

Amanda a seguiu com o olhar até ela sair da sala e se perguntou se a mãe havia suspeitado da história que contara sobre o que acontecera na igreja.

Depois do café da manhã, eles foram para o bosque em um silêncio constrangedor. Callum brincou com o machado que Amanda lhe dera, balançando-o. Ele não pôde deixar de imaginar o que estava acontecendo na mente da jovem, mas a sentia um pouco distante, como se um muro de pedra tivesse surgido entre eles naquela manhã. E isso não lhe convinha. Afinal, ela era sua única aliada, mesmo que não estivesse convencida disso.

— Tive um sonho estranho ontem à noite — repetiu ele, quebrando a calma do bosque.

Ela deu uma olhada rápida. Suas bochechas coravam nos momentos mais estranhos. Callum estava tentando compreender quais eram os motivos para aquilo acontecer, mas não teve sorte, porque ela ficava vermelha de forma aleatória.

— Me conte — pediu ela, e seu rosto deixou a seriedade mortal que manteve a manhã toda. — Sou boa interpretando sonhos, como José.

— Quem?

— José, da Bíblia. Ele interpretou o sonho do faraó, no qual sete vacas magras engoliram sete vacas gordas, poupando muitas vidas.

— As das vacas gordas, imagino. Elas são as vítimas da história.

— Não estou tão segura disso. As vacas podiam estar magras porque as gordas comiam sua comida e, um dia, cansadas de passar fome, decidiram se tornar carnívoras.

— Ou talvez elas já fossem carnívoras e é por isso que ofereceram a comida, esperando que as outras engordassem para serem comidas no Natal — sugeriu Callum, enquanto andavam pelo bosque.

Amanda sacudiu a cabeça, rejeitando a ideia.

— Impossível, o Natal ainda não existia.

— Espertinha — resmungou ele. — Se você tivesse esse sonho, eu saberia interpretá-lo.

Ela o olhou com uma mistura de curiosidade e ceticismo.

— Sem dúvida, significaria que temos que racionar a comida na sua casa ou um dia sua tia vai comer sua mãe.

— Callum! — exclamou ela, batendo no braço dele. — Mas você entendeu a essência do sonho, porque tem a ver com o racionamento. José diz ao faraó que sete anos de abundância e boas colheitas precederão sete anos de estiagem e fome. Então, o faraó decide reservar provisões para os anos de vacas magras.

Ele assentiu com a cabeça inclinada para o lado, refletindo sobre a história que acabara de ouvir.

— Então, você deve interpretar o meu sonho, pois poderia ser útil — disse, e a segurou para que ficassem frente a frente. — Eu estava na minha cama no Andrónicus e algo me dizia para acordar os outros rapazes, mas, quando fui para suas camas e puxei os cobertores, eles não eram eles, eram vários tipos de animais. Um deles era uma pomba branca que começava a voar, outro era um porco fedorento como os do mercado. E o mais terrível de tudo é que alguns eram serpentes e escorpiões repulsivos que me deixavam com medo.

Uma coruja com problemas de insônia escolheu aquele momento para emitir o inconfundível guincho angustiado de sua espécie, e Callum notou como a pele da jovem se arrepiou. Era impossível que ela estivesse com frio, então deveria estar assustada.

Ela o encarou seriamente.

— Você quer libertar os outros, mas está com medo de que tipo de pessoas eles poderão ser.

Os olhos de Callum se moviam com a habitual dança de quem estava envolvido em um rio de pensamentos.

— Então, eu prefiro deixar os homens doentes por ter medo deles? — perguntou, visivelmente irritado.

Amanda deu um passo para trás.

— Não... — ela o corrigiu, falando devagar, como se tentasse falar claramente. — Você quer que todos eles sejam livres, mas tem medo de, assim que um homem fizer algo errado, perder sua liberdade novamente. Você não tem medo deles, mas sim da fragilidade das circunstâncias do seu gênero.

Callum piscou várias vezes, até que os nervos ao redor de seus olhos se suavizaram e seus lábios mostraram um sorriso quase imperceptível.

— Posso te chamar de José de agora em diante? Realmente combina com o seu cabelo.

Amanda sorriu, mas dava para perceber que estava tensa de medo.

— Vou interpretar isso como um elogio — respondeu a jovem, dobrando o tronco como um ator no final de uma peça de teatro, recebendo o aplauso do público.

Se Callum a quisesse ao seu lado, teria que convencê-la a confiar nele. Mas não seria uma tarefa fácil, depois de dezoito anos sendo educada para ter medo dos homens e do que ele fez na igreja. Não teve a intenção de machucá-la, mas o desespero o deixou louco ao saber que sua única aliada havia mentido para ele.

Eles retomaram o caminho tranquilamente, sem pressa, desviando de raízes salientes e troncos das árvores em seu caminho.

— Qual é a minha verdadeira situação? — perguntou, quebrando a trégua. — Não minta mais para mim.

Amanda assentiu, embora não o encarasse. Ficou olhando para o bosque, fingindo não estar nervosa. A camisa folgada cor turquesa que usava destacava o cabelo loiro meio preso na nuca. A maioria dos fios caíam sobre suas costas e iam quase até a cintura, e o tecido da sua calça marrom modelava seu traseiro como uma segunda pele.

Callum não estava interessado na moda. Mas, assim como no dia anterior, ele se descobriu analisando suas roupas. Suas cores e formas atraíram a atenção dele.

— O antídoto para a bactéria foi encontrado onze anos após o surto — começou Amanda, indiferente aos seus pensamentos estúpidos. Essa era a parte que ela havia omitido na primeira explicação, então ele prestou atenção. — No entanto, as mulheres haviam assumido o controle da esfera pública, que sempre lhes fora vetada. Também cuidavam de todos os ofícios, e as universidades voltaram a ter mulheres entre as paredes. Focos políticos contra a recuperação de homens surgiram mesmo antes da cura.

— E sua mãe faz parte disso — acusou ele, sem fôlego.

— Ela tinha apenas dezessete anos quando o antídoto foi descoberto, e ainda não tinha iniciado a carreira política. Mas você tem que entender, ela tinha seis anos quando a bactéria surgiu. Antes disso, via como seu pai maltratava sua mãe. Ele a trancava no quarto por vários dias seguidos. Às vezes, era violento. Veja bem, meu avô tinha o hábito de beber demais, como muitos homens naquela época. A bebida não combina muito bem com a personalidade masculina.

Callum parou e a olhou, sério. Ele tinha que tirar aquelas ideias estúpidas da cabeça dela se quisesse seu apoio.

— Não existe um "caráter" masculino, Amanda, somos todos diferentes. Você não pode pensar assim. Não pode pensar que todo homem vai ficar bêbado e bater na esposa.

Ela cerrou a mandíbula. Callum estava começando a conhecê-la um pouco. Amanda fazia aquilo quando não queria expor frases cheias dos ideais que lhe foram inculcados desde a infância.

— Talvez minha mãe esteja um pouco traumatizada por sua infância — admitiu ela, em vez de contradizê-lo.

— Suponho que seja compreensível, dadas as circunstâncias.

Amanda parecia gostar quando ele era compreensivo, já que sua expressão se suavizava. Então, fez uma anotação mental para se lembrar daquele truque e usá-lo no futuro.

— Uma grande votação, que incluiu todas as principais nações, decidiu que os homens deveriam permanecer nesse estado. Havia também ramificações religiosas, que afirmavam que Deus enviara a doença para punir os homens por sua supremacia e dar às mulheres liberdade. A sociedade foi reorganizada e as mulheres estabeleceram novas regras de como dividir os homens, como educá-los e como eles deveriam ser tratados por elas. Decidiram que os bebês do sexo masculino seriam entregues a instituições chamadas Andrónicus, onde seriam treinados para ajudar suas amas. A situação se manteve estável durante duas décadas. Mas, agora que as fábricas exigem mais trabalhadores, alguns grupos políticos começaram a falar novamente sobre a libertação do homem. De fato, é uma coincidência que você tenha despertado agora, porque neste fim de semana vamos votar outra vez para decidir se os homens serão ou não libertados.

— Por que não me contou tudo isso antes? Por que inventou a história sobre Brighton?

Ele a viu corar e soube a resposta.

— Você ia me denunciar, não ia?

— Esse era o meu plano inicial — confessou ela. Ele podia ver como ela se encolheu sob o seu olhar, enquanto se preparava para recuar e fugir se necessário. — Mas então fiquei curiosa para saber mais sobre você, e sua... espécie. E agora não posso mais fazer isso. Agora que vi como você gosta da vida, eu me sentiria como se estivesse matando alguém.

Ele viu que ela estava sendo sincera. Amanda era bastante transparente, o que sem dúvida foi uma grande vantagem para ele.

— Além disso, ainda acredito que elas o machucariam, Callum. Não é só o fato de você ter acordado, é que você é imune à bactéria. Tem estado em contato com outros e não se infectou novamente. Acho que isso as assustaria. Acho que elas precisam pensar que ainda estão controlando a situação, e que os homens só retornarão se assim decidirem.

— Faz sentido — admitiu ele.

— Você deve esperar pela votação sem revelar a ninguém o seu estado verdadeiro, ou pode correr grave perigo.

— Mas nunca vamos ganhar essa votação, Amanda — protestou ele, derrotado. — Todas as mulheres que estavam na igreja vão apoiar a sua mãe.

A jovem balançou a cabeça e os fios da franja loira escaparam de sua orelha.

— Aqui em Crawley, sim. Nas regiões rurais, elas são a favor da escravidão. Mas nas cidades, onde as mulheres têm um ritmo acelerado de vida e trabalham na indústria, querem despertá-los. Elas afirmam não ter tempo para pensar por seus servos e lhes dar ordens a cada passo. Precisam que eles estejam conscientes para trabalhar de forma mais rápida e autônoma. Todas as grandes comerciantes são a favor da libertação, pois precisam que o trabalho seja efetivo.

Um raio de esperança se abriu em seu peito, uma avalanche de emoção que o fez estremecer. Ele se imaginou em um mundo livre, vivendo em uma cidade grande, fazendo o que quisesse. Queria ver o mundo, experimentá-lo. E queria fazer isso sem se esconder e sem parecer vazio de opinião e emoções.

— Tudo bem, vamos esperar pela votação — concordou, calmo, observando o rosto da jovem. Ela tentou fingir que estava calma, mas o suspiro evidente de alívio não passou despercebido. Ela respirou fundo e seu pescoço latejava sob o cordão preto apertado.

Eles continuaram seu caminho pelo bosque até que Amanda decidiu parar. Ela examinou várias árvores.

— Pegue o machado, Callum. Gostei dessa.

— O que vai fazer com ela?

— Quero fazer uma cama que se pareça com um navio.

Callum franziu a testa. Ele não conseguia imaginar por que alguém quereria algo assim. Amanda sorriu ao ver sua expressão.

— Imagine um quarto com aparência de oceano — disse. — Uma cama em forma de navio, um espelho em forma de timão e...

— Um pijama de pirata com um papagaio de pelúcia no ombro!

Ela riu de novo, dessa vez mostrando todos os dentes, e Callum observou seu rosto. Gostava de ser o responsável pelo sorriso dela.

Amanda pegou o machado da mão dele e começou a cortar a base do tronco. Seu progresso foi lento e difícil, pois ela mal fazia força nos cortes que arremetia.

— Pare! — implorou ele, aproximando-se para tirar a ferramenta das mãos dela. A garota parou para olhá-lo, surpresa. — Se você não quer que a gente fique aqui a manhã toda, deixe-me fazê-lo.

— O que você sabe sobre derrubar árvores? — disse ela com as mãos nos quadris.

— Veja como eu faço — retrucou ele, dobrando as mangas da camisa. Ele fechou a mão em um punho e observou com satisfação enquanto o músculo se distendia ainda mais, destilando força. — Está vendo?

Amanda revirou os olhos e Callum não pôde deixar de se sentir um pouco desapontado com a reação dela. Ele também não entendeu essa sensação. Definitivamente estava tendo um dia esquisito, porque continuava sendo invadido por emoções que não faziam sentido, quase sempre que olhava para o rosto dela. Era como se, de repente, seu peito estivesse conectado às expressões dela por um fio invisível. Ele balançou a cabeça, sentindo-se ridículo com o absurdo das coisas que pensava.

Callum ficou na frente da árvore e bateu nela com toda força. A árvore tremeu com intensidade e várias folhas caíram sobre eles. Sorriu satisfeito e virou-se para olhá-la, mas a descobriu de braços cruzados, com um sorriso zombeteiro, como se tentasse não rir dele. Ele seguiu seu olhar para descobrir com horror que mal conseguira ampliar a fenda aberta por ela. Como era possível?

— A força não é nada sem técnica, querido amigo — disse ela, muito animada.

Um ataque de mau humor o invadiu. Ele descarregou sua raiva contra a árvore, pois estava mais bravo com ela do que com Amanda.

Finalmente, conseguiu derrubá-la, e em menos tempo do que ela provavelmente teria feito. Mas, quando eles olharam para a base, a área cortada por Amanda estava limpa e praticamente lisa, e a dele era irregular e lascada. Por sorte, ela não comentou nada a respeito.

Amanda decidiu deixar o tronco onde estava e insistiu para que ele a seguisse por mais um trecho até chegarem a um pequeno lago cercado de árvores. O sol refletia na água, cintilando pequenos reflexos dourados, e as árvores se olhavam na água como se fosse um espelho.

Callum sorriu, agradecido pelo sol estar tão intenso, porque tinha intenção de mergulhar. Como fizera com o violino, sabia que podia nadar, embora não se lembrasse de tê-lo aprendido.

Havia uma pequena baía de madeira deteriorada no lago que o dividia em dois.

Eles passaram por ela sem pressa, observando a beleza da paisagem ao redor, e ouvindo o zumbido dos insetos e o som da natureza que lhes rodeava.

Amanda virou as costas para ele e olhou para as montanhas que cobriam o horizonte.

— Este é o meu lugar favorito no mundo — disse, sem olhá-lo.

Callum observou a nuca da jovem.

— Está calor, podemos dar um mergulho — sugeriu ele. Com movimentos rápidos, afastou os mosquitos que o incomodavam. — Inseto, você poderia pedir aos seus familiares que me deixem em paz?

Amanda se virou para olhá-lo fixamente.

— Não, obrigada. Quanto ao mergulho, não quero me molhar. Prefiro ficar em terra firme, mas convido você a usar minha lagoa... Oh! Meu Deus! Callum! — Sua voz soava alarmada.

— O quê?! — gritou ele, arregalando os olhos.

— Fique quieto. — Ela fixou os olhos no ombro dele. — Tem uma cobra...

Ela não teve tempo de terminar a frase, pois ele pulou e, com exclamações de nojo, começou a sacudir o ombro e a bater nele com a mão oposta, tentando se livrar do bicho nojento. Ele sentia o formigamento de serpentes invisíveis andando por todo o seu corpo. No entanto, quando se virou para Amanda em busca de ajuda, a viu rindo sem parar.

Ele parou instantaneamente e esperou que seu coração se acalmasse.

— Era mentira sua! — acusou, com um olhar penetrante.

Amanda tentou recuperar o autocontrole.

— Você tem que concordar que me devia uma depois do que me fez na padaria com aquela senhora.

— Ah! Agora entendo perfeitamente — admitiu ele com a voz calma.

Essa resposta fez com que ela ficasse alerta, mas no momento em que ela percebeu o que ele ia fazer já era tarde. Ela tentou correr em direção contrária à água, mas Callum a agarrou em menos de um segundo e seu pedido foi abafado pelo lago.

Ele esperou que a cabeça da jovem aparecesse na superfície para começar a rir. Mas, quando Amanda voltou à superfície, não fez menção de repreendê-lo. Ela mergulhou desesperadamente e voltou a afundar. Callum correu atrás dela sem pensar. A água estava mais fria do que ele imaginara e envolveu seus músculos como uma língua sufocante de cristais. Ele abriu os olhos e a viu se contorcendo sob as águas, absorta na luta contra um inimigo invisível.

Ele circulou seu estreito corpo com os braços e a puxou para a superfície. Quando as orelhas dela saíram da água, a ouviu tossir e tremer em seus braços.

— Você não sabe nadar? — perguntou ele, afastando o cabelo molhado do rosto dela.

Amanda balançou a cabeça, ainda tentando respirar.

— Com esse lago tão perto da sua casa, como é possível que não saiba nadar? — acusou ele, bravo, talvez para não se sentir culpado pelo que acabara de acontecer.

Amanda não respondeu, e Callum se sentiu um pouco idiota por recriminá-la por não ter aprendido a nadar logo depois de estar à beira de se afogar.

— Você está com raiva? — perguntou, mais suave. Os olhos da jovem estavam avermelhados pela água, os cílios molhados e grudados uns nos outros, e ela tremia em seus braços, mas negou com a cabeça. Callum a ordenou que o agarrasse pelo pescoço e, colocando-a nas costas, nadou até a beirada. Ele a ajudou a sair da água mesmo quando era óbvio que ela não precisava de ajuda, porque se sentia culpado.

Suas roupas estavam pesadas em seus corpos, puxando-os para a água, como se não quisessem se separar dela.

Ele mal chegara à beira quando um som o surpreendeu. Um instante depois, a dor veio. Amanda acabara de dar uma bofetada nele com toda a força.

Ele levou a palma da mão ao rosto dolorido.

— Você me disse que não estava com raiva.

— E você me disse que sabia quando eu mentia — respondeu ela com as cordas vocais afetadas pela água.

— Estamos em paz então?

Amanda assentiu, e lhe deu outra bofetada, na outra bochecha.

— Agora estamos em paz — disse, satisfeita.

Callum virou o rosto para esconder o sorriso. Ele não queria que ela pensasse que poderia bater nele quando quisesse.

Ele tirou a camisa branca, porque o sol estava quente e a roupa molhada era desconfortável. Pendurou-a em um par de galhos para que secasse ao sol e fez a mesma coisa com as botas e calça, deixando apenas suas ceroulas finas porque se lembrou do que Amanda havia dito sobre tirar a roupa na presença do sexo oposto.

Quando se virou, encontrou Amanda olhando-o muito séria. Parecia que ela era muito apegada a esse hábito. No entanto, em vez de recriminá-lo, os olhos dela deslizaram pelo seu peitoral, com a admiração que procurara antes e que não havia conseguido.

Seu coração pulou, surpreendendo-o completamente. Callum levou uma mão trêmula ao peito. Talvez ele estivesse muito doente. No entanto, mais uma vez, as reações inexplicáveis vieram ao observá-la. De alguma forma que ele não entendia, haviam conseguido conectar o que acontecia dentro do peito dos servos com a expressão no rosto das amas.

Não, não poderia ser. Parecia feitiçaria.

A jovem tirou as calças, e a camisa grande, que tinha ficado verde por causa do efeito da água, caiu sobre ela, cobrindo o traseiro. Uma pena, porque ele estava curioso para vê-la sem as calças.

Eles se sentaram no chão, a um metro de distância, e deixaram o sol irradiá-los com o seu calor enquanto observavam as águas do lago.

— Por que você não aprendeu a nadar?

— Não é o costume entre as mulheres, a menos que o trabalho delas exija — explicou Amanda com naturalidade. — É costume ensinar os servos a nadar.

— Você não gosta de desafiar as regras, certo? — disse, em um tom de censura proposital.

Amanda apertou os lábios e o olhou com óbvia irritação.

— Não, Callum. Sou um fantoche dócil que faz tudo o que a amiga, a mãe e a sociedade lhe dizem.

— Bem, nem tudo. — Callum esperou que ela olhasse para ele novamente e apontou para si mesmo. Sabia que a ofendera. — Essa manhã estava lendo os jornais antigos que você deixou pra mim. Parece que os grandes revolucionários que mudaram a história eram todos devotos submissos. Como os trabalhadores da Revolução Francesa, os escravizados e suas antepassadas. Não é rebelião que nasce da opressão?

Amanda olhou pensativa ao horizonte.

— Há algo que sei com certeza. Minha mãe e Jane o denunciariam imediatamente. Isso deve significar que há algo em mim que nenhuma das duas pode controlar. — Amanda sorriu com uma expressão satisfeita de autodescobrimento. — Este é o maior ato de rebeldia de toda a minha vida.

Callum sorriu para ela, contagiado por seu entusiasmo.

— Não deveria ser o último.

— Ah, não será! — assegurou-lhe ela, com um ar de mistério. — Estou tendo o prazer de fazer o que quero e ter minha própria opinião. Callum, você me ensinaria a nadar?

— Nós podemos fazer uma troca de serviços, porque há muitas coisas que quero aprender, como jogar cartas.

Amanda estendeu o braço para ele com a palma da mão voltada para a água, e Callum a olhou sem entender, até que ela riu.

— Aperta a minha mão, Callum. É assim que as mulheres fecham um acordo.

Ele fez o que ela disse e notou que ela estava lhe dando um aperto firme e sacudia sua mão.

— É como assinar um contrato, porque você dá sua palavra. A palavra de uma dama é tudo.

Callum assentiu, observando a mão dela, fascinado. Ele acabava de fechar seu primeiro contrato, de cavalheiro a senhorita, de igual para igual.

— Você se lembra do homem que estava sentado ao lado de sua mãe no café da manhã? — perguntou ele após alguns segundos de silêncio.

— Tom — disse ela enquanto assentia.

— Ele é o seu pai e o de Cassandra?

Amanda ficou séria.

— Sim, é o nosso pai.

— Mas você o chama de Tom e não se relaciona com ele.

A jovem olhou para os pés como se tivesse medo de dizer algo que o ofendesse.

— Tom não é Tom, quero dizer... — ela levantou o rosto para o céu e piscou várias vezes. — É um corpo vazio e somos ensinadas a não...

— Eu sei o que quer dizer — ele a interrompeu. — Vocês são educadas para não sentir nada por nós. Mas, apesar disso, você se referiu ao seu irmão como tal e está interessada em conhecê-lo. Não consigo entender a diferença.

Amanda inclinou a cabeça para o lado, como se ela mesma não tivesse pensado nisso.

— É engraçado que você tenha ficado justo comigo, porque quando eu era pequena costumava fantasiar que meu irmão Daniel acordaria um dia, viria me buscar e viajaríamos juntos pelo mundo todo. Na verdade, quando o vi falar pela primeira vez, lembrei-me das minhas fantasias de infância e pensei que você fosse ele. — Ela balançou a cabeça, rindo de si mesma. — Não é verdade, claro. Eu odiaria que você fosse meu irmão.

— Por quê?

Amanda, que parecia ter dito aquilo para si mesma, ficou tão vermelha quanto a maçã que Callum comera no café da manhã. Ela abriu a boca, mas não disse uma palavra.

— Por que odiaria que fosse seu irmão? — repetiu. Quando ela reagia daquela maneira, ele tinha a sensação de que estava perdendo o significado de alguma coisa que não conhecia. Ficou claro que a jovem não era completamente transparente e que decidia não compartilhar tudo com ele.

— Porque não se pode ser a ama do próprio irmão e todo o nosso plano teria dado errado — respondeu ela, levantando-se.

A resposta foi uma adaptação da verdade, mas ela não havia mentido. Ele teria percebido.

Amanda se levantou e suas coxas ficaram na altura dos olhos dele. Elas eram muito menos musculosas do que as dele, e a pele parecia suave e impecável, pois estavam sem pelo, diferente das suas. Deviam ter um toque diferente.

Não fosse o fato de que a sociedade de Amanda colocara em sua cabeça que não era adequado às pessoas de sexo diferente se virem nuas e se tocarem, ele teria proposto que se despissem e explorassem as diferenças dos seus corpos. O que havia começado como uma curiosidade estava se tornando fascinação. Naquele momento, ele queria esticar a mão, acariciar suas pernas e verificar como era. A camisa de Amanda ainda estava molhada e colada ao corpo, e destacava os seus seios. Ela não havia tirado aquela gargantilha estúpida que tanto chamava sua atenção. Os fios de ouro de seu cabelo estavam molhados e desgrenhados em seus ombros, peito e costas.

— O que foi? — perguntou ela, olhando-o com o canto dos olhos e voltando a contemplar o lago.

Callum ficou na frente dela.

— Para que serve? — questionou, apontando com um dedo.

Amanda franziu a testa um pouco confusa e seguiu a direção do seu olhar.

— Meu pingente? Não tem outra função além de decorar — respondeu, levando as mãos aos quadris e observando-o com um brilho travesso nos olhos. — Algo como a sua cabeça, por exemplo.

— Eu não gosto dele — disse ele, rispidamente. — Parece que você o usa só para chamar a atenção. Por que não coloca um vaso com flores na cabeça ou pendura uma foto no nariz?

— Por que você não faz uma reunião com Jane para decidirem quais colares devo usar? — protestou ela, cruzando os braços energicamente. — Já que tudo que escolho é ridículo.

— Não é ridículo, é lindo — contestou ele, com raiva. Ele nem sabia de onde vinha sua irritação, mas estava dirigida a ela. Uma tensão desconfortável emergiu do seu peito e percorreu todo o seu corpo, roubando-lhe a tranquilidade. As roupas dela pareciam provocá-lo. A última coisa que Callum queria era que sua vocação fosse a moda. Ele odiaria se fosse esse o caso. — Esse é o problema. Eu poderia admirar o lago e, em vez disso, fico olhando para o seu colar, sua camisa e seu cabelo estúpido.

A reação da jovem ao seu ataque de mau humor acabou confundindo-o completamente. Em vez de ficar com raiva, ela sorriu de forma imprudente. Seus olhos brilharam, suas bochechas coraram e, então, ela desviou o olhar.

— Por que você está sorrindo? — ele acariciou o próprio peito distraidamente. Os olhos castanhos animados, emoldurados por cílios grossos, se abriram para observá-lo, com a mistura de medo e alguma outra coisa que sempre refletiam. — Eu a repreendo e você se comporta como se eu tivesse acabado de anunciar que você é a herdeira de uma grande fortuna e não sabe o que fará da vida a partir de agora.

A jovem apenas o ignorou, virando as costas para ele como se a conversa a tivesse entediado.

— Amanda, por que...

— Sabe de uma coisa, Callum, você se equivocou ao dizer que era como um bebê — disse Amanda, virando-se para ele novamente. A sombra do sorriso ainda estava em seu rosto e ela parecia feliz. — Na verdade, está mais na fase dos quatro anos, quando eles não param de fazer perguntas.

Naquele momento, um galho estalou à sua direita e os arbustos se moveram com o som inconfundível de folhas quando são sacudidas.

Ambos observaram a área do bosque da qual o barulho vinha com olhos preocupados. Amanda se virou para Callum com a cara assustada e, um segundo depois, sem dizer uma palavra, correu para o arbusto que acabara de se mover. Ela inspecionou o bosque com cuidado, olhou por cima do ombro e balançou a cabeça. O que ela queria dizer era que não tinha visto nada, nenhum sinal do que ou quem esteve lá alguns segundos antes.

Quando Amanda voltou, ele a olhou com cuidado, mas não se atreveu a dizer nada, nem se mexer.

— Estamos sozinhos agora. Você pode falar.

— Você conseguiu ver quem era?

Ela sacudiu a cabeça novamente.

— Não vi ninguém, acho que foi algum animal — comentou, esperançosa.

— E se foi uma mulher?

— Nunca ninguém vem aqui, é por isso que o trouxe. A área pertence à minha família e nenhuma delas tem interesse pelo lago. Cassandra é a única que vem, mas só quando eu a trago. Deve ter sido um animal. Há gazelas e javalis na parte leste do bosque, talvez algum tenha descido até aqui. Não seria a primeira vez.

Callum assentiu com um pouco mais de calma.

Eles decidiram voltar para casa. Estavam com fome e de repente o lago não parecia tão aconchegante e idílico como antes de serem interrompidos.

No caminho de volta, demoraram por causa do tronco de madeira que haviam cortado e tiveram que carregar. Era mais cômodo contar com Callum. Não tinha que ir até a sua casa pedir ajuda para transportar a madeira.

Ela foi depressa até a entrada da casa. Faltavam apenas dez minutos para o almoço. Antes de entrar na sala, teria que tomar um banho e trocar de roupa, pois estava um desastre. O cabelo estava seco e bagunçado. Suas roupas estavam sujas de lama, e suas mãos e rosto, tão manchados quanto a roupa. Mas, antes que eles pudessem chegar ao primeiro andar, encontraram Isolda.

— Amanda, você está encrencada — disse ela. Seu sangue congelou. Talvez tenha sido uma delas que os espionou no lago.

Isolda não esperou que ela respondesse.

— A sra. Amelia Whipple está nesse exato momento no escritório com tia Mary.

Amelia Whipple? Ela nunca tinha ouvido esse nome antes.

— Quem? — perguntou à prima.

— A mulher em que seu servo bateu com um guarda-chuva na padaria — respondeu Isolda, cruzando os braços e pegando a longa trança entre eles. — Como pôde ser tão cruel, prima? Eu imploro, da próxima vez que você planejar fazer algo parecido, me leve com você.

Amanda fechou os olhos com alívio. Ninguém tinha visto Callum em seu estado normal.

O alívio durou pouco ao imaginar aquela senhora irritante contando à mãe o que aconteceu na padaria.

— Maravilhoso — murmurou sarcasticamente.

Uma porta rangeu no primeiro andar e Isolda se inclinou para observar as duas pessoas que saíam do escritório.

De onde estava, na escada, ouviu apenas um murmúrio de vozes, mas reconheceu o tom irritante e meloso de Amelia.

— Tia Mary, Amanda está lá na escada — falou Isolda, apontando com o dedo.

Amanda queria jogar o vaso de flores da prateleira nela, mas isso só teria piorado a situação.

Momentos depois, sua mãe saiu e a observou da cabeça aos pés, mas não fez o menor comentário sobre sua aparência, nem sobre a história que acabara de ouvir, apenas lhe pediu que fosse com elas para a sala de jantar para pedir desculpas novamente à sra. Whipple.

— Mãe, me deixe me arrumar primeiro — pediu ela, com a esperança de atrasar ao máximo o encontro inoportuno.

— Não há tempo para isso, Amanda. Você sabe a que horas é o almoço nessa casa. Deveria ter retornado antes.

Amanda se lamentou, relutante, e desceu os degraus da escada acompanhada por Callum.

A última coisa que ela queria era suportar uma reprimenda por algo que não havia feito.

10

Como ela havia imaginado, Amelia Whipple a olhou da cabeça aos pés com desaprovação e até horror.

— Fairfax, você caiu em uma poça de lama?

— Mais ou menos — disse Amanda, reunindo paciência. Queria que aquilo acabasse o mais rápido possível.

— Sua mãe me garantiu que você é uma jovem de comportamento excelente, e que nunca tinha feito nada igual antes. Diz que foi a emoção de receber seu servo que a deixou momentaneamente louca.

— É exatamente o que aconteceu. Espero que a senhora possa ter a gentileza de aceitar as minhas mais sinceras desculpas — respondeu ela, marcando bem as últimas palavras. Se lembrava perfeitamente de ter pedido desculpas na padaria.

— Meu caráter benevolente me leva a aceitar suas desculpas, mocinha — a mulher começou a dizer, como se fosse um carrasco que acabava de poupar uma vida. — No entanto, acho que sua mãe é muito indulgente com você. Se fosse minha filha, eu imporia um castigo que daria a disciplina que uma mocinha da sua idade deveria ter. Porque você já não é uma criança, entende? Deve sempre respeitar as mulheres mais velhas. Uma vez minha filha Elizabeth...

Elizabeth era o nome menos original em toda a Inglaterra.

— Com licença, sra. Whipple. Preciso vigiar o almoço — interrompeu Mary, saindo da sala.

Amelia parou, boquiaberta, talvez um pouco ofendida pela interrupção, mas imediatamente retomou seu monólogo dirigido a Amanda.

— Minha filha, Elizabeth, estudou em Paris e em Praga, e é uma das jovens mais instruídas de Crawley. Nunca sonharia em fazer uma brincadeira assim com uma mulher da minha idade. As travessuras são boas quando são feitas entre pessoas da mesma faixa etária, desde que...

Amanda gemeu internamente. Apenas a ideia de matar Callum mais tarde conseguiu elevar o seu espírito. Olhou para o jovem disfarçadamente, e o viu tão entediado e mortificado quanto ela.

— E minha saúde está muito delicada. Poderia ter me causado um ataque, sem mencionar que, por causa do nervoso que passei, os meus tornozelos ficaram inchados e tive uma dor de estômago terrível o dia todo...

Amanda sentiu a mão de Callum se aproximar dela sob a mesa, mas era tarde demais para evitá-la. Os dedos do jovem pressionaram a mesma área que os de Jane na manhã anterior e, com horror, ela sentiu o riso saindo de sua garganta, sem poder fazer nada para detê-lo.

Amelia parou assim que viu o riso de Amanda e a olhou com desânimo.

— O meu delicado estado de saúde é cômico? Você fica feliz ao saber que minha saúde piorou?

— Não, não, claro que não — assegurou, gaguejando. — É só que eu me lembrei de outra coisa, e não pude evitar rir.

— Sua mãe se engana com você, sra. Fairfax. O amor cego de mãe não a deixa ver que você na realidade é uma jovem atrevida e imatura.

Callum voltou a fazer cócegas na cintura de Amanda, e ela só pôde cobrir os lábios com uma mão e usar a outra para afastar o jovem.

Naquele momento, os criados começaram a entrar com os pratos de comida. Sua tia e primas vieram para a sala, seguida por Cassandra, e sentaram-se à sua volta.

Uma travessa com ervilhas foi depositada a poucos centímetros de distância de Amanda, lembrando-a do que Callum lhe dissera no armário naquela mesma manhã, sobre seu ódio por ervilhas. Ela se inclinou para puxar a travessa e, com a maior concha que havia sobre a mesa, começou a servi-las ao rapaz. Não pôde deixar de sorrir quando o olhou.

— Coma tudo, Callum. Ervilhas são muito saudáveis — ordenou em voz alta.

O jovem beliscou a sua perna sob a mesa e Amanda teve que reprimir um grito. Mas valeu a pena, porque Callum começou a mastigar as bolinhas verdes como se fosse morrer de nojo.

— Ele não parece gostar muito delas — comentou Cassandra, depois de observar o jovem.

— Bobagem, ele adora — corrigiu Amanda, com satisfação. A vingança não era um prato frio, mas um prato quente de ervilhas.

Amelia Whipple se distraiu conversando sobre Crawley e suas filhas, mas, de vez em quando, lembrava-se de Amanda e disparava seus olhares de desaprovação.

— Gostei de como você cortou o cabelo de Callum — disse Cassandra, animada.

A sra. Whipple olhou para Callum imediatamente e franziu os lábios. Ela não poderia fazer nenhuma crítica, pois ele era tão bonito quanto um querubim.

— Deveria cortar mais o cabelo do seu servo, ou quer que ele tenha o cabelo mais longo que o seu? — disse para Isolda, em tom insistente, tentando controlar todas as conversas da mesa ao mesmo tempo. Pelo visto, ela se achava no direito de expressar sua opinião sobre tudo. — Ele tem o cabelo tão longo quanto aqueles escoceses selvagens.

Amanda tentou não sorrir. Amelia não fazia ideia das origens de sua família, ou não teria feito um comentário tão lamentável.

Até mesmo sua tia, que estava sempre de bom humor, lançou-lhe um olhar de reprovação.

— É verdade! — exclamou Cassandra, inocentemente. — Me lembro de quando visitamos as primas de Edimburgo, os homens usavam o cabelo comprido. Ainda mais do que o de Nathaniel.

Amelia olhou para a menina, abalada, e parou a faca com a qual cortava o bife no prato.

— Claro que, quando eu disse selvagem, me referia aos escoceses das Terras Altas — gaguejou. Suas bochechas rechonchudas estavam ainda mais vermelhas. — As pessoas de Edimburgo são muito mais civilizadas, tanto quanto qualquer inglês.

— Das Terras Altas? — repetiu Cassandra. — Como a tia-avó Ferguson?

Amelia mordeu o lábio e decidiu se concentrar no seu prato. Enquanto as primas sorriam, Callum cobriu os lábios com o guardanapo para esconder o próprio sorriso.

Por fim, o almoço terminou e a mulher foi embora, e Mary não lhe disse nada sobre o que acontecera na padaria. Amanda ficou surpresa, pois nunca haviam reclamado dela por uma travessura, e até aquele momento não sabia como a mãe reagiria. A única coisa que ela fez foi encará-la, sem dizer nada, e Amanda não sabia como interpretar esse olhar. Também não queria ficar lá para descobrir, então, quando suas primas propuseram uma caminhada até a cidade, concordou em ir com elas.

Sem sequer ter tempo para tomar banho, ela e Callum trocaram de roupa para colocar algo que não estivesse rasgado nem manchado de lama. Eles deixaram a casa e atravessaram o bosque no meio do alvoroço familiar.

— Você está mais quieta do que o normal — comentou Isolda enquanto contornavam as últimas árvores que as separavam da cidade.

— Estou cansada — mentiu. Amanda não se sentia à vontade quando estavam com mais pessoas, porque Callum não podia ser ele mesmo. — Foi um dia intenso.

— Olha, Brenda está indo para lá com a irmã — falou Sarah quando os alcançou.

— Eu não gosto da Brenda — confessou Henrietta, fazendo uma careta. — Ela não me deixou dançar com o servo dela na festa dos Hawthorne.

— Se você dançasse tão bem quanto joga críquete, tenho certeza de que nenhuma dama teria medo de deixar seus servos com você — ironizou Amanda. — Mas não é o caso, e elas têm medo de que você os deixe coxos.

Todos riram, exceto Henrietta, que se virou para mostrar a língua para a prima.

— Jogo críquete há anos, mas dançar eu dancei poucas vezes — defendeu-se a garota. — Todo mundo insiste que, quando algo dá errado, você deve parar de tentar, mas na realidade deve-se praticar ainda mais. Até conseguir fazer tão bem quanto as outras.

— Isso mesmo, prima — concordou Amanda, sorrindo.

— Olha! — exclamou Cassandra, apontando sem discrição, como qualquer criança faria, com o braço levantado e o indicador esticado.

Amanda estreitou os olhos para tentar entender do que a irmã estava falando, e então viu flashes brancos se movendo através das árvores em direção a elas. Se não fosse tão cedo, teria pensado que era o brilho da lua.

— As filhas de Lilith. — Cassandra exalou fascinada.

— Que ridículo! — disse Henrietta. — As filhas de Lilith em Crawley? Impossível!

Isolda espiou entre as duas garotas.

— Olhe novamente, irmãzinha. Cassandra está certa.

As árvores não escondiam mais o grupo de mulheres que se dirigia ao povoado. Elas se moviam em uníssono, como se tivessem ensaiado para um desfile. Estavam cobertas da cabeça aos pés por uma túnica prateada, quase branca. Amanda mal conseguia ver seus rostos. O capuz largo do manto caía sobre suas cabeças, escondendo-as.

— Elas vão atacar a igreja? — perguntou Isolda, sem fôlego.

— Devemos avisá-las — sugeriu Sarah, olhando para o centro do povoado.

Amanda deu um pequeno pulo. Talvez porque acreditasse que suas primas iriam até a igreja anunciar a chegada das filhas de Lilith.

— Não se envolva, Sarah — avisou, relaxando ao ver que elas não tinham se movido. Havia algo no grupo que lhe parecia assustador. Talvez fosse o aspecto fantasmagórico e o ritmo calmo, mas inexorável, com o qual avançavam. — Vamos para casa.

— Você está brincando! — retrucou Isolda, seguindo as mulheres com o olhar. — Não podemos perder isso.

Ela agarrou as irmãs pelo braço. Com Nathaniel seguindo-as, desceram a rua que levava à praça.

Cassandra intercalou seu olhar entre Amanda e as primas com um ar duvidoso que a alarmou.

— Cassie, nem pense... — ela começou, em tom de aviso. Mas a garota já havia pensado na situação por alguns segundos e, parecendo decidir que valia a pena o risco, correu para as primas. — Cassandra! — Amanda gritou atrás dela. — Volte imediatamente!

Callum se virou para ficar de costas para o povoado e impedir que transeuntes distantes vissem seu rosto. Observando o bosque, ele falou com discrição.

— Quem são essas mulheres? Por que você tem medo delas?

Amanda bateu os pés, nervosa.

— Elas são encrenqueiras e adoradoras do diabo. Nunca vieram a Crawley, mas muitas histórias sobre elas vêm de outras cidades — explicou, ainda torcendo as mãos. — Elas atacam igrejas e quebram imagens religiosas. E também, às vezes, organizam shows públicos com ritos estranhos.

— Parece divertido — disse Callum, sorrindo. — Eu acho que são inofensivas e você, medrosa.

Amanda franziu os lábios.

— Você poderia buscar Cassandra? — pediu. — Eu ouvi que elas usam fogo. Pode ser perigoso para ela. Espero vocês aqui.

Callum franziu a testa.

— Vamos perder o show? — resmungou ele, como uma criança.

Segurando-o pelos braços, ela o virou para empurrá-lo na direção das meninas.

— Estamos em público — lembrou-o. — Você tem que parar de falar e me obedecer.

Callum virou o rosto para a direita. Um grupo de pessoas se aproximava deles, o que o forçou a seguir suas instruções. Amanda sorriu ao vê-lo andando, sabendo que engolir uma resposta e obedecê-la provavelmente o estava matando por dentro.

Ficou observando, sem sair do lugar. Ela mesma não entendia porque essas mulheres a assustavam, mas era algo que não podia evitar.

O jovem estava perto de chegar à praça onde sua família havia parado. As primas sabiam que daquele lugar poderiam ver a igreja perfeitamente. No entanto, Amanda não via absolutamente nada.

Teve que admitir para si mesma que também estava curiosa. Observava atentamente as primas, tentando adivinhar o que estavam vendo. Só deixou de olhá-las para ver que Callum estava a apenas três metros de Cassandra, meio escondida entre as outras por causa da altura.

— Callum! — exclamou Amanda com o coração apertado, quando voltou a olhá-lo. Duas filhas de Lilith o haviam interceptado e o seguravam pelos braços.

11

Seu coração batia forte dentro do peito antes mesmo dela começar a correr em direção à praça.

Quando chegou ao ponto em que Callum fora levado, a multidão se tornou densa devido à presença do grupo das encapuzadas. Uma grande parte das mulheres de Crawley, junto com seus servos, parou para assistir à cena. Ela teve que se esforçar e dar empurrões para passar entre as pessoas, que a insultaram e reclamaram. Quando chegou ao centro da praça, viu Callum amarrado. Amanda subiu na beirada da fonte e duas filhas de Lilith a rodearam.

— Callum! — gritou ela, se aproximando dele, mas elas a seguraram pelo pulso e, antes que ela pudesse ver quem eram, notou um ferro frio em torno de seu pulso. Elas tinham acabado de acorrentá-la a uma carroça cheia de mulheres vestidas de prata.

— Ei — sussurrou-lhe sua captora. — Ainda não acabaram com ele.

— Solte-me, agora! — exclamou Amanda, esperando soar como alguém autoritária e poderosa.

— Fique calma! — respondeu a jovem, que aparentava ter uns vinte anos. — Elas só vão contar uma história e depois o devolvem.

— Por que não usam seus próprios servos? — resmungou Amanda, tentando em vão se livrar do grilhão.

A jovem se inclinou sobre ela como se quisesse confessar algo particular.

— Porque nós os comemos — disse, e deu uma gargalhada.

Amanda parou para observá-la com desprezo. Sabia que a moça estava tentando assustá-la, mas isso não a impediu de querer agredi-la.

A raptora ficou ao seu lado, como se estivesse em guarda ao lado de uma fera derrotada. Amanda achou que seria amordaçada para não gritar ordens a Callum assim que as vozes da multidão se acalmassem, mas, em vez disso, a jovem se inclinou até ela.

— Se não quer que o rosto dele deixe de ser bonito, não se atreva a lhe dar ordens para ser violento — ameaçou. Pelo modo de agir, ela parecia estar acostumada a lidar com as amas das suas vítimas. — Não me importa o quão forte ele seja, não há ninguém que possa com uma filha de Lilith.

Ela desprendia uma segurança tão avassaladora que Amanda não teve escolha senão acreditar nela. Nas histórias contadas sobre as filhas de Lilith, ninguém jamais se ferira, e não era necessário que hoje fosse a primeira vez. Exceto pelo pequeno detalhe de que o servo sequestrado não estava adormecido, e era como um vulcão ativo a ponto de explodir bolas de fogo com a menor provocação.

As duas filhas de Lilith que o seguravam se moviam com a agilidade de panteras em seu próprio território. Compartilhavam a segurança da que acabara de ameaçá-la, pois não pareciam nem um pouco intimidadas pelo tamanho de Callum. Amanda, de natureza insegura e medrosa, não pôde deixar de invejá-las e imaginar como seria viver sem o peso daquele gigante chamado medo.

A mulher à esquerda de Callum devia ter trinta e poucos anos. Seu cabelo preto caía em cachos tímidos nas laterais do capuz e na testa. Seus olhos brilhavam com um azul escuro que lembrava o céu ao anoitecer. Ela fez um gesto para as moças que estavam na fonte, que começaram a bater em tambores de aparência rudimentar, como se tivessem sido feitos por uma tribo não civilizada.

— Bem-vindas, mulheres de Crawley! — exclamou ela, levantando a voz, que combinava perfeitamente com o som ancestral do instrumento. Realmente, a reputação das filhas de Lilith de oferecer bons shows não era desmerecida. — Ouçam com atenção — continuou, silenciando as vozes da multidão —, pois vou contar uma história antiga e esquecida. Essa história não está na Bíblia que guardam em casa, porque há muito tempo alguns homens decidiram excluí-la. Mas permanece nas escrituras mais antigas, e é ela que vou contar. Lilith foi criada por Deus antes de Eva, e não de uma costela, mas do mesmo barro que criou Adão. Deus criou os dois como iguais.

A mulher entrelaçou seu braço ao de Callum, pressionando o ombro contra o dele para enfatizar a ideia de semelhança que estava relatando.

— Porém, Adão não pareceu entender a mensagem — prosseguiu, com desdém, diante de Callum — e ordenou a Lilith que se deitasse no chão para que ele a possuísse.

A mulher que estava à direita de Callum sussurrou algo em seu ouvido enquanto se deitava de costas na pedra da fonte, e insistiu com as mãos para que ele ficasse em cima dela, como se fosse cavalgá-la.

O peito de Amanda ficou encolhido de insegurança. Ela sabia que tudo estaria bem se Callum obedecesse às ordens sem hesitação, mas o que aconteceria caso se assustasse ou perdesse a compostura por um momento? Com tantos olhares sobre ele, não havia possibilidade de que aquelas pessoas não percebessem que ele estava consciente.

Felizmente, Callum se sentou sobre a mulher como o ordenado, talvez cometendo um único erro, o de olhar para o rosto da mulher debaixo dele em vez de manter o olhar fixo no horizonte.

Para o objetivo do espetáculo, a reação foi ideal, porque deu realismo à cena narrada sobre Adão e Lilith.

O coração da Amanda batia ao ritmo dos tambores, que aceleraram para a representação da tensão da cena íntima.

— No entanto, Lilith não gostou de sua nova posição — continuou a narradora, com seu talento evidente para contar histórias. A plateia mal respirava. Nem Amanda, mas por razões diferentes.

— Não! — gritou a jovem deitada sob Callum. Ela levantou a mão para colocá-la no peito dele e empurrá-lo para trás. Os tambores não pararam de tocar entre os golpes. — Não vou me submeter a você, Adão. Somos iguais.

Os dois se levantaram, voltando à posição inicial, de pé sobre a fonte, e Amanda respirou aliviada.

— Adão não aceitou a reivindicação de igualdade de Lilith e foi a Deus para transmitir sua queixa. Deus convocou Lilith para esclarecer-lhe que era seu dever se submeter aos desejos de Adão, mas Lilith se recusou a fazê-lo, sendo expulsa do Éden como consequência. No exílio, ela se tornou a mãe de todos os demônios e, tomando a forma de uma cobra, decidiu visitar a nova esposa de Adão, criada a partir de uma das suas costelas.

Outra moça com o capuz vermelho avançou em direção a eles, segurando uma cobra de aspecto maligno. Vendo-a se contorcer com voracidade perto do rosto de sua captora, Amanda conseguiu entender por que esse bicho fora escolhido para representar o mal no paraíso.

A mulher subiu até a fonte e mostrou ao público como a cobra mordia um objeto que a outra havia levado à sua boca. O sangue de Amanda congelou, pois havia apenas uma explicação para que elas fizessem a demonstração do perigo do animal para o público. Era porque o espetáculo não tinha terminado ainda, e estava prestes a se tornar algo que surpreenderia até mesmo suas organizadoras.

Como ela suspeitava, a portadora do réptil subiu na fonte bem na frente de Callum, e Amanda fechou os olhos, sabendo que estavam prestes a presenciar um desastre. As possibilidades de que Callum ficasse parado e indiferente enquanto alguém se aproximava dele com uma cobra agressiva eram praticamente zero.

Amanda voltou a abrir os olhos e se concentrou em lhe enviar mensagens mentais com a única esperança de que chegassem em forma de calma e controle, como se isso fosse tornar Callum um encantador de serpentes, que após anos de meditação é capaz de engolir facas ou andar sobre vidro quebrado sem se machucar. Mas no fundo ela sabia que era uma ideia destinada ao fracasso.

Ela não ficou surpresa quando Callum soltou uma exclamação de pânico, deu um bofetão na mulher da cobra e caiu de costas na fonte, levando a Lilith fictícia com ele.

A plateia ficou alguns momentos sem reação, mas os murmúrios de descrença vieram logo depois.

Callum emergiu da fonte, completamente encharcado, e tossiu para se recuperar. Amanda se perguntou se ele entendera que acabara de ser expor. Se ele sabia que sua vida agora corria um perigo real, e não o perigo fictício que a serpente representava.

Amanda já o dava por perdido enquanto o via ali com as roupas e o cabelo encharcados e a respiração agitada. Ela sentiu seu coração prestes a se partir. Não podia permitir que o machucassem.

— Afastem esse réptil dele! — gritou, o mais alto que pôde, tentando se fazer ouvir por toda a plateia. — Ele é alérgico a cobras. Outro dia uma delas o picou perto do rio, e achei que ele fosse morrer. Então, ordenei a ele que, se visse um desses bichos, se afastasse na hora.

No começo, ninguém disse nada. As mulheres estavam tão espantadas ao assistir uma reação autônoma de um homem que lhes custou recuperar a fala. Assim, Amanda não sabia se seu truque funcionara, até que uma dama gargalhou.

— Bom! Por um momento, pensei que nossos homens estavam se recuperando!

A exclamação retomou as conversas de todas as presentes, que compartilhavam ao mesmo tempo reações e sentimentos em tom exultante.

Amanda estava prestes a desmaiar de alívio. Ela nem sabia como a ideia lhe ocorrera, com sua cabeça paralisada pelo que estava acontecendo.

A filha de Lilith a soltou e disse que ela poderia levar Callum para longe, e os olhos dela ficaram cheios de lágrimas quando ouviu aquilo. Por um momento, pensou que nunca mais o teria perto de si.

Amanda o chamou enquanto cambaleava na direção dele e, quando se aproximou, fechou a mão com força no umedecido antebraço de seu servo.

Callum se deixou arrastar alguns metros para fora do círculo da plateia. Eles receberam olhares curiosos por onde passavam, então tinham que permanecer em silêncio. No entanto, quando ela entrelaçou seus dedos aos dele, ele se agarrou a ela com tal intensidade que fez seu coração dar um salto.

As filhas de Lilith distribuíram um panfleto no qual pediam a todas as mulheres que se rebelassem contra a igreja.

— Por que elas estão vestidas de prata? — perguntou uma garota da plateia. — Não era vermelho a cor do diabo?

A mulher que contou a história de Lilith e Adão se virou para responder.

— Não consideramos Lilith um demônio no sentido satânico da palavra, mas em um sentido mais revolucionário. Lilith foi demonizada porque escolheu ser livre. Assim como a lua prateada acima de nossas cabeças. É lá que achamos que ela mora, e não no submundo.

— Por que devemos adorar o seu diabo em vez de Deus? — a pergunta foi feita por uma mulher com cerca de sessenta anos que estava do outro lado da multidão.

A encarregada do grupo sorriu confiante, como se gostasse que lhe fizessem tal pergunta.

— Para começar, porque é mais barato. — Houve murmúrio e risos. — As filhas de Lilith têm seus próprios empregos. Não temos a intenção de viver da nossa religião, muito menos de viver melhor do que as nossas paroquianas. A igreja que você frequenta foi construída por homens com base em um sistema de oligarquia. Depois da bactéria, tivemos a oportunidade de fazer as coisas de maneira diferente, mas, em vez disso, algumas oportunistas tomaram as rédeas de algo apodrecido há séculos.

Callum enfiou o polegar na palma da mão de Amanda. Ela não hesitou um segundo depois de entender o que ele estava pedindo com seu gesto silencioso. Amanda levantou a cabeça para ser ouvida de onde eles estavam.

— Qual é a posição das filhas de Lilith em relação à libertação dos homens?

A mulher olhou através da plateia para localizá-la.

— Lilith foi expulsa de sua casa por defender sua igualdade em relação a Adão, não sua superioridade. Estamos cometendo o mesmo pecado que eles cometeram durante séculos, e seremos punidas. A humanidade continuará a ser punida até que aprenda a lição de não achar que uns são superiores a outros, nem aos animais e ao lar que habitam.

Amanda tinha uma visão totalmente errada das filhas de Lilith, que não havia melhorado, graças à moça que a acorrentou e ameaçou e com o sequestro de Callum. No entanto, sua porta-voz parecia uma mulher avançada e inteligente. Elas não eram as encrenqueiras que diziam as histórias, e o uso de fogo e violência não passava de um artifício para chamar a atenção das espectadoras.

12

Durante o caminho de volta, suas primas estavam envoltas em uma nuvem de frenesi e não paravam de comentar o que acontecera. Ao chegar em casa, elas repetiram a história para Mary e Evelina com detalhes tediosos. Ambas as mulheres olharam para Amanda, justo quando ela ia subir a escada com a desculpa de precisar de um banho, para perguntar sobre a suposta picada de cobra em Callum, devido à história contada na praça.

— Não há vestígio da picada — gaguejou ela, andando na direção da escada. — Receio que precisamos de um banho urgente.

Ela não lhes deu tempo para protestar, pegou Callum pela mão e subiu a escada de dois em dois degraus, como costumava fazer quando era criança.

Callum não disse uma palavra até fechar a porta do banheiro. Antes que ele abrisse a boca, Amanda lhe indicou para manter a voz baixa, pois sempre havia pessoas andando naquela parte da casa.

Ela se aproximou dele para não falar alto.

— Vou explicar para você como tomar banho e o deixo sozinho.

Callum olhou para a banheira branca cujos pés eram como patas de garras douradas.

— Não é necessário, é igual ao Andrónicus. Mas não preciso de um banho, nós já tomamos banho essa manhã no lago.

— Quando foi a última vez que tomou banho com sabão e esponja? — Amanda cruzou os braços, o encarando como uma professora que olha para seu estudante mais desalinhado.

— Na noite antes da cerimônia. Se houve algum banho antes disso, minha consciência não estava lá para lembrar.

Amanda franziu o nariz para mostrar seu desgosto.

— Bem, meu jovem, você não vive mais no Andrónicus. Nessa casa, você vai tomar banho todo dia.

— Todo dia? — protestou ele, incrédulo.

— Isso mesmo. Por sorte, temos recursos e água quente encanada, algo que poucas casas têm. Além disso, quando se acostumar, vai se perguntar como pôde viver sem isso antes. Vou deixar você sozinho, e não demore, porque também quero tomar banho. — Ela foi até a porta, ignorando o rosto irritado do seu servo. Com um sorriso, se preparou para fechar a porta, quando Sarah surgiu do nada com claras intenções de entrar no banheiro. — Onde você está indo? — perguntou, preocupada.

Sarah pestanejou, surpresa com a pergunta.

— Isso não é óbvio?

— Callum está aí dentro. Ele vai tomar banho.

— Você deixa seu servo tomar banho sozinho? — exclamou Sarah, incrédula. — Isso é muito perigoso, Amanda, ele poderia ter um acidente.

Amanda apertou os dentes com tanta força que ficou surpresa por não quebrar nenhum. Não conseguiu explicar que, no seu caso particular, era mais perigoso ficar e vê-lo tomando banho. A jovem continuou a olhá-la com expectativa, até que Amanda fez um leve gesto com a cabeça e voltou para o banheiro.

Olhou para a porta fechada por alguns segundos antes de se virar. Lentamente o fez, mantendo os olhos no chão de quadrados pretos e brancos, como se fosse tão fascinante quanto as páginas de seu livro favorito. As roupas de Callum estavam empilhadas no chão ao lado da banheira. Ele estava nu, esperando-a encher.

— É costume que as amas ajudem seus servos durante o banho para sua segurança — murmurou ela com o olhar fixo na parede oposta do banheiro. — Não quero aumentar as suspeitas.

Ela se sentou na cadeira a alguns passos da banheira e o olhou nos olhos, concentrando-se em mantê-los ali. O jovem assentiu, despreocupado e em paz com sua nudez.

— Ótimo. Eu estava lendo o panfleto das filhas de Lilith e algo chamou minha atenção.

Amanda tentou manter a compostura e agir com naturalidade como Callum, mas não pôde deixar de cobrir os olhos com a palma da mão e desviar o olhar quando ele ficou bem na frente dela.

— Callum, por favor! — exclamou, recostando-se no encosto da cadeira.

— O que foi?

— Sua nudez me incomoda — explicou ela, com uma voz estrangulada e a mão ainda no rosto.

— Você acabou de dizer que é costume ajudar os servos durante o banho.

— Mas eles não estão cientes.

— Então, o que a incomoda não é a minha nudez, mas o fato de eu estar consciente de que você está me vendo nu? — Ele parecia genuinamente confuso. — Mas eu não me importo com essa bobagem, Amanda.

E, ao dizer isso, agarrou seu pulso para impedi-la de cobrir seu rosto. Amanda respirou fundo e disse a si mesma que era hora de se comportar como uma pessoa adulta.

Callum se agachou na frente dela para que seus rostos estivessem na mesma altura.

— Talvez você se sinta melhor se também tirar sua roupa — sugeriu, falando como se fosse um médico que recomenda passear pelas manhãs para melhorar a saúde do paciente.

Ela nem sequer conseguiu responder, e só moveu a cabeça devagar, como uma menininha que se agarra ao seu direito de recusar alguma coisa, mesmo sem saber muito bem por quê.

Callum encolheu os ombros e entrou na banheira fumegante. Ele gemeu, pois não havia verificado a temperatura da água antes de fazê-lo. Aparentemente, Sarah estava mais certa do que ela acreditava.

— Como eu estava dizendo... — ele parou de falar, procurando por algo.

Amanda adivinhou o que era, revirou os olhos e se levantou para pegar o sabonete transparente da Pears e uma esponja. Agora que a cintura de Callum estava coberta pela água, ela se sentiu civilizada novamente. Entregou-lhe os objetos e se abaixou para pegar o panfleto que Callum deixara na pilha de roupa suja.

— O que é dito sobre Henrique VIII é verdade? — perguntou ele com interesse, enquanto friccionava sem sucesso o sabão rachado contra a esponja, ainda mais seca.

Amanda colocou as mãos sobre as dele, afundou-as na água para que tanto o sabão quanto a esponja ficassem molhados, e então as retirou de dentro da água, e indicou que tentasse esfregá-los de novo um contra o outro. Callum observou suas indicações com os lábios abertos, como uma criança aprendendo algo novo.

Seus ombros e peito fortes estavam fora da água, mas as gotas que haviam escapado da superfície na forma de vapor deslizavam pela pele quente. Amanda se inclinou na beira da banheira com os olhos fixos em seu corpo. A timidez de antes a abandonou, e um pensamento bem diferente surgiu. Ela desejava tocar sua pele molhada sem se importar com mais nada.

— Amanda? — disse ele, esfregando o peito com a esponja. Os pelos que cobriam a protuberância de seus músculos estavam cobertos de bolhas brancas.

Ela piscou, tentando se lembrar da pergunta, e limpou a garganta quando percebeu que sua voz estava sonolenta.

— Acho que sim, o que diz o panfleto?

— Que ele teve seis esposas e que, quando se apaixonava por uma nova mulher, ele as executava ou ignorava, e até mudou a religião do país para poder ter uma nova esposa.

— Receio que seja verdade.

— Que monstro — disse ele, suavemente, e começou a ensaboar o cabelo com a esponja. — Eu não entendo, por que um homem iria querer mudar de esposa? E tantas vezes!

Amanda suspirou, desejando que Callum pudesse permanecer inocente para sempre. Em um ataque de ternura, ela tirou a esponja da mão dele antes que ele colocasse sabão nos olhos. Jogou-a na água e começou a massagear o cabelo dele com as pontas dos dedos. Callum fechou os olhos.

— Ele se cansava delas depois de um tempo — sussurrou, pois estava ajoelhada atrás dele e com a boca perto de sua nuca.

— Como se pode ficar entediado com tantas mulheres? — argumentou ele, em tom tranquilo. Estava com a cabeça inclinada para o lado que ela massageava, desfrutando o momento. — Acho que o rei Henrique era chato e, quando a esposa percebia isso, ele se livrava dela.

Amanda sorriu.

— Você é maravilhoso, Callum.

Ela se arrependeu de dizer aquilo, mas as palavras saíram antes que pudesse detê-las, e terrivelmente carregadas de sentimentos.

Ele abriu os olhos e se virou para olhá-la. Seus lindos olhos azuis prateados se uniram aos dela, causando todo tipo de tortura no seu interior. Eles ficaram se olhando com os lábios entreabertos, tão perto que ela podia sentir o hálito caloroso dele acariciando sua pele. Ele a olhava com um misto de expectativa, emoção e confusão. Amanda só teria que se mover alguns centímetros para tocar o rosto e os lábios molhados de seu servo.

Ela poderia tirar a camisa e a calça e afundar dentro da banheira quente com ele. Callum nunca a machucaria.

Uma gota deslizou pela testa ensaboada do jovem e entrou no olho dele. Callum gritou de dor e, num gesto instintivo, esfregou os olhos com as mãos cheias de sabão.

— Silêncio — insistiu ela, olhando para a porta.

Amanda conseguiu tirar a mão dele do rosto e o enxugou com uma toalha seca. Quando Callum se acalmou um pouco, ela o lembrou de abaixar o tom e parar de espirrar água para todo o lado, pois estava tentando tirar o sabão do seu cabelo.

Ela pegou uma jarra e a encheu de água para derramar na cabeça.

Callum saiu da banheira e ela se apressou em envolvê-lo em uma toalha. Enquanto ele estava se secando, se afastou três prudentes passos e o contemplou. Então o viu como realmente era: um lindo vulcão, mas inexperiente, sem autocontrole, pronto para explodir. Felizmente, aquela gota de sabão a salvou de si mesma.

Depois do jantar, Callum seguiu Amanda até a porta do quarto. Antes de tocar a maçaneta, ela se virou. Ele tagarelava incessantemente sobre o assunto que havia tomado o jantar, a grande votação, até que ela levantou a mão para silenciá-lo.

— Vá para o seu quarto, Callum. Amanhã teremos um dia importante e devemos descansar.

Como sempre, quando ela mandou que ele dormisse, o jovem fez uma careta. Ignorando seu pedido, ele colocou a mão na maçaneta para tentar abrir a porta. Ela o parou, empurrando-o pelo peito.

— Pela primeira vez, gostaria que você respeitasse meu desejo de descansar. — Por alguma razão, estava chateada com ele desde que saíram do banho. Amanda estava ficando cansada por não controlar sua tentação. Naquele momento, o cansaço era tanto que por um momento ela desejou que ele fosse como os outros homens.

— O que vai acontecer amanhã? — perguntou o jovem, sem se preocupar com sua grosseria.

— É uma surpresa — falou ela, suavizando o tom. Sentia-se culpada por ter pensado aquilo. — Mas, acredite em mim, será um dia muito intenso.

— Me deixe ir para o meu quarto pelo seu. — Ele se jogou sobre ela, aprisionando-a contra a superfície da porta. Seus olhos se reconectaram com a intensidade das duas outras ocasiões em que ela considerou beijá-lo.

— Essa porta está fechada e não sei onde está a chave — respondeu ela, afirmando a si mesma que, se lutasse contra aquele momento de tentação, ficaria feliz mais tarde.

Ele a olhou com uma expressão tão desanimada que seu coração afundou. Do desânimo passou a parecer ofendido.

— Você está mentindo para que eu a deixe em paz — constatou, resignado. Ele foi para seu quarto e não se virou quando ela o chamou.

Amanda bufou enquanto entrava no quarto. Estava exausta demais para apelar à paciência.

Depois de colocar o pijama, ela sentou na beira da cama e começou a pentear o cabelo. Foi quando o viu. Seu colar, o que havia usado no dia da cerimônia, e que jogara no bosque porque Jane a ridicularizara, de algum modo estava preso à parede como se fosse um enfeite. Ela se aproximou. Não estava preso diretamente à parede, mas à uma folha fina, e sob ele se lia: "Medalha para o dia em que minhas opiniões deixaram de ser escravas de outra ama."

De boca aberta, ela releu a frase duas vezes e virou a cabeça para a porta que levava ao quarto de Callum. Ele deveria ter preparado aquilo após o banho, enquanto ela tomava o seu. Agora entendia por que ele insistira em entrar no seu quarto. Queria ver sua reação quando ela encontrasse a medalha que tinha preparado.

Ela tocou o colar com os dedos. Se antes olhar para a joia a fazia sentir vergonha, agora a fazia sorrir.

Foi dormir com um sorriso nos lábios.

13

A grama estava brilhante e coberta por um espesso tapete de flores azuis. Callum observou o belo contraste entre o azul e o verde da pradaria que se estendia até o bosque.

— Quero tomar as rédeas — repetiu. A nuca loira de sua ama, que estava sentada à sua frente, balançava de um lado para o outro enquanto cavalgavam.

— Os servos nunca lideram.

— Não há ninguém aqui — argumentou ele, inspecionando o caminho de terra estreita que serpenteava em direção ao bosque.

— Logo chegaremos onde as outras mulheres nos esperam.

Callum fez uma careta, mas ela não pôde ver, pois estava concentrada. As árvores surgiam, uma atrás da outra, às margens do caminho que atravessavam.

— Se vamos ter companhia, por que você me obrigou a usar esse terno estúpido? — Ele olhou para suas pernas, que pendiam dos dois lados do cavalo. Amanda o fez vestir uma camisa branca e um terno cor creme com linhas escuras que formavam quadrados. Ela usava outro, semelhante ao dele, de fundo mais escuro e linhas brancas verticais. O cabelo preso em um rabo golpeou o nariz dele pela segunda vez.

— É o traje oficial de Crawley para estes eventos. Todos estarão usando algo assim — explicou ela, enquanto dava um tapa nos dedos dele ao sentir que ele estava tentando pegar nas rédeas. — E não diga que é uma roupa estúpida. É cara, e é uma honra receber um convite para caçar nas terras da sra. Richardson. Poucas pessoas têm esse privilégio. Você devia estar grato por pertencer a uma ama com tais laços sociais.

— Oh, mas estou imensamente grato por ter uma ama! — respondeu com sarcasmo. — Qualquer tipo de ama me encheria de alegria e satisfação. Ainda mais uma com uma voz bem mandona e estridente.

Amanda lhe deu uma cotovelada.

— Posso perguntar à Amelia Whipple se ela quer ficar com você. — Ela teve a ousadia de dizer isso com uma seriedade fingida, enquanto o olhava por cima do ombro.

— Nesse caso, eu mesmo me infectaria com a bactéria de novo. Nem que tivesse que lamber o nariz de um servo resfriado.

Amanda riu. Encantado com a risada dela, Callum continuou:

— Mas antes de me infectar eu bateria nela novamente com um guarda-chuva.

Eles permaneceram em silêncio por um momento. O calor das risadas compartilhadas ainda estava nos rostos deles. Havia também calor em suas coxas unidas. O contato entre eles pelo trotar do cavalo era agradável. A quem ele queria enganar? Era um prazer inexplicável. Seu coração lhe pedia coisas desse tipo o tempo todo. Coisas como esticar a mão e acariciar o cabelo dela, ou apertar o seu ombro magro, ou qualquer ato que envolvesse contato. Era exaustivo, porque a necessidade de se aproximar dela se tornava cada vez mais urgente, e ele sempre se continha. Mas a cavalgada fazia com que a proximidade fosse inevitável, e foi um verdadeiro alívio parar de lutar contra si mesmo.

Apesar disso, o desejo permaneceu em algum lugar dentro dele, gritando que aquilo não era suficiente. Algo poderoso no corpo dela emanava de sua pele como uma onda invisível de calor que o atraía.

Naquele momento, a única coisa que ele podia sentir era o contato de suas pernas com as dela. O resto das sensações, como imagens e pensamentos, desapareciam como fumaça diante da intensidade do que sua pele registrava.

— A sra. Richardson organiza apenas uma caça por ano — comentou Amanda, sem saber o que ele estava pensando. Ele sempre tomava cuidado para que ela não percebesse suas estranhas intenções. — No ano passado, não houve caça por falta de presas. É um evento muito caro e elitista, mas é tão popular que não há presas o suficiente.

Callum não sabia muito sobre caça, mas tinha certeza de que, como servo, não se divertiria muito com um jogo que parecia empolgar as amas.

— Os livros e jornais que você me mostrou costumam falar de donzelas, mas você sempre se refere a todo mundo como senhora. Qual é a diferença?

Amanda puxou as rédeas do cavalo para forçá-lo a virar para a direita.

— Antes da bactéria, as mulheres usavam o título de donzelas antes de casar. No entanto, um homem era considerado um senhor sempre, casado ou não. Depois da bactéria, as políticas decidiram que não havia mais razão para que o título de uma mulher mudasse com seu estado civil, como se isso modificasse sua representação na sociedade. As mulheres passaram a ser valorizadas por si mesmas, independentemente de sua conexão com qualquer cavalheiro. É por isso que agora nascemos e morremos senhoras, no sentido pleno da palavra.

Callum não podia negar que seus antepassados foram verdadeiros déspotas com suas companheiras. Eles se asseguraram de que cada pequeno detalhe destilasse a sua superioridade. Agora estavam pagando as consequências. Não era justo, mas, aparentemente, a vida raramente era.

Assim que deixaram as árvores para trás e voltaram ao prado longo e ensolarado, Amanda lhe disse para ficar em silêncio. Logo eles avistaram um grupo de quatro amazonas, escoltadas por sete cães de caça. A maioria dos cães era de cor branca, mas alguns tinham manchas marrons no corpo e nas orelhas. Latiam sem parar e pulavam em volta dos cavalos.

— Já era hora — disse Sally ao vê-los chegar.

— Sabia que Amanda não ficaria sem caçar por nada nesse mundo — comentou uma jovem ruiva que Callum já vira antes. Ela havia se aproximado dele várias vezes na sala do Andrónicus, no dia da cerimônia. Suas lembranças daquela noite não eram muito claras, pois tinha sido um momento intenso, em que vários rostos de jovens dançaram diante de seus olhos, junto com suas vozes agudas e incessantes, até que o deixaram tonto. Dessa moça, só se lembrava dos seus belos olhos azuis, tão pálidos que quase pareciam cinza, enquanto ela lhe dizia, sorrindo, que ele era adorável. Naquele momento, ela o olhava da mesma maneira.

Ela vestia uma jaqueta vermelha, destacando-se bem do restante do grupo, que usava ternos muito parecidos com os dele.

— Desculpem meu atraso.

A ruiva de jaqueta vermelha devia ser a sra. Sarah Richardson, pois se deu um ar muito digno, como qualquer mulher que tem uma posição social próspera faria. Dessa vez, ela dedicou o sorriso terno para Amanda.

— Deus sabe que estou muito feliz com o meu Oscar. — Ela indicou com a cabeça o jovem moreno sentado atrás dela no cavalo. — Mas pode me cair um raio se digo que não desejo comer este jovem a beijos cada vez que o vejo.

As outras mulheres exclamaram em aprovação e Callum se perguntou o que ela queria dizer com comê-lo a beijos. A frase estava errada. Um beijo era algo que se colocava na testa ou na bochecha das crianças para mostrar afeto, e ele não entendia o que isso tinha a ver com comida. Será que ela estava se referindo a algum tipo de ato canibal? Se fosse assim, por que as outras aprovaram a ideia? E, ainda pior, por que Amanda parecia tão satisfeita com o fato de que alguém queria comê-lo a beijos? Provavelmente ele estava tirando conclusões erradas, pois havia muitas coisas que ainda não entendia, e o servo da mulher canibal ainda estava inteirinho.

Callum conhecia o jovem porque o viu no Andrónicus e, sendo da mesma idade, participaram da mesma cerimônia. Oscar sempre se destacou dos outros por causa de sua pele e cabelo escuro, e por ter traços tão diferentes dos ingleses.

Amanda desmontou do cavalo para acariciar os cães e ordenou-lhe que fizesse o mesmo.

— A umidade e a temperatura são ideais para o olfato dos cães de caça — disse uma das jovens que ele não conhecia. Seu rosto era desagradável de olhar e Callum ficou feliz por ela não ser sua ama. Apesar disso, sua aparência era quase tão elegante quanto a da sra. Richardson.

As outras jovens fizeram mais comentários sobre o clima e os cachorros com mais detalhes. Definitivamente, a caça era entediante para Callum.

— Sua mãe não se junta a nós este ano, Sarah? — perguntou Amanda, e sua voz familiar fez Callum prestar atenção novamente à conversa.

— Ela está em Londres, fazendo compras. Ficou preocupada que o resultado da votação afetasse o comércio de alguma forma.

— Sua mãe acha que a votação favorecerá a libertação dos servos?

Sarah deu de ombros e Callum quis sacudi-la. A questão era indiferente para ela, claro, pois era livre.

— Pode ser — disse finalmente.

— Não seja ridícula, Sarah — zombou a mulher feia. — Isso não vai acontecer.

— Claro que não vai. Bertha tem razão — disse Jane, interrompendo a conversa. O nome era tão feio quanto a mulher. Callum percebeu que Bertha não estava acompanhada por um servo como as outras.

— Eu não teria tanta certeza sobre isso, senhoras — declarou Amanda. As suas costas ficaram esticadas pela tensão. — Há muita gente nas cidades e vocês já sabem o que elas pensam lá.

Sarah calçou as luvas de amazona. Seus movimentos eram seguros e habilidosos.

— Para mim não importa. Sei que o meu Oscar não me deixaria.

— Com certeza — admitiu Sally Gaskell, abrindo um grande sorriso antes de continuar —, com sua posição social e sua beleza, ninguém a deixaria. No entanto, eu não tenho tanta certeza de que meu Philippe faria o mesmo. Ele sendo tão atraente como é com certeza me olharia com desprezo assim que pudesse raciocinar.

Embora a jovem tivesse dito isso brincando, as outras a repreenderam por dizer aquilo. Todas exceto Sarah, que apenas sorriu, condescendente.

— Senhoras, é hora de começar — anunciou a sra. Richardson com solenidade. — Esta é a minha primeira vez como madrinha do evento dos cães de caça, mas lhes garanto que será uma caçada inesquecível.

— Você já enviou o grupo de servos para o esconderijo?

— Eles partiram há uma hora — disse Sarah, movendo o cavalo em círculos.

— É uma maravilha que este ano não tenhamos que usar nossos próprios servos. — Amanda alegrou-se.

— Com certeza — reconheceu Bertha. — Foi um tédio ter que ceder o meu há dois anos.

— Não reclame, Bertha, isso foi obra do destino — disse Jane.

Para Callum, a conversa começou a soar bastante estranha.

— Onde você conseguiu os servos dessa vez? — perguntou Amanda.

— São os servos das minhas empregadas.

— Elas não vão sentir falta deles?

— Talvez — falou Sarah, dando de ombros novamente —, mas elas devem satisfazer sua senhora.

Amanda ordenou que ele subisse no cavalo atrás dela. A cabeça de Callum estava girando, imaginando se o que ele estava ouvindo era verdade. Aquele grupo de mulheres se reunia uma vez por ano para caçar homens. Amanda havia dito que era um passatempo tão popular que as vítimas tinham acabado. Uma das vítimas foi o servo de Bertha. Poderia ter sido ele este ano se a sra. Richardson não tivesse roubado os servos de suas empregadas. Era horrível e monstruoso, e Amanda não apenas aprovava, mas gostava. Callum tinha que fazer alguma coisa para evitar que elas matassem aqueles homens. Ele tinha que fugir e se esconder delas.

14

Os cães finalmente captaram o aroma de uma raposa. Os latidos soaram em uníssono com o coração de Amanda, enquanto elas galopavam rapidamente para seguir a madrinha e os seus cães. O mais emocionante não era a caça em si, mas a perseguição. Cinco mulheres e seus cavalos evitando troncos caídos e riachos com o tambor dos latidos ao fundo. Seu corpo estava cheio de energia e o brio surgiu através de seus poros junto com o suor do exercício. Desta vez foi melhor, porque Amanda tinha Callum com ela e desfrutavam a emoção da caça juntos. Sem dúvida, o jovem estava fascinado com suas habilidades como amazona. Ela contornava, saltava e superava obstáculos com velocidade e precisão.

Os cães tomaram um rumo inesperado e Amanda levou o cavalo até eles antes de qualquer uma das suas companheiras. Ela estava na dianteira da caça e teve que diminuir a velocidade para que Sarah Richardson, madrinha e dona dos cães de caça, pudesse emparelhar com ela.

Ela estava tão animada com a corrida que quase chorou quando Callum avisou que precisava urinar com urgência. Ela o olhou com os lábios apertados, desejando que fosse uma das suas brincadeiras, mas nunca o vira tão sério.

— Meu servo precisa parar um momento! — gritou para as outras mulheres. — Eu alcanço vocês.

— Nós a esperamos. Ainda temos toda a manhã — outorgou Sarah.

Amanda ordenou que Callum descesse do cavalo e entrasse um pouco no bosque para encontrar um lugar adequado. O jovem obedeceu e elas o seguiram com os olhos até que o rapaz desapareceu entre as árvores.

— Sinto muita falta do meu John — observou Bertha Lynch, com as sobrancelhas um pouco caídas.

— Quando vão lhe permitir ter um novo servo? — perguntou Sally. — Já se passou um mês desde sua morte.

— Elas teriam enviado outro imediatamente, mas me senti mal por não ficar de luto pelo meu John por um tempo.

Jane ajeitou o cabelo ao redor das têmporas para ter certeza de que a cavalgada não arruinara seu penteado, de coque erguido e abaulado como se fosse um turbante ao redor da cabeça.

— Você tem sorte que haja homens disponíveis, às vezes morrem mais servos do que mulheres, e elas não podem reabastecer a perda tão cedo.

Bertha fez cara de preocupada, como se não tivesse pensado nessa possibilidade. Amanda sentiu uma dor aguda na boca do estômago. Conversas como essa nunca a repugnaram antes, mas, agora que conhecia Callum, percebeu a aberração de tratar os homens como uma mercadoria que pode ser substituída se estivesse estragada.

— Pelo menos você saberá o que é dormir com outro homem, a outras mulheres não é permitido esse luxo.

— Jane! — Sally a repreendeu, como costumava fazer toda vez que a jovem soltava alguma barbaridade. — Não seja insensível!

Jane pressionou os lábios, que ficaram mais belos ainda. Ela fazia isso quando queria esconder um sorriso e sua opinião sobre algo — o que era uma tarefa difícil para ela. Amanda a conhecia muito bem, e sabia exatamente o que se passava em sua cabeça. Muitas vezes zombava de como John era feio e como formava um belíssimo casal com Bertha, que não tinha atrativos.

Na sua mente insensível em relação à humanidade masculina, ela estaria pensando com praticidade que a morte de um servo feio era uma oportunidade perfeita de receber outro melhor.

— Nada disso vai importar muito em poucos dias, quando os votos decidirem despertar os homens — lembrou Amanda.

— Se isso acontecer... — retrucou a amiga, enfatizando o condicional "se".

— Se o que Amanda diz acontecer, você pode dormir com quantos homens quiser — disse Sarah a Jane, com uma risada.

Jane reconsiderou a ideia.

— Isso é verdade, porque sou irresistível, mas entro em pânico só de pensar em fazer qualquer coisa com um homem consciente.

O sangue de Amanda congelou em seu coração. Ela nunca poderia fazer algo de que a corajosa Jane tinha tanto medo.

— Você acha que seria perigoso?

— Claro! — exclamou Jane, e as outras jovens riram, meio chocadas com a fantasia. — Você conhece as histórias, Amanda.

— Minha avó sempre diz que não sabemos o quanto somos afortunadas — interrompeu Sarah — e que ela não desejaria a noite de núpcias que teve nem para a sua pior inimiga.

— Você está bem, Amanda? — perguntou Sally, observando-a com cara de preocupada. — Sua cara ficou um pouco esverdeada, a cavalgada a enjoou?

Ela respirou fundo, tentando se recompor.

— Talvez um pouco — mentiu. — De qualquer forma, tenho que encontrar Callum no bosque. Está demorando muito, pode ter se perdido. Vai me fazer bem andar um pouco. Por favor, continuem sem mim.

Sarah assentiu enquanto se estirava no seu cavalo.

— Os cães estavam indo para o sul, vá para lá depois que encontrá-lo.

Ela desmontou e se virou para as árvores por onde Callum havia passado.

— Deve estar grávida. — As ouviu dizer atrás dela.

— Bobagem, é cedo demais para ter sintomas.

Ela fingiu não ouvir os comentários e manteve o olhar adiante. De fato, era cedo demais para ela estar grávida, assim como para qualquer virgem. Mas suas amigas não suspeitavam que ela ainda fosse virgem e que pretendia continuar nesse estado por um longo tempo.

Callum desaparecera. Depois de cinco minutos andando em círculos entre as árvores e chamando-o, ela começou a ficar nervosa.

— Callum! — chamou novamente. Outra vez sem resposta. Parou perto de uma árvore e, com as mãos na cintura, examinou o perímetro. — Mas que droga!

Naquele momento, ela ouviu o som de um galho quebrando, seguido pela agitação das folhas. O ramo em questão caiu com um baque surdo ao seu lado. Quando ela olhou para a copa das árvores, ouviu-o sussurrar um palavrão. Ela o viu escondido entre as folhas da árvore.

— Callum! O que você está fazendo aí?

— Se afaste de mim, seu monstro! — exclamou ele.

— Monstro?

A jovem olhou por cima do ombro para tentar descobrir quem ele estava chamando de monstro. Mas não havia mais ninguém lá.

— É de mim que você está falando? — perguntou, confusa. — Callum, você comeu alguma coisa do bosque?

— Não, e você, comeu alguém?

— Como? O que quer dizer com isso?

— Veio me procurar porque já devorou o resto dos homens?

Amanda sacudiu a cabeça, imaginando se estava sonhando, porque isso fazia menos sentido do que seu sonho mais estranho.

— Você pode me explicar do que está falando?

— Da sua caça sanguinária de homens — vociferou ele. — São os servos das empregadas da sra. Richardson, mas poderia ter sido eu ou Oscar. Assim como assassinaram o servo de Bertha dois anos atrás. Você acha que sou surdo?

Amanda o olhou boquiaberta por um momento, tentando entender como ele chegara àquela conclusão.

— Callum, o servo de Bertha Lyme morreu faz um mês mais ou menos, de tuberculose.

— Mas Sarah disse que...

— Que ela mandou os servos das suas empregadas há algumas horas para as tocas, para fazer as raposas saírem. São raposas o que caçamos, não home... — ela começou a gargalhar quando percebeu o que Callum estava pensando e por quê.

Enquanto ria, curvando-se, Callum desceu da árvore e a olhou com irritação.

— Você pensou que estávamos caçando homens — falou ela, como se ele precisasse de uma explicação, e explodiu em uma gargalhada novamente. — E que sorteamos nossos próprios servos todos os anos.

O jovem estufou o peito como o lacaio de um palácio e demonstrou uma expressão de orgulho ferido.

— Claro que não. Eu estava apenas brincando. Sabia que eram raposas desde o começo.

Sua tentativa de preservar a dignidade a fez rir ainda mais.

— Mesmo assim — retrucou ele, vendo que seu truque não havia funcionado —, qual o gosto da carne de raposa?

— Não comemos as raposas — explicou ela, enxugando as lágrimas.

— Por que as caça então?

— Por esporte. — Ela deu de ombros. Callum olhou para ela com uma mistura de horror e desgosto.

— Isso é horrível, Amanda. Você sabe o medo que passei quando pensei que vocês estavam nos caçando?

— São apenas animais, Callum. Não pensam.

O rapaz colocou as mãos na cintura e a encarou com severidade.

— Então, por que fogem? Por acaso o coração delas não se acelera? Não entram em pânico, não ficam sem fôlego e lhes dói o coração? Elas não correm para salvar suas vidas?

O sorriso da Amanda se apagou do seu rosto.

— Por que os que estão acima sempre se esquecem de se colocar na pele dos que estão embaixo?

— Antes os homens caçavam e...

— Eu não sou um deles! — explodiu o rapaz. Ele apontou para o próprio peito com um dedo. — Nunca escravizei nem matei por prazer. Você pode dizer o mesmo?

Amanda ficou em silêncio por um momento. Quando finalmente o olhou, ele viu certo remorso em seus olhos.

— Receio que a sociedade tenha me estragado — disse com seriedade. — Minha mente nunca será tão pura quanto a sua.

Ela começou a caminhar para onde havia deixado o cavalo.

— Amanda — chamou ele.

Depois de um momento, ela sentiu a mão quente dele segurando seu pulso.

— Me perdoe. Há coisas que não aprovo no seu mundo, mas isso não significa que não aprove você. Eu pensaria da mesma maneira se tivesse crescido nessa sociedade. — Ele a olhou com ternura e lhe deu um sorriso reconciliador. — Você é melhor que tudo isso, é por isso que digo essas coisas.

Amanda tentou esconder um sorriso, mas não conseguiu. Quando ele a olhava nos olhos e sorria daquela maneira, todo o seu corpo se derretia. Sem contar que ele ainda a segurava pelo braço.

— Você me chamou de monstro há pouco e pensou que eu estava caçando homens por diversão.

Callum sacudiu a cabeça de um lado para o outro.

— Talvez eu tenha dramatizado um pouco — concordou, indicando alguns centímetros com o dedo indicador e o polegar.

Ela assentiu, abandonando a luta para esconder seu sorriso. Suas bochechas queimavam e ele parecia estar cada vez mais perto.

— Imagino que caçar animais por esporte não seja tão digno como me fizeram acreditar desde pequena. Mais uma vez, você abre meus olhos para um mundo que achei que entendia melhor do que você. Pode ser que, no fundo, não seja eu quem tenha que ensinar a você como as coisas funcionam, e sim você a mim, como elas deveriam ser.

O jovem sorriu, satisfeito com a ideia. Seus preciosos olhos azuis brilhavam com uma beleza dolorosa. Se pelo menos ele não tivesse aqueles olhos, talvez conseguisse controlar mais as emoções que provocava nela.

— Devemos nos encontrar com as outras — disse de repente. Ela se sentia tão tímida quanto no primeiro dia. Devia ser o bosque. — Vou dizer que estou indisposta e que não quero continuar caçando.

Callum assentiu, com os lábios entreabertos. Uma ligeira barba de dois dias sombreava seu belo queixo. Ela se perguntou se de repente ele se tornara mais bonito, ou ela que pensava assim. Também não ajudava ele ficar fitando-a tão intensamente.

— Fico feliz que seu rosto seja assim — disse ele por fim.

— Como?

Ele fez um movimento com as mãos e olhou para cima, como que tentando se explicar melhor.

— Estou feliz que seu rosto seja como é, e não como o de Bertha.

Ele estava tentando dizer que a achava bonita? Não conseguiu evitar olhar para baixo, mas se forçou a olhá-lo, mesmo que suas bochechas queimassem.

— Teria sido lamentável ser como Bertha, mas também poderia ter sido como Jane ou Sarah — argumentou, sem fôlego.

Ele franziu os olhos como se a ideia não tivesse passado por sua mente, e depois balançou a cabeça.

— Prefiro que a pessoa que mais vejo todos os dias tenha o seu rosto.

Amanda suspirou, ainda incapaz de acreditar no que acabara de ouvir. Callum não parecia estar muito consciente do que estava dizendo. Não havia sinal de flerte, mas de clara sinceridade.

Ela não pôde evitar. Ergueu os braços e deu um passo em direção a ele para abraçá-lo. Deixou a bochecha descansar no ombro dele e se concentrou para que nenhuma lágrima caísse dos seus olhos. O peito aconchegante de Callum latejava sob o terno contra o seu próprio coração.

— Isto é um abraço, não é, Amanda?

— Sim, se você também me cercar com seus braços.

Ele fez isso com muita energia, mas Amanda não se importou que a segurasse com força. Ao contrário, ela gostou.

— Por que fazemos isso agora? — sussurrou ele, suavemente, quase como se temesse que a pergunta fosse estragar o momento.

— Porque o que você disse sobre mim me fez querer um abraço. — Dessa vez não queria mentir para ele.

— Entendo — disse ele, afundando o queixo no cabelo dela. Mas pelo seu tom era evidente que não entendia nada.

Quando eles alcançaram as outras mulheres, os cães já tinham caçado uma raposa. Elas estavam eufóricas, mas nuvens cinzas cobriam o céu com a rapidez das cortinas de um teatro, obrigando-as a irem para uma área mais próxima da mansão de Sarah.

As empregadas esperavam por elas com refrescos e aperitivos sob o teto de uma espaçosa tenda. A construção circular era alta e majestosa, e seu teto pontudo era sustentado por vários pilares brancos. Havia plantas salpicadas de flores coloridas penduradas nos arcos.

Depois das tortas de carne, ovos escoceses, manteiga embrulhada em folhas frescas de alface, queijo cheddar com torradas e rolinhos crocantes, elas tomaram chá e provaram várias tortas de frutas e geleias deliciosas.

Callum comeu com entusiasmo, aquele era sem dúvida o melhor momento daquele dia para ele. A tarde foi passando lentamente, mas de forma implacável. O grupo começou a se dispersar para voltar às suas casas, pois o tempo, longe de melhorar, anunciava a chegada de uma forte tempestade.

— Amanda, antes de você ir embora, Tenho um presente para você — anunciou Sarah com um sorriso misterioso. — Não fique tão surpresa. Não lhe dei nenhum presente no seu aniversário.

Amanda também não dera nada de presente a Sarah, e o aniversário dela tinha sido há três meses, mas Sarah, como as mulheres ricas costumavam ser, era generosa e carinhosa com os membros da sua comunidade, especialmente os mais necessitados. Isso não significava que ela também não desse presentes para suas amigas com uma boa posição social.

Uma das empregadas apareceu guiando um pequeno filhote de pug.

— Meus cachorros tiveram uma ninhada há dois meses e achei que você gostaria de ter um.

Amanda a olhou, com a boca aberta de pura emoção, enquanto a jovem se aproximava dela com o filhote de pele aveludada, e ela o pegava. Amanda aproximou o filhote do rosto e ele lambeu o seu queixo.

— Meu Deus, ele é lindo! — exclamou, animada. — Muito obrigada, Sarah.

A jovem sorriu com prazer.

— Sei que você vai cuidar dele com carinho. Eles são cães pequenos, que pode levar para o seu quarto.

Amanda assentiu, encantada com o adorável filhote, deixando de prestar atenção em qualquer outra coisa.

— É um macho. Como vai chamá-lo?

Ela olhou na cara do animal. Sua raça tinha os olhos esbugalhados e muito separados.

— Vou chamá-lo de Lorde Byron.

Suas amigas riram da escolha do nome. Um barulho de trovão interrompeu a conversa, e as moças restantes olharam para o céu com preocupação.

— É melhor vocês irem embora ou a tempestade vai alcançá-las no caminho.

Depois de terem se afastado de Sarah, Amanda deixou Callum tomar as rédeas do cavalo, embora permanecesse na frente. Ficava mais fácil para ela levar Lorde Byron se não tivesse que segurá-las.

O único inconveniente, se é que se pode chamar assim, era que os braços dele a rodeavam para alcançar as rédeas. Determinada a ignorar a proximidade do rapaz, ela se concentrou em sussurrar palavras doces a Lorde Byron, que insistia em ganhar seu coração com lambidas que terminavam com pequenas mordidas.

— Elas já foram embora, você pode parar de fingir — disse Callum.

Sua cabeça estava bem ao lado da de Amanda.

— O que quer dizer com isso?

— Que você pode parar de fingir que gosta do presente.

— Você enlouqueceu? Ele é adorável.

Callum a olhou com ar de dúvida.

— Suponho que esteja brincando. É a coisa mais feia que já vi na minha vida.

— E tem sido uma vida tão longa... — zombou ela, enquanto abraçava Lorde Byron.

— O que aconteceu com a cara dele? É como se um dos irmãos tivesse sentado na cabeça dele enquanto se formavam na barriga da mãe.

— Callum! — repreendeu ela, abraçando o animal como se ele pudesse entendê-lo.

— Você está rindo de novo, assim não dá pra levar a sério as suas reprimendas pelos meus comentários maldosos.

A jovem lhe deu uma cotovelada de leve, sem intenção de machucá-lo.

— É um pug. Não aconteceu nada com a cara dele, a raça é assim — protestou. — Além disso, você o ofendeu, e agora ele está triste.

— Ele tem essa cara desde que Sarah o entregou, parece estar pedindo ajuda para alguém terminar com o sofrimento dele. Você lhe faria um favor.

Amanda queria repreendê-lo novamente, mas sua risada não permitia.

— Além disso, é difícil saber se ele está olhando para nós ou alguma coisa entre as árvores.

— Já chega! — gritou ela, rindo. Aproximou-se do animal e beijou-o na testa.

— Por que você o beija tanto?

Ele disse isso tão emburrado que parecia estar com ciúmes. Em vez de responder, Amanda apenas olhou para o horizonte com um sorriso. Não se lembrava de se sentir tão feliz em muito tempo, ou talvez nunca tivesse sentido aquele tipo de felicidade tão intensa.

— Eu também não entendo o nome dele, *Lorde* Byron. Não tenho o título de senhor, e esse monstrinho tem?

— É o nome de um poeta. — Ela levantou o animal e aproximou-o do rosto de Callum, para que o filhote pudesse conquistá-lo com sua doçura como fez com ela. O animalzinho mordeu o nariz do rapaz.

— Ele quer me comer, imagino que tenha isso em comum com a antiga dona.

Amanda colocou o cachorrinho de volta no colo, imaginando o que Callum pensou quando Sarah falou sobre comê-lo com beijos. No entanto, não pretendia iniciar uma conversa com esse tema tão perigoso. Principalmente agora que sabia o que suas amigas pensavam sobre os relacionamentos com homens conscientes. Ela teria que se contentar com momentos como aqueles. Fechou os olhos e deixou sua nuca cair sobre o ombro de Callum. Era melhor aproveitar a viagem ao máximo.

15

O resto da tarde foi tão chuvoso e escuro quanto haviam previsto. Amanda aproveitou a oportunidade para fazer o trabalho atrasado. Mal havia trabalhado desde que Callum entrou na sua vida. Às vezes, Cassandra ou suas primas a faziam companhia enquanto trabalhava, mas naquela tarde ela disse que tinha muito a fazer e que não queria ser incomodada.

A jovem também pegou a chave que nunca havia usado antes. Estava claro que era uma desculpa para ficar sozinha com Callum. Cassandra teria ficado zangada se não tivesse que cuidar de Lorde Byron.

A menina levara o filhote como se fosse um delicado vaso de vidro e, fascinada por sua existência, sentara-se no chão da sala para brincar, esquecendo-se completamente da irmã.

Callum foi um bom ajudante. Com sua ajuda, pôde avançar bastante. Além disso, sua curiosidade fez dele um estudante entusiasmado.

— Não entendo como pode querer fazer isso todos os dias pelo resto da vida — disse Callum depois de duas horas de trabalho.

Haviam acabado de montar uma mesa e se jogaram exaustos no sofá. Mesmo com a chuva de verão, a temperatura na sala era alta. As mangas das suas camisas estavam enroladas e vários botões estavam abertos.

— É por isso que há vocações e diferentes opiniões — sussurrou ela, deixando a cabeça cair no encosto do sofá. Depois de uma manhã de caça e uma tarde de trabalho, estava exausta. — Imagine se todas nós estivéssemos interessadas em fazer as mesmas coisas. Que todas, como Victor Frankenstein, estivéssemos interessadas em saber como funcionam os seres vivos por dentro. A medicina avançaria muito, mas não haveria ruas, comida nem carruagens.

Callum olhou para ela e depois para o teto.

— Você tem razão sobre os avanços do mundo. Se todas as pessoas pudessem estudar e trabalhar naquilo que amam, sem restrições de gênero, classe social ou dinheiro, o mundo avançaria muito mais rápido. Pense em todas as invenções que se perderam para sempre porque o seu criador está infectado por uma bactéria que o transformou em um ser irracional, ou porque sua inventora não tinha permissão para estudar por ser mulher, ou porque a mente que poderia criar essa invenção, esse romance ou essa cura para uma doença, está envolvida em outra atividade, como cortar lenha no campo ou costurar roupas. Onde estaríamos agora, se houvesse liberdade de vocação desde o início da humanidade?

Amanda sorriu.

— Certamente em um futuro diferente, com mais conforto e menos doenças. E com mais felicidade.

— Isso se chama sonhar acordado, certo? — perguntou o jovem, olhando para o teto. Ele estava estendido no sofá com as duas mãos apoiadas na nuca.

— Isso se chama utopia.

A escada para o sótão, onde ficavam os quartos deles, estava mergulhada na escuridão da noite. No entanto, seus últimos passos foram tingidos com o brilho azul que passava pelas janelas do sótão. No verão, o sol os acompanhava até tarde da noite e, por essa razão, sempre parecia que iam dormir muito cedo. No entanto, era o que Amanda mais gostava dessa estação do ano. Ter um banquete de luz após o inverno longo e escuro.

— O que a sua prima Sarah estava contando, do espião inglês que se jogou da torre para escapar dos inimigos e sobreviveu, é verdade? — questionou Callum assim que adentraram o território seguro.

— Sei lá — respondeu ela, se concentrando nos degraus sombrios da escada. — Há muitas histórias sobre espiões, mas é difícil confirmar, porque o sigilo nessas questões é primordial. Também temos espiãs agora, algumas em países europeus, a maioria delas perdida nas terras asiáticas, fingindo interesse em outras coisas enquanto obtêm informações políticas. É um trabalho arriscado, que requer um alto nível de inteligência e uma lista interminável de habilidades.

Sua prima Sarah era obcecada por espionagem, e em várias ocasiões contava histórias sobre espiões do presente e do passado, assim como havia feito naquela noite durante o jantar. Embora essas histórias parecessem interessantes, Amanda não era tão fanática. Ela preferia literatura e filosofia, e só havia pesquisado sobre espionagem quando os próprios escritores faziam parte da trama, como no caso de Christopher Marlowe, o grande rival de Shakespeare.

— Como ter asas ou ser imortal — sugeriu Callum, ainda pensando na história.

Amanda foi com cuidado até a porta. Lorde Byron se tornara uma bola adormecida em seus braços. Parecia impossível de acordar, como qualquer filhote sem energia depois de horas de atividade.

Callum parou com ela à sua porta e Amanda esperou que ele não quisesse continuar a conversa, pois tinha sido um dia cansativo de caça e trabalho. Ela se sentia tão exausta quanto o filhote que tinha no colo.

Em vez de tentar entrar, ele olhou com admiração pelo corredor até parar na porta.

— Esta parte da casa é a mais bonita — disse. — Gosto da sua porta, as cores que escolheu combinam com a escada.

Depois de dizer isso, ergueu os braços, esperando um abraço como o que ela lhe dera no bosque. Amanda o observou, achando graça, e tentou esconder um sorriso.

— Boa noite, Callum — disse enquanto abria a porta.

O rapaz abaixou os braços, desapontado, e virou-se para ir devagar até o próprio quarto.

— Não entendo nada... — Ela o ouviu sussurrar para si mesmo.

16

Durante os dois dias seguintes àquela terça-feira de caça, eles se dedicaram completamente um ao outro. Amanda evitou qualquer companhia para não ficar longe dele. Eles construíram uma bolha na qual só eles existiam e cultivaram o relacionamento da mesma forma que se cuida de um recém-nascido. Amanda mergulhou em uma nova rotina que foi modelando sua vida. Mesmo que não tivesse se passado nem uma semana desde que Callum entrara na sua vida, ela não conseguia se lembrar de como era antes dele. Ou talvez não quisesse se lembrar. Antes do rapaz, tudo era monótono, tedioso, como a dieta sem sal de uma pessoa doente. Agora sua vida estava cheia de cor, sabor, e seu corpo vibrava a cada momento com uma emoção contida.

Pelas manhãs, refugiavam-se no lago. Ele a ensinou a nadar, ou a espirrar água para todos os lados. Quando não estavam na água, jogavam cartas e falavam do mundo. Callum queria sempre modificar a realidade das coisas que ela lhe contava e fazia a mente dela girar como um peão. Quanto mais tempo consciente, mais sua mente se exercitava com as conversas. Quanto mais a conhecia, mais a fazia rir, mais a fazia tremer com suas palavras e corar com o seu olhar. O jovem estava se tornando um homem com uma velocidade trovejante, e a experiência de viver uma vida plena o tornou ainda mais atraente e magnético. Com Callum, o tempo voava e, ao mesmo tempo, cinco minutos ao seu lado eram mais intensos do que os dezoito anos da vida dela antes de conhecê-lo.

Na sexta-feira à tarde, estava chovendo e isso os obrigou a se esconderem na biblioteca, onde as outras não os incomodariam.

A luz que passava pelos vidros da janela estava muito mais escassa do que o normal. O céu nublado com nuvens acinzentadas era o culpado de terem acendido a lareira e de seus livros precisarem descansar sob a luz de dois abajures da mesa grande da biblioteca.

Callum estava em uma cadeira na frente dela, com a testa apoiada na mão e o cotovelo na superfície da mesa, ao lado de um livro que ele lia com interesse. Amanda tentou, por sua vez, se concentrar no seu, um romance. Mas sua mente não era mais livre, estava viciada na substância a poucos centímetros dela. Apesar de sua determinação em manter os olhos na linha que já havia relido cinco vezes, eles insistiam em viajar para o rosto do rapaz, para sua bela mão masculina dobrada sobre a mesa e os fios de cabelo macios, cuja textura ela ainda recordava.

Callum a pegou olhando em várias ocasiões, e Amanda só pôde ficar corada e voltar a fingir que estava lendo. O calor em suas bochechas, quando seus olhos se encontravam no silêncio da sala, era demais para sustentar o olhar. Seus olhos azuis ficavam dolorosamente mais lindos quando refletiam a luz do fogo ou do próprio sol.

— O que você está lendo? — perguntou, fingindo curiosidade, na terceira vez que ele a viu observando. Na verdade, sua curiosidade era genuína. O jovem era uma fonte constante de novidades para ela. Apesar de pertencerem à mesma espécie, ela percebia as diferenças em seu comportamento, nos assuntos que preferia conversar e em sua forma de resolver a vida. Não era melhor nem pior que a companhia de uma jovem, mas era diferente. E, depois de dezoito anos em Crawley, tudo o que ela desejava era ter algo diferente.

Callum estava sempre disposto a analisar e comentar sobre os mecanismos de tudo o que encontrava, mas não parava muito tempo para se aprofundar em questões abstratas como ela e suas amigas faziam. Ela não podia evitar distinguir que, quando conversava com ele, tendia a desarticular e simplificar a realidade, ficando com o mais simples e essencial para seus argumentos. Conversar com uma mulher, ao contrário, significava incluir os pequenos detalhes, que distorciam a verdade e a complicavam, pelo simples prazer de fazê-lo.

— Esta ilustração sobre métodos antigos de tortura — respondeu ele, com entusiasmo, levantando o livro pela ponta.

As páginas amarelas mostravam grotescos desenhos medievais de pessoas que sofriam com diferentes tipos de castigos, às vezes com dispositivos estranhos; em outros, com objetos do cotidiano que poderiam ser encontrados naquela mesma sala.

— Que sádico! — exclamou ela, franzindo o rosto com desagrado.

— Com certeza. Alguns são tão simples quanto perversos. Me pergunto quem teve essas ideias.

— Os chineses, com certeza — brincou Amanda, virando a página, apenas como uma desculpa para desviar o olhar. Então, teve uma ideia perfeita para poder olhar para ele à vontade. — Vou desenhar você.

Levantou-se e foi até as gavetas para pegar papel e lápis. Seus passos eram desajeitados, como se ela não se lembrasse bem como andar. Acontecia às vezes, quando sabia que ele a observava.

— Minha jovem amiga, você é muito inteligente. As torturas chinesas são as mais simples e mais perversas. No entanto, não entendo onde está a maldade de uma delas — disse ele, voltando às páginas para trás para encontrar algo que já tinha visto.

O cheiro da poeira levantada pelas folhas de papel era indicativo de que o livro só havia despertado o interesse de Callum naquela casa. Outra prova de que seu amado servo era um sádico. Um sádico com a aparência perfeita para ser desenhado, disse a si mesma, sentando novamente e começando o esboço.

— Eles imobilizam o prisioneiro sob o gotejamento constante de uma gota de água fria — leu Callum, franzindo a testa. — Isso só é tortura se você é um porco que não gosta de tomar banho.

Amanda riu, e como consequência errou no traçado.

— É óbvio que a gota cai no mesmo lugar da cabeça sempre. O que por dias deve ser enlouquecedor.

Callum a encarou com um horror exagerado.

— Que mente perversa você tem, loirinha! — acusou ele, fingindo medo repentino. Então, rapidamente, virou o livro entre as mãos para olhar a capa.

— O que está fazendo?

— Verificando se você é a autora.

Amanda não pôde deixar de rir de novo, apesar de não querer fazê-lo.

— Sim, sou eu, acho que vou fazer uma nova edição, que incluirá a tortura das ervilhas que pratiquei no dia em que sua futura ama, Amelia Whipple, nos visitou.

Callum lançou-lhe um olhar zangado.

— Por que insiste em chamá-la de minha futura ama?

— Porque é isso que vai acontecer, só preciso entrar em um acordo com ela pelo preço.

— Qual é o preço hoje de um anjinho como eu? — brincou Callum, fazendo-se de importante.

— Sinceramente, eu penso em pagá-la para que fique com você. Ainda tenho que economizar muito.

Callum apertou os lábios para esconder um sorriso, enquanto fingia estar atento na sua leitura terrível.

— Acho que a tortura da página 113 seria bem fácil de fazer no seu quarto e sei que você odiaria. Será que sua família a ouviria gritar do sótão?

Amanda esticou o pescoço para dar uma olhada no livro, mas ele o tirou da sua vista imediatamente, dando uma gargalhada um tanto cruel.

Ela não resistiu em pegar uma das almofadas pesadas do divã, que estava ao lado da mesa, e jogá-la na cara dele. Callum sempre conseguia fazer com que ela perdesse a compostura. Era como voltar a ser uma garota malcriada com sentimentos eufóricos.

O rapaz, depois de ser atingido, pulou da cadeira para agarrá-la por cima da mesa. Amanda se levantou rapidamente, mas, antes que conseguisse chegar até a porta, ele deslizou pela superfície da mesa e pegou na sua camisa. Os papéis que estava desenhando saíram voando.

Amanda gritou. Uma risada meio sufocada veio do fundo da sua garganta e seu coração batia acelerado, como um cavalo selvagem, contra suas costelas. Callum nunca a tocava, exceto por alguns toques respeitosos quando lhe ensinava a nadar, e algum contato não intencional.

Mas, naquele momento, parecia ter mudado de ideia, pois circulou a barriga dela com um braço, levantou-a e a colocou em cima da mesa. Inclinando-se sobre ela, segurou seus braços. Amanda pensou que iria morrer. Depois de seis dias de frustração, onde eles apenas se deram um abraço no bosque, além da inocente cavalgada, aquilo parecia a festa do contato.

Callum começou a torturá-la com cócegas enquanto ela lutava para fugir, sem conseguir parar de rir. Dessa vez, era diferente. Havia tensão entre eles e Amanda sabia que ele também sentia. Talvez fosse porque estava praticamente deitado sobre ela.

Então, ouviram um barulho no corredor e um baque contra a madeira da porta, anunciando a presença de alguém. Pararam instantaneamente, como se estivessem petrificados por um feitiço. Ela apertou a mandíbula e fechou os olhos, lamentando por ter sido tão descuidada.

Por um momento, ficaram parados, olhando a porta com olhos arregalados, ansiosos e sem ousar trocar palavras ou tomar uma decisão sobre como proceder. Mas não precisaram fazê-lo, pois perceberam o som delicado de uma folha de papel deslizando sob a porta.

Depois de observá-la no gasto piso de madeira, que perdera o brilho depois de tantos anos, ouviram o som dos passos se afastando. Só então se atreveram a se mexer.

Callum pegou a folha, desdobrou-a e observou com grande interesse. Tudo o que Amanda conseguia ouvir era a batida forte do seu coração. Pelo menos até vê-lo sorrir ao lhe entregar a misteriosa carta.

A jovem nunca teria adivinhado o que era. A preocupação constante de estar fazendo algo clandestino deixava seus nervos no limite da paranoia, mas realmente não esperava encontrar um desenho dela mesma com roupas de bandida e uma máscara preta nos olhos. A folha fora emoldurada como os cartazes que eram frequentemente pendurados nas grandes cidades, como Londres.

— Procura-se uma irmã, viva ou morta. Oferecemos uma grande recompensa — leu ela em tom divertido.

— Cassandra — falou ele, quando se olharam.

— Vejam só a desaparecida — gritou Isolda quando, minutos depois, eles entraram na sala de leitura. — Bem-aventurados os olhos que a vêem antes do jantar.

O problema de Amanda era que Callum tinha conseguido fazê-la perder o interesse por qualquer outro ser vivo. Desde que tinha entrado na sua vida, e especialmente nos últimos dois dias, ela havia ficado confinada em lugares onde eles poderiam ficar sozinhos pelo maior tempo possível. Sua família só os via na hora das refeições, e já estavam comentando sobre isso.

Cassandra parecia zangada com ela, pois não lhe pedira para acompanhá-la nem uma vez naquela semana. Amanda sabia disso, mas se sentia tomada por um estranho feitiço que lhe pedia apenas uma coisa. Todo o resto, família, amigas, comida, livros... Tudo tinha perdido o brilho, o gosto e a capacidade de interessá-la.

— Cassandra, gostaria de vir comigo e Callum ao mercado amanhã? — perguntou à irmã com um sorriso de desculpas implícitas.

A menina a olhou seriamente, mas depois assentiu com veemência e alegria.

— Amanda, já que você vai ao mercado, poderia comprar um xampu de chá preto? O esbranquiçado que minha mãe comprou da farmacêutica cheira como... — Isolda parou um pouco envergonhada. — Bem, como uma agricultora depois de um dia ensolarado. Deve ser o vinagre que está na composição.

Amanda franziu a testa enquanto abria um sorriso malicioso.

— Vamos ver se eu entendi, Isolda. É quando você ergue os braços para lavar o cabelo que sente o fedor?

Callum deu uma risada que, felizmente, conseguiu camuflar imediatamente com um grave ataque de tosse.

— Callum, você está bem? — perguntou, escondendo o riso.

O jovem se virou para ela ainda tossindo, o que lhe permitiu virar as costas para o resto do quarto, e Amanda o viu sorrir enquanto seus olhos brilhantes a observavam.

Seu peito se encheu de satisfação.

— Cassie, leia para nós o soneto de Spencer? — Ela sugeriu para desviar sua atenção do rapaz. Se continuasse a olhar para ele, todas perceberiam o que estava acontecendo.

Cassandra pulou do sofá para a estante, da qual pegou um livro de poemas.

Também na sala de estar crepitava o fogo na lareira com o indômito estalo das chamas, que presenteavam o quarto com um ar de luz quente, realçando as cores que podiam alcançar.

Amanda ordenou a Callum que se sentasse em uma pequena banqueta perto do fogo — o que fazia sentido, considerando que ele acabara de sofrer um "ataque de tosse".

As chamas dançantes da fogueira arrancaram tons claros das preciosas mechas do cabelo dele. Sua pele tinha se bronzeado muito mais rápido que a dela depois da semana ensolarada de verão e o fogo potenciou o tom dourado, destacando os ângulos do seu rosto com luzes e sombras.

— Amanda, quer que eu leia o seu poema favorito?

— Não, leia um novo.

Cassandra fechou o livro e o abriu em qualquer página. Depois de observá-lo, começou a ler.

— "Há algum tempo, tenho procurado algo que possa comparar com esses olhos poderosos que iluminam o meu espírito sombrio, embora não consiga encontrar nada nessa terra que me atreva a comparar à imagem de sua boa luz. Não com o sol, pois eles brilham à noite..."

Amanda tentou se conter, mas seus olhos se revoltaram contra seus desejos, e se levantaram novamente para o jovem. Callum, que deveria ter sido mais prudente e ter se perdido no horizonte como qualquer outro servo, tinha os olhos fixos nela, com um peso abrasador.

Amanda abriu os lábios, exalando o ar que mal conseguia conter no peito. Os olhos dele iluminavam a sala e naquele momento a observavam com intensidade, como se fossem os olhos descritos pelo poeta. A poesia nunca fez tanto sentido como naquele momento. As palavras recitadas pela voz da sua irmã nunca haviam sido tão verdadeiras, nem tão dolorosamente a respeito dela. Agora que sentia em seu próprio ser o que tantos poetas haviam descrito, um novo mundo se abriu dentro daquele que ela já conhecia, nos versos que antes não significavam nada. De repente, Spencer a entendia melhor do que qualquer outra pessoa naquela sala.

— "Quando você contempla esse olhar de um anjo abençoado, minha alma, que tem fome por um tempo, é a felicidade do meu céu. As folhas, as linhas e as rimas, você procura desfrutar sozinha. Por quem você se deleita? Para mim, ninguém mais importa."

Cassandra leu outros quatro poemas e em todos Amanda encontrou algo que mostrava que estavam falando sobre Callum. Não havia dúvidas, ela estava apaixonada. Só o amor pode fazer que o mesmo universo de sempre pareça completamente diferente.

— Amanda, tinha esquecido — disse Isolda, tirando-a dos seus pensamentos. — Essa mensagem chegou para você à tarde. A empregada de Jane a trouxe.

Amanda estava prestes a abrir a nota quando Isolda a resumiu, irritando-a muito.

— Jane diz que vêm buscar você às sete para irem ao teatro.

— Isolda! Já lhe pedi inúmeras vezes para não ler minha correspondência — queixou-se a jovem, mal-humorada. Não era uma boa notícia. Amanda sabia o que acontecia no teatro quando uma jovem ia com o seu servo. Sabia o que Jane esperava dela. Devia inventar uma desculpa para não ir. — Vamos, Callum — disse ao jovem, depois de se levantar.

— Não há mistério, Amanda, lembre-se de que já tenho meu servo.

Ela não se dignou a responder. Isolda não sabia do que estava falando.

Callum a seguiu silenciosamente pela escada. Por sorte, ele ainda era tão inocente quanto no início e não entendera nada do que Isolda dissera. A ignorância do rapaz sobre esse assunto era o único escudo protetor de Amanda. Sem ele, o rapaz logo perceberia que ela estava apaixonada. Ela não podia permitir que isso acontecesse pois, se havia algo evidente, era que ele não tinha e nunca teria qualquer interesse romântico nela. Ele a via como uma amiga. Se não fosse a sua ignorância, já teria se insinuado. Mas ele nunca tentou nada. Callum nunca ultrapassou os limites, nem a olhou de maneira especial. Era como se Amanda, em vez de uma mulher, fosse uma cadeira. Ela nunca conseguiu que ele a olhasse como olhava para Jane.

— O que devo vestir para o teatro? — comentou ele, entusiasmado, depois de fechar a porta do sótão. Não viam a bela Jane havia dois dias e, sem dúvida, era de onde vinha seu entusiasmo.

— Nada, esqueça o teatro.

— Como? Você enlouqueceu? Estou ansioso para ir.

— Não, você não vai. Você fica aqui esta noite — corrigiu Amanda. Sentiu o gosto amargo do ciúme na ponta da língua. Devia aprender a controlar seus sentimentos. — Desculpe-me, mas entenda, quero passar algum tempo sozinha com minhas amigas, sem você ouvindo cada palavra.

— Mas nunca estive no teatro consciente. Não quero ficar aqui entediado. Quero sair e ver pessoas e coisas e...

"... e Jane", pensou Amanda, com tristeza.

Ela não podia levá-lo. Ele não tinha ideia do que Jane esperava que acontecesse, e ela não podia explicar.

— Vou pensar sobre o caso — mentiu.

Amanda tirou a jaqueta de lã e a jogou na cama. O seu quarto era mais quente que o resto da casa. Callum olhava para sua camisa, mas Amanda percebeu que ele estava pensando em outra coisa. Ela era invisível? Como o corpo de um jovem de dezoito anos pode ignorar uma garota da mesma idade daquela maneira? Mesmo que não fosse atraente para ele, estavam sempre juntos.

— Amanda, posso pedir uma coisa? — perguntou ele em um tom muito mais suave.

Ela tirou os grampos do cabelo sem nem sequer olhá-lo. Se Callum dissesse alguma coisa sobre sua amiga ou sobre Sarah Richardson, ela iria atirar nele a primeira coisa que encontrasse perto.

— Sim.

— Eu queria saber se você se importaria... talvez isso pareça estranho, mas você se importaria em me deixar tocar seus seios?

17

A jovem o observou, atordoada por um momento que parecia eterno.

— Desculpe, o que disse? — murmurou, finalmente.

Provavelmente ele não fizera a pergunta da melhor forma. Mas de que outro modo podia pedir algo tão estranho? Talvez devesse lhe explicar a estranha doença que o possuía. Mas era impossível explicar algo que ele mesmo não entendia.

— Sinto muito, sei que você não aprova o contato, mas nasceu em mim uma espécie de fixação com os seus seios. É quase uma obsessão. Muitas vezes não consigo me concentrar em outras coisas, especialmente quando você se inclina e eles aparecem através da sua camisa ou... bem, o tempo todo, na verdade — tagarelou ele, quase passando por cima das próprias palavras.

Amanda manteve os olhos arregalados, como se ele estivesse louco ou fosse um bicho raro, e não a culpava por isso. Ele acabara de confessar que estava obcecado por uma parte do seu corpo e, agora que vira a expressão dela, sabia que nunca poderia revelar o resto das estranhas obsessões que o assediavam.

— Acho que é curiosidade, porque seu peito é tão diferente do meu e, se me permitir examiná-lo uma vez, perderia o mistério que parece ser o que provoca a minha fixação.

A jovem continuou a olhá-lo boquiaberta, e quando parecia que ia responder apenas um som inarticulado saiu de sua boca.

— Diga alguma coisa, Amanda — insistiu Callum. — Não acho que estou pedindo algo tão grave.

Ela mantinha a expressão surpresa. Era tão pequena e delicada. No começo, isso lhe parecia ridículo, e até achara que ela fosse inferior a ele, mas pouco a pouco começou a admirar a beleza das curvas que tinha em vez de músculos e da pele lisa que cobria os seus ossos.

Por fim, ela pestanejou rapidamente, como se estivesse voltando de um sonho.

— Proponho um acordo — disse. — Eu concedo o seu pedido se você conceder o meu.

Qual seria o pedido? Ele mal podia pensar, porque a loucura o fazia perder a cabeça. Seu coração estava acelerado, como acontecera tantas vezes antes que já era de costume. Sua pele esquentava como se sentisse febre de repente.

Ele lhe daria o que fosse, qualquer coisa para conseguir naufragar na demência dos seus escuros desejos por um instante. Depois de tantos dias lutando contra eles, Callum estava cansado e só queria se satisfazer.

— Callum!

Ele respirou profundamente.

— Sim, qualquer coisa — murmurou, impaciente, e então limpou a garganta. — Qual é o seu pedido?

— Que você me deixe ir sozinha com minhas amigas ao teatro.

Ele concordou, sentindo uma estranha aflição no peito. Enquanto sua obsessão por ela o enlouquecia, a única coisa que ela queria era se afastar dele. Subitamente, ela lhe pareceu cruel, mesmo que estivesse julgando-a pelas lentes de sua loucura. No fundo, ele sabia que ela não era culpada por nenhuma das coisas que ele sentia.

Amanda suspirou e começou a desabotoar a camisa. Parecia mortificada, ou talvez estivesse com medo. Ele não se importava; a loucura tomara conta do seu cérebro, ainda mais quando seus olhos pousaram no fino tecido de seda que mal a cobria.

— Vou deixar a roupa de baixo — informou ela.

Se não fosse porque também não iria cumprir sua parte no trato, ele a teria acusado de trapacear. Mas o tecido era tão fino que, quando ele colocou as mãos em volta do seu torso, logo abaixo dos seios, sentiu o calor da sua pele. Seus polegares sentiram as costelas dela e não demoraram em subir. O tecido se moveu com as mãos e roçou a pele dela, o que a fez suspirar com os lábios abertos. O coração dele disparou como uma bala. Algo estava errado. Ele estava perdendo a cabeça. Um fogo líquido parecia ter inundado sua mente e nublou sua visão. Seu corpo estava em colapso e tudo veio das palmas de suas mãos. Seu estômago queimava em chamas e o seu...

Ele tirou as mãos do corpo dela, pois começou a ter medo de si mesmo. Todo o seu ser estava pedindo por algo que ele não tinha ideia do que poderia ser, mas parecia que poderia machucá-la caso se deixasse levar. Talvez fosse essa a escuridão que levara os homens de antes à crueldade, talvez fosse verdade que todos os homens eram insanos.

— Está desapontado? Não é o que esperava? — perguntou ela, e sua voz soou diferente, como se estivesse contagiada pela loucura dele.

Callum apenas balançou a cabeça e a viu sorrir. Aquele sorriso que sempre conseguia revirar suas entranhas.

— Não estou me sentindo bem, Amanda. Está doendo...

Sem precisar explicar mais nada, ela pareceu entender. Seu olhar desceu por um momento para a virilha dele. Ela estudara sobre a loucura dos homens e sabia o que estava acontecendo com ele.

Com certeza sabia, pois a viu desviar o olhar, como se não pudesse suportar aquilo. Ele havia se tornado aquilo que ela fora ensinada a temer e odiar.

— Você tem que se dar uma massagem, Callum — disse Amanda, olhando para a janela.

— Uma massagem? — repetiu ele, imaginando se tal coisa poderia aliviar sua condição.

— Uma massagem... Aí, onde dói. Garanto que vai se sentir muito melhor.

— Você pode me ajudar com essa massagem? — enquanto fazia a pergunta, ele imaginou a cena na sua cabeça e intensas ondas de calor percorreram seu corpo. Ficou claro que, se ela se aproximasse e colocasse as mãos nele, Callum acabaria louco. Mas não se importava. Ele precisava que isso acontecesse. — Por favor, creio que me ajudaria muito se você...

— Não, Callum — falou ela, se afastando. — Você tem que fazer isso sozinho. Sob nenhuma circunstância posso ajudá-lo. Por Deus, não aqui, vá para o seu quarto.

— Por que você é tão cruel comigo? Não vê que estou doente? — falou, ferido pela frieza dela. — Você me manda para o meu quarto sozinho, quando posso estar prestes a morrer.

— Não exagera. Faça o que eu disse e tudo ficará bem.

Amanda nem sequer se dignou a virar-se para olhá-lo enquanto o expulsava com tamanha indiferença.

Callum foi para o seu quarto com passos largos e bateu a porta entre eles para que ficasse claro que estava com raiva. O jovem olhou para a porta, esperando que ela mudasse de ideia e a abrisse. Mas ficou óbvio que isso não aconteceria quando ouviu a chave girando na fechadura.

Estava deitado em sua cama, mal-humorado.

"Essa maldita bruxa me adoece com sua presença e depois me joga para longe como um cachorro", pensou.

Callum estava tão zangado com ela que não se sentia culpado por tê-la na sua cabeça e dar corda às suas ideias macabras enquanto seguia o conselho sobre a massagem.

18

Às dez para as sete, Amanda estava pronta para o teatro. Ela olhou para a porta que dividia seu quarto do de Callum e decidiu lhe fazer uma visita antes de ir. Já fazia três horas que ele tinha ido para o quarto batendo a porta com força.

Bateu na porta com os dedos antes de entrar. Callum estava deitado na cama, coberto até o pescoço. O quarto estava bastante quente, e ela se perguntou se ele não estaria doente de verdade.

— Você está melhor? — perguntou, sem poder evitar corar. Nunca esqueceria a situação embaraçosa que havia passado naquela tarde.

— Sim? — respondeu ele, desviando o olhar dela como se também se envergonhasse pelo que havia acontecido.

Amanda se aproximou da cama, percebendo o modo como ele a analisava de cima a baixo. Essa era a primeira vez que a via bem vestida, com outra coisa que não fosse pijama, roupa de caça ou roupa de trabalho. A calça elegante de cintura alta combinava perfeitamente com ela. Usava também uma camisa de cetim cor de vinho, que realçava seu decote — o que o obcecava. Talvez uma parte maldosa de si mesma tivesse escolhido aquela roupa de propósito.

Um bonito camafeu adornava o centro do pescoço. Seu cabelo, normalmente descuidado, rodeava o rosto com belos cachos dourados, o que lhe custou quase uma hora para fazer.

— O que está lendo? — perguntou quando viu que ele estava segurando um livro.

— Frankenstein — respondeu ele, colocando-o na cama aberto na página que estava lendo. — É fascinante!

— Mary Shelley era brilhante.

— Me pergunto como ela teve a ideia de escrever algo assim... — comentou Callum, olhando para o livro.

— Aparentemente, enquanto contava histórias de terror junto à lareira com o marido, o poeta Percy Bysshe Shelley, e o próprio Lorde Byron.

— Seu maldito cachorro?

Ela olhou para ele com os olhos semicerrados.

— Não importa, vou imaginar a cena assim — decidiu Callum.

Amanda riu antes de continuar.

— Ela teve a ideia e todos a encorajaram a transformá-la em um romance.

— Suponho que esses homens que incentivavam as mulheres a escrever não eram muito repressivos — disse ele em voz baixa, brincando.

Ela sorriu, captando o significado das suas palavras.

— Mary não era uma jovem qualquer. Ela era filha de Mary Wollstonecraft, que é um dos ícones da nossa cultura por ter sido uma das primeiras a falar sobre os direitos das mulheres. A mãe fez de tudo para que a filha tivesse uma educação digna de qualquer homem.

Callum sorriu, como se estivesse perdido em seus próprios pensamentos.

— Sabe de uma coisa? Eu gosto desse livro, porque sou como a criatura. Elas me jogaram no mundo sem me entender bem e tenho que me esconder porque me temem, mesmo sem razão.

Amanda sorriu, pensando que ele estava certo. Sua história era realmente semelhante à da criatura criada e abandonada por Victor Frankenstein.

— Essa é a minha parte favorita do livro. Quando a criatura foge para o bosque, repudiado pelos seres humanos, e deve aprender sozinho sobre os sentimentos, com frio e fome. E se esconde perto da casa daquela família, e os observa, imaginando como eles podem ser infelizes se tem lar, comida e a companhia uns dos outros. Então, você pensa nisso e descobre que é tudo o que deveria ser preciso para ser feliz.

— Acho que sei o que vai acontecer a seguir — disse Callum. Os nós dos dedos estavam brancos de apertar o livro nas mãos. — Acho que a criatura vai pedir a Victor para fazer uma Amanda para ele.

— Uma Amanda? — Ela o olhou surpresa, com um sorriso tímido.

Callum assentiu.

— Acredito que toda criatura abandonada e deserdada pela sociedade deveria ter uma Amanda, como eu.

Um sorriso estúpido invadiu o rosto dela. Ele a encarou. Costumava fazer isso quando a via sorrir, mas dessa vez seus olhos pareciam se perder nos dela como um navio capturado pelas ondas em uma tempestade.

— Mas a criatura acaba matando impiedosamente, como todo mundo achava que faria — disse ela, depois de piscar.

— Não pode ser. Ele é tão gentil e inocente — reclamou. — Duvido que mate a sangue-frio.

— Suponho que ele não se pareça com você nisso. Você é muito travesso e gosta de se meter em encrencas — brincou ela. — Porém, ele mata. A criatura acaba matando uma criança inocente.

Callum parou de olhar para ela para encarar a chaminé apagada e cheia de cinzas antigas que estava na frente da sua cama.

— Você acha que estou condenado a me tornar o monstro que a sociedade vê em mim — afirmou, duramente.

— Não, acho que Shelley queria questionar se um criminoso nasce assim ou é formado pelos maus tratos da sociedade. Victor o abandona quando é só um recém-nascido que não sabe cuidar de si mesmo. Qualquer ser humano que se aproxima dele fica com medo ou tenta machucá-lo. É normal que ele acabe se corrompendo.

— Amanda Fairfax, você está dizendo que compartilha da opinião de Elizabeth Hale?

Amanda sorriu, confusa. Já não sabia mais o que pensar. Havia sido criada por sua mãe na crença de que os homens eram naturalmente perigosos e cruéis. Mas e se Elizabeth Hale estivesse certa? E se ensiná-los a respeitar e valorizar as mulheres fosse o necessário para o passado não se repetir?

— Agora que você arruinou o fim do livro, posso acompanhá-la ao teatro? — questionou o rapaz.

— Nós temos um acordo — respondeu, corando ao se lembrar do que havia acontecido.

— Você nem mesmo se despiu.

Ela o ouviu murmurar e, sem se atrever a olhar para ele, foi até a porta.

— Boa noite, Callum.

— Boa noite, ama Amanda. Até o seu nome tem a palavra ama.

"Toda criatura deveria ter uma Amanda", a frase do jovem a encheu de um estranho prazer. Amanda balançou a cabeça, percebendo o quão perdida estava.

19

Jane a estava esperando no andar de baixo, acompanhada por seu servo. Quando a viu descendo a escada, olhou-a com aprovação.

— Você se vestiu para matar de inveja, minha jovem amiga?

— Imagino que sim — respondeu Amanda. Por alguma razão, as críticas perfuravam seu peito como facas, mas as adulações tocavam-lhe a superfície como se fossem plumas. Devia ser uma característica da falta de autoconfiança. Pensou no colar que Callum havia pendurado na parede do seu quarto para lembrá-la de não procurar a aprovação das outras mulheres.

— Onde está Callum?

— Ele está doente, vai ficar em...

— Este é o Callum que está doente, ou é outro? — perguntou Jane sarcasticamente, apontando para algo atrás dela.

Amanda se virou para descobrir o que era. E ficou surpresa ao encontrar seu servo perfeitamente vestido em um elegante terno preto e camisa branca. Seu cabelo estava penteado para trás com efeito molhado. Ele não estava assim um minuto antes. Como foi que se arrumou tão rápido?

Lembrou-se então de que Callum estava coberto até o pescoço enquanto conversavam, e agora entendia. Ele tinha se escondido.

Sua amiga se inclinou para falar com ela.

— Porque esse Callum aí parece estar ótimo — declarou Jane, também se deliciando com a imagem à sua frente.

Amanda não podia culpá-la. Callum estava tão lindo com aquele terno que ela ficou sem fôlego. A camisa branca formava um nó elegante no pescoço e se destacava com a bela jaqueta preta. Seu cabelo molhado, penteado para trás, lhe dava a aparência de uma pantera sensual e perigosa. Afastar o cabelo da testa fez com que a cor dos seus olhos se realçasse ainda mais.

Amanda teve que implorar ao seu coração para se tranquilizar. E acalmar suas mãos, que se contraíam com o desejo de pegar o pescoço do jovem e estrangulá-lo.

Tinha que pensar em algo para se livrar dele, mas não pôde fazer isso, porque seu maldito olhar de Adônis a atordoou.

— Vamos embora ou chegaremos tarde — anunciou Jane, agarrando o seu servo pelo braço e saindo pela porta.

Callum se aproximou de Amanda, recebendo um olhar assassino, e apenas sorriu com malícia.

Antes de cruzarem o umbral da porta, ele puxou a bolsa que ela carregava de suas mãos trêmulas, fazendo com que todo o seu conteúdo caísse ao chão.

Jane se virou e, vendo-a agachada pegando suas coisas, franziu o nariz.

— Seu comportamento ultimamente tem sido muito peculiar, Amanda.

A única resposta que Amanda lhe deu foi um sorriso forçado.

Jane reservou um camarote lateral do teatro para os quatro. O pequeno balcão tinha cortinas de veludo vermelho dos dois lados para aumentar a sensação de intimidade. As cadeiras imperiosas também eram cobertas com veludo. O palco estava aos pés do balcão, a aproximadamente dois metros de distância deles.

Amanda notou que suas mãos não paravam de tremer mesmo depois de entrar no teatro Gaiety, e começou a se perguntar se era pela brisa fria da noite ou pela situação.

Jane não parou de tagarelar sobre todas as coisas que Amanda havia perdido durante os dias de confinamento com Callum. Aparentemente, os ânimos estavam esquentando antes do grande voto. É claro que, em Crawley e nas outras cidades rurais, a opinião geral não apoiava a abolição da escravatura. Mas as zonas industriais continuavam crescendo, e com um ritmo de vida frenético. Amanda não sabia o resultado da votação no Reino Unido, mas também não importava, porque o número de eleitoras no resto do mundo excedia em muito o de seu país.

Quando as atrizes subiram ao palco, a música começou a soar, e também os efeitos especiais.

Amanda viu com o canto do olho que Jane estava sentada no colo do seu servo, e a ignorou, fixando os olhos no palco. Callum estava sentado ao seu lado, silencioso como um verdadeiro servo.

O primeiro ato ocorreu na casa de Volpone, onde a atriz que o interpretava e sua parasita, Mosca, observaram as riquezas acumuladas durante anos de trapaça. Volpone não contava com descendentes, e a cidade de Veneza comentava sobre com quem ficaria com sua fortuna. Para tirar vantagem disso, Volpone fingiu estar muito doente, próximo à morte, para, assim, atrair os urubus que queriam agradá-lo, fazendo-lhe favores e bajulando-o para serem escolhidos como seus herdeiros. No segundo ato, introduziram um dos abutres, e a atriz interpretando Volpone foi para a cama fingindo estar doente.

Amanda se lembrou do truque que Callum acabara de lhe fazer. Com discrição, na escuridão do camarote, trocaram um sorriso, porque pensaram a mesma coisa.

Jane riu da fingida atuação da dupla de atrizes. Ainda estava sentada no colo do seu servo. Alguns momentos antes da cena lhe chamar a atenção, ela o beijava, alheia à atuação no palco. Felizmente, o casal amoroso estava localizado nos assentos atrás de Amanda e Callum, assim ele não poderia testemunhar o comportamento deles, e se mantinha atento à peça.

Toda vez que a plateia ria ou murmurava suas impressões, Callum ficava emocionado, e Jane voltou a prestar atenção no palco. Houve uma pausa após o terceiro ato. As jovens mandaram seus servos para o térreo para comprar bebidas. Amanda costumava evitar o álcool, mas naquela noite queria um copo de conhaque. Os teatros de Londres não tinham permissão para vender álcool, mas em Crawley, uma cidade pequena, as leis não eram tão estritas.

— Está acontecendo algo? — perguntou Jane enquanto esperavam pelos servos. — Você e Callum estão distantes. Você nem se aproximou dele.

— Não é nada, simplesmente gostei muito da peça — disse Amanda, voltando sua atenção para o público. As pessoas passavam pelos corredores ou conversavam com conhecidas, criando um pouco de confusão. Uma garota vendendo laranjas passava no meio da multidão.

— Sério? — questionou Jane, ceticamente. — Qual é o nome da peça?

Amanda mordeu o lábio, lutando para se lembrar de algo da cenografia exibida na frente dela para lhe dar uma indicação de qual era o nome.

— Bem! Agora não consigo me lembrar do título, que coisa, gosto tanto dela, e não consigo lembrar o nome... — disse, finalmente, forçando uma risada patética.

Jane a observou atentamente. Amanda quase podia ouvir as engrenagens no cérebro da amiga avisando-a que ela estava escondendo algo.

— Mas você, sem dúvida, lembra o nome do autor — comentou com um sorriso frio.

— Ah... — Amanda hesitou — Ben Jonson?

— Ben Jonson? — Jane a encarou com óbvio ceticismo. — Você não lê Ben Jonson, Amanda. Algo está errado com Callum? Você não se sente atraída por ele? Não me diga que é uma daquelas damas que preferem a "companhia" de outras mulheres. Porque eu a conheço desde pequena e você nunca me disse nada.

Amanda suspirou, piscando desconfortavelmente.

— É claro que não, é só que gostei tanto do começo da peça que fiquei abismada. — ela se desculpou com um sorriso forçado.

Sua amiga franziu a testa, mas manteve o sorriso.

— Você reclamava há meses por não ter a companhia de um servo no teatro como Sally e eu e, agora que possui essa maravilha da natureza, o ignora — disse Jane, balançando a cabeça.

Amanda sabia que, por melhor que fosse a peça, se não se aproximasse de Callum a noite toda, levantaria suspeitas.

Os rapazes voltaram pouco antes de as luzes do teatro se apagarem. O palco ficou iluminado novamente e o murmúrio da multidão, silenciado. Amanda olhou para Callum sentado ao seu lado, a uma distância prudente. O rapaz estava muito bonito naquela noite, com as sombras e luzes vindas do palco dançando em seu rosto.

Os dedos trêmulos levaram o copo de conhaque que lhe fora entregue até os lábios. De um só gole, Amanda esvaziou metade do seu conteúdo, inspirou profundamente e se sentou no colo do rapaz indefeso.

Callum piscou várias vezes, espantado com o comportamento repentino de sua ama. Mas Amanda já estava perdida, amaldiçoada e pronta para ir ao inferno. O corpo sólido do jovem queimava sob o dela. Com seu lindo rosto tão perto, ela se esqueceu de todos os seus escrúpulos.

Depois de lançar um olhar rápido e surpreso para Amanda, ele voltou a atenção para o palco, ainda tentando representar corretamente seu papel de servo. Mas ela notou o quanto estava ficando tenso por causa daquela abordagem inesperada.

Amanda suspirou novamente e se deixou levar pelos próprios lábios, que tinham começado a formigar com antecipação. Passara muito tempo desejando aquilo, e não se conteve mais. Começou a depositar beijos suaves na bochecha do rapaz. Ele virou a cabeça rapidamente e se afastou um pouco para poder olhá-la nos olhos.

Finalmente, ele pareceu reunir forças para olhar para a frente, mas a jovem usou isso como uma segunda chance para que seus lábios continuassem beijando o rosto dele. Dessa vez, Callum não moveu a cabeça, não se mexeu e mal respirou. Seus braços pareciam de aço e Amanda deduziu que ele estava apertando a cadeira com as mãos. Era tão inocente que ainda não tinha pensado em envolvê-la com os braços.

Não havia como voltar atrás e, se ela fosse condenada ao fogo eterno, queria aproveitar ao máximo.

Ela desenhou uma linha de beijos pela bela e, naquele momento, tensa mandíbula do servo, até sua têmpora, lentamente, dando-lhe tempo para se acostumar com a sensação de ser beijado. Seus cílios roçaram a pele da testa dele, e ela enfiou os dedos naquele cabelo, como desejava fazer desde a noite em que o cortou.

Com o polegar, acariciou a linha do cabelo dele, passando pelo lóbulo da orelha e pela nuca. Então colocou os lábios no pescoço do rapaz. A pele queimava, mas era tão suave que ela se sentiu um pouco culpada ao pressioná-la com os dentes. Callum se agitou e inclinou a cabeça para o outro lado, para lhe oferecer melhor acesso. Amanda afundou os dedos no ombro dele. Isso pareceu dar a ele a ideia de que também podia tocá-la, porque ele colocou a mão nas costas dela gentilmente, mas apertando-a com força, como se quisesse mantê-la onde estava. Sua outra mão foi para a parte de trás do pescoço de Amanda.

Ao parar e abrir os olhos, encontrou-o com as pálpebras fechadas e uma expressão de êxtase, como se estivesse na metade do melhor dos sonhos. Quando ele abriu-os para verificar porque ela tinha parado de beijá-lo, eles estavam fragmentados, parecendo um mosaico de vidro e cores.

Amanda não tinha certeza se era o efeito do conhaque, mas sua consciência flutuava entorpecida e afastada da realidade. Aquilo tudo era um sonho?

Sem parar para pensar, abaixou a cabeça e, sufocada pelo desejo, juntou seus lábios aos dele. Tentou fazê-lo gentilmente e devagar, mas Callum não demorou muito para imitar os movimentos dela, prendendo-a com seu calor e lábios suaves.

Quando a língua dela se aventurou a roçar a boca do jovem, ele parou e virou o rosto apenas alguns centímetros, para olhá-la com surpresa. Com os dedos exigentes, a puxou novamente pela nuca, e desta vez também se aventurou com a própria língua.

Amanda sentiu o impacto do beijo no corpo, em seu interior, e não pôde deixar de amaldiçoar a amiga, porque Jane não sabia que Callum retribuía o beijo, participando com tanto interesse e ardor. Isso fazia o interior dela derreter, deixando-a com a sensação de não ser nada mais que uma poça de líquido quente.

Quando o beijo se aprofundou, a mão do jovem começou a massagear suas costas, sem jeito, mas energicamente. A seda da camisa dela se movia com os dedos dele e lhe roçava a pele, produzindo um formigamento glorioso que aumentava a sensibilidade dos seus sentidos. O pano fino não era um obstáculo para os dedos de Callum, cuja temperatura não podia ser normal. A pele do jovem ardia como se ele estivesse com uma febre poderosa. Sua outra mão ficou na nuca dela, impedindo-a de parar o beijo. Se Callum já tinha demonstrado ser um aprendiz rápido, também não a desapontou naquele momento. Amanda estava fascinada pela carne dos seus lábios, o calor da sua boca. Ela esqueceu-se de si mesma e de tudo ao seu redor, e uniu-se a ele naquela realidade alternativa onde os pensamentos não tinham lugar, onde os sentidos e as sensações os entorpeciam.

A mão de Callum, que acariciava freneticamente suas costas, desceu, e a da nuca escorregou pelo cabelo, pelo ombro e depois pelo esterno, até que ambas subiram pelos seios dela. Isso era algo que não aconteceria com nenhuma das suas amigas ao beijarem os seus servos, a não ser que elas lhes ordenassem. Mas aquele servo não precisava de ordens, só do próprio instinto, para lhe dar ideias — razão pela qual ela tinha que parar no mesmo instante, antes que chamassem atenção.

Com todas as suas forças, Amanda tirou os dedos do cabelo macio dele e se levantou. Callum fez intenção de segui-la para não interromper o contato, mas ela colocou a mão em seu ombro para detê-lo com um olhar de advertência silenciosa. Com a pouca destreza de uma idosa, a garota voltou para a cadeira e olhou para o palco. Manteve os olhos lá até que os aplausos lhe disseram que a peça havia acabado. Se alguém lhe perguntasse sobre os dois últimos atos, teria sido totalmente incapaz de dar os detalhes.

20

Sarah Richardson era escandalosamente rica. Sua mãe era uma das proprietárias das terras mais valorizadas do condado e sua família tinha propriedades por toda Sussex, e também em Charing Cross.

Sua morada em Crawley era uma maravilhosa mansão cercada por maravilhosos jardins e um grande lago na entrada. Seu nome era Pound Hill e era conhecida principalmente pelo luxo e extravagância, sem precedentes em Crawley, e por suas festas espetaculares.

Quem morasse perto de Crawley não iria querer perder uma festa das Richardson — só se não se importasse em sofrer as consequências e ficar de fora de todas as conversas por mais de uma semana.

A Amanda pré-Callum nunca teria recusado um convite de Sarah, e a Amanda pós sessão de beijos no teatro não tinha intenção de ir para casa e ficar sozinha com o novo predador que acabara de nascer dentro de seu melhor amigo.

Não havia nenhuma razão para não ir, depois da peça, para a festa que estaria animada, em Pound Hill.

Na verdade, Amanda ansiava pelo alívio que o doce vinho tinto lhe daria assim que chegasse à mansão e esvaziasse a primeira taça. O álcool costumava agir rápido em seus sentidos. Nunca antes tinha apreciado tanto a bebida quanto naquele momento, em que os nervos de seu corpo estavam tão exaltados que a insignificante chama de uma vela teria bastado para fazê-la explodir como pólvora.

Seus dois melhores amigos eram os culpados de tudo: Jane, por tê-la arrastado para aquela situação, e Callum, por insistir em ir ao teatro, forçando-a involuntariamente a destruir sua inocência.

Depois daquele momento, Amanda não era mais quem costumava ser. Seu corpo, membros, todo o seu ser parecia estranho, como se estivesse em um novo corpo. Cada fibra de si tremia com as emoções à flor da pele, e ela se perguntava por que ninguém estava apontando um dedo em sua direção para comentar a mudança. Seus órgãos, que funcionavam há dezoito anos como um exército silencioso articulado para mantê-la viva, foram sacudidos da sua normalidade e estavam revoltos em seu interior, procurando a localização e o ritmo que haviam perdido.

E tudo isso por ele.

Callum botou abaixo, enterrando tudo sob a embriagante sensação que nascia no peito e viajava para cada ponto oculto do corpo de Amanda. O mundo ao seu redor estava nublado e a única coisa sólida e brilhante que restava era ele.

Ela andou mais depressa, para ficar ao lado de Jane e iniciar uma conversa que sua cabeça mal conseguia manter. Deixou Callum andar atrás dela, pois suas bochechas queimavam como brasas em uma lareira. Usou toda a força de vontade que tinha para se concentrar na conversa, mas a pele das suas costas estava determinada a lembrá-la de que ele estava lá, e nada mais prendia sua atenção.

— Sarah diz que também vão expandir os estábulos de Pound Hill — dizia Jane, enquanto atravessavam o jardim da frente, contornando o lago. No dia da caçada, eles não tinham visto a frente da casa, tão linda, e Amanda se perguntou se Callum estaria absorto pela imagem. Tochas brilhavam em volta do lago, duplicando seu brilho pelo reflexo da água.

As folhas secas das árvores flutuavam na escura superfície. Vários convidados se moviam dos dois lados do lago em direção à majestosa entrada da casa.

Ao se aproximarem, puderam distinguir a música animada que saía das portas amplas, junto com as vozes animadas das mulheres que estavam nas varandas.

Ao ouvir a música, ela imaginou que Callum a esqueceria, porque era uma obsessão para o rapaz, uma paixão muito mais intensa do que ela poderia despertar nele. Amanda ficaria sozinha com sua própria obsessão, enquanto ele apreciava o amor da sua vida. Estupidamente irritada com aquele ciúme ridículo, ela se recusou a olhá-lo quando teve que oferecer-lhe um braço para fazer a entrada oficial no grande salão.

Estava lotado de gente de todas as idades, rindo com alvoroço, impulsionadas pelo vinho e pela champanhe. Amanda costumava amar festas, especialmente as organizadas pelas Richardson, mas naquele momento estava angustiada ao ver tantas jovens bonitas e descontroladas ao redor de Callum.

Ela queria gritar a plenos pulmões que ele lhe pertencia, mas não podia fazer isso porque não era verdade. Seu servo tinha tantas vontades quanto qualquer mulher, e ela não tinha a menor autoridade sobre ele.

Callum lhe deu um olhar cheio de significado, e Amanda assentiu, entendendo perfeitamente. Foram na direção da banda e ela não pôde evitar estremecer quando ele entrelaçou seus dedos cálidos aos dela, que descansavam perto do seu quadril. Mas não o olhou, para esconder suas bochechas vermelhas como tomates maduros.

A banda era formada por servos mais velhos, cujas amas não se importavam de compartilhar enquanto dançavam com algum servo jovem e exuberante emprestado de uma jovem dama.

Quando terminaram a música, Amanda fingiu mandar Callum tocar uma música em particular, mas na realidade lhe sussurrou que se divertisse. O jovem deu um largo sorriso e ela não pôde deixar de fazer o mesmo. Dava para notar a felicidade dele com uma clareza surpreendente. Com os olhos, ela lhe avisou que se controlasse. Alguém poderia perceber que ele estava gostando muito do que estava fazendo.

Callum não queria muito ouvir os conselhos dela, e escolheu como primeira música uma que ele próprio compôs. Era tão moderna e original que muitos rostos se voltaram para olhá-lo.

— Que música é essa? Nunca ouvi — disse uma jovem ao seu lado.

Amanda abriu a boca sem saber o que dizer, enquanto tentava improvisar alguma coisa.

— É... É uma música holandesa, peguei de um livro que encontrei na biblioteca da cidade — falou.

— É maravilhosa — concluiu a jovem, em êxtase. Seus olhos cor de âmbar caíram sobre Callum com verdadeira admiração e Amanda revirou os olhos. Ela era incapaz de ficar e ver o salão inteiro sucumbindo aos encantos inexoráveis do jovem da mesma maneira que tinha acontecido com ela.

A próxima música escolhida por Callum foi uma animada melodia popular, cujo nome era "Oh Ama, Ama". Um grupo de garotas ocupou o centro da sala e começou a pular e entrelaçar os braços em uma sincronia quase perfeita, pois era uma das músicas mais populares do momento.

Amanda não pôde deixar de se balançar ao ouvir uma música tão conhecida. Ela parou quando a voz de Callum inundou a sala, porque não teve opção a não ser olhá-lo, sentindo seu coração se contrair. Não era a primeira vez que o ouvia cantar, mas cada vez que o fazia a impactava da mesma forma. Sua voz era masculina, grave, tão rouca que parecia raspar sua garganta, de um tom tão sensual e lindo que lhe dava arrepios. Como sempre, desviava o olhar quando ele cantava, porque tinha certeza de que sua reação era bem óbvia. Callum interpretou isso no passado como indiferença ao seu talento, e até brincou dizendo que ela era a única imune ao seu talento musical. Amanda o havia deixado acreditar que era assim, mas não havia dúvida de que Callum tinha nascido para a música.

Ama é seu nome,
e acredite em mim: ela sabe disso,
tão frágil quanto uma folha seca,
tão fácil de irritar e tão desprotegida
que provocá-la até me deixa com remorso,
sensível como uma rosa no inverno
porém mais feia,
Ama é o seu nome,
Oh Ama, Ama.

Enquanto caminhava até o grupo em que Jane estava, Amanda se obrigou a manter o pescoço rígido e não virar na direção do provocante cantor que tentava chamar sua atenção. Lógico que essa não era a letra original da canção.

— Sem dúvida, você tem um senso de humor muito peculiar, Amanda — exclamou a amiga quando ela se aproximou.

Amanda sorriu ao ver como as garotas riam às gargalhadas e deu de ombros antes de esvaziar a taça em um gole só. Fácil de irritar? Ela ensinaria a Callum sua grande habilidade de ignorar provocações e garotos estúpidos que gostavam de provocá-la.

— Você terminou *Jane Eyre*, Alice? — perguntou à jovem ruiva que estava ao seu lado. Fazia tanto tempo que ela não se encontrava com as amigas para conversar, que se perguntou até que ponto o amor era erroneamente considerado positivo. Agora que estava presa em suas garras, o teria chamado mais de doença do que de qualquer outra coisa.

— Sim, mas tenho que admitir que não me atrevia a ler na solidão do meu quarto à noite como costumo fazer. Tive que deixar a leitura para as manhãs, porque me arrepiava toda vez que Jane ouvia barulhos à noite.

Amanda assentiu, pegando outra taça de vinho de uma bandeja.

— Eu sei. Berta Mason é arrepiante, mas provavelmente é o livro que mais gostei nos últimos anos. O sr. Rochester é maravilhoso.

— Não sei o que lhe dizer, Amanda, ele a provoca e zomba dela tantas vezes que não sei se ela gostaria de beijá-lo ou de estrangulá-lo, mas admito que o sr. Rochester me emocionou em várias cenas.

Amanda suspirou, lembrando-se do livro. Ela adorava o sr. Rochester ainda mais do que o sr. Darcy, pois o primeiro tinha certa malícia que o tornava mais divertido do que o segundo. Apesar de que agora estava experimentando o que a pobre Jane Eyre tinha de suportar do seu patrão malicioso e já não tinha mais tanta certeza disso. A única diferença entre Callum e Edward Rochester era que o último secretamente amava Jane Eyre e por isso a provocava constantemente.

Por fim, o vinho começou a ofuscar sua mente e entorpecer sua consciência, exatamente como desejara. Sarah Richardson se aproximou do grupo, com o atraente Oscar ao lado dela. Sem dúvida, o escolhera por sua pele, pois aquele bronzeado dourado tão incomum na Inglaterra o tornava irresistível, assim como seu cabelo escuro e olhos cor de mel acompanhados por grossos cílios negros.

— Oscar, nenhuma mulher consegue tirar os olhos de você — disse-lhe sua vistosa ama, em tom alegre. — Ele tem ascendência italiana, não há muitos exemplares como este na Inglaterra.

— É magnífico — concordou Jane ao seu lado. — Isso me lembra minha viagem à Espanha. Os homens eram tão bonitos, tão mais escuros e diferentes dos nossos.

— Eu sei. — Sarah acariciou o ombro de Oscar inconscientemente. — Quando visitei Sevilha e Granada, fiquei totalmente cativada pela magia dessas terras. A gloriosa claridade do céu, a gastronomia, a arquitetura árabe... Quando vi Oscar no Andrónicus, disse a mim mesma que ele tinha que ser meu, porque me lembrava aquela viagem mágica ao sul da Espanha.

Amanda olhou para o jovem novamente. Ele também tinha sido a sua primeira escolha, mas seus olhos mortos e vazios lhe davam um calafrio, e ela estava feliz por ter encontrado Callum, mesmo que o impacto tivesse virado seu mundo de cabeça para baixo.

— Minha primeira escolha foi Oscar também, mas acabei tropeçando em Callum e depois o sino tocou — disse, apontando para o jovem.

Uma das moças arregalou os olhos.

— Não me diga que você é a ama do cantor! — exclamou, virando-se imediatamente para outro grupo de mulheres. — Senhoras, encontrei a afortunada dona da vossa obsessão da noite.

Quatro mulheres mais jovens do que elas se aproximaram, com um lampejo de juventude e alegria, e começaram a declarar o quanto eram admiradoras do seu servo, e como era afortunada por tê-lo.

"Pobres ignorantes", pensou ela, esvaziando outra taça de vinho.

Sarah insistiu que Amanda deveria dançar com Oscar por ele ter sido sua primeira escolha.

Amanda se deixou convencer, apesar de não ter nenhum interesse em dançar com um ser sem vida, não importava o quão bonito fosse. Para ser honesta consigo mesma, teria que admitir que estava morrendo de vontade de dançar com o asno que tinha conquistado todas as outras jovens do salão. No entanto, ele tinha coisas melhores a fazer, como aumentar a produção de saliva de toda a sala com seu talento cênico.

Oscar, junto com o vinho, acabou sendo uma distração melhor do que ela havia imaginado. Suas mãos eram calorosas e a pele bronzeada das bochechas destacava deliciosamente a cor âmbar de seus olhos. Apesar disso, ela não conseguia ignorar o artista no cenário.

— Vamos tomar ar fresco na varanda — disse para as amigas enquanto soltava Oscar. No entanto, elas estavam afastadas alguns metros e o único que ouviu sua "ordem" foi Oscar, que, sem hesitar, a seguiu até a varanda. Por sorte, não havia ninguém, e o ar refrescante da noite conseguiu aliviá-la. Contemplou o jardim com o belo lago no centro e deixou seus olhos relaxarem olhando para longe. Ao lado dela, Oscar permaneceu em silêncio e inerte. Quão feio lhe pareceu naquele momento. Quem iria querer um parceiro morto e vazio?

A urgência da sua bexiga a forçou a se mover em direção à porta. Quase esqueceu Oscar na varanda, porque não precisava dar ordens estúpidas ao seu próprio servo. Antes de atravessar a porta, ela olhou por cima do ombro.

— Procure a Sarah — ordenou-lhe e foi embora se sentindo culpada por falar com ele com tanto desdém. Que culpa tinha o coitado de não ser como Callum? Que culpa tinha de não ter indício de vida?

Quando voltou para a sala principal, a música havia parado e uma comoção invadia a sala.

— Oscar, querido! — Ela ouviu o gemido na voz de Sarah e teve que espiar por cima de vários ombros para descobrir que a sra. Richardson estava ajoelhada no chão ao lado do corpo inerte de Oscar. A testa do jovem estava ensanguentada devido a um pequeno corte na têmpora.

Uma senhora de meia-idade atravessou a multidão, alegando ser médica. Ela rasgou um pedaço da própria camisa com habilidade e o mergulhou em champanhe. Em seguida, pediu a Sarah para pressioná-lo na ferida. Também pediu que Sarah se acalmasse, depois de checar a pulsação do rapaz, assegurando-lhe que ele estava bem e que iria se recuperar do acidente.

Claro, esse foi o fim da festa. Sarah providenciou para que suas numerosas carruagens levassem para casa as convidadas que tinham ido a pé. Isso incluía Amanda, Jane e seus servos.

— Como foi o acidente? — perguntou Amanda assim que entraram no transporte elegante. As cortinas das minúsculas janelas se destacavam por seus tons de âmbar, a última moda. Os cascos dos cavalos começaram a ressoar ritmicamente contra o chão de pedra, ao mesmo tempo que a carruagem se movia.

— Oscar caiu na escada da varanda, mas não entendo como aconteceu, já que eles se movem lentamente — respondeu Jane, olhando-se em um pequeno espelho que extraiu do bolso.

— Mas ele estava deitado no salão... — disse Amanda, confusa.

— Um dos servos o levantou — explicou a amiga. — É uma pena que Callum não pode raciocinar, ele nos contaria o que aconteceu.

Amanda sentiu seu coração pular, o que não tinha nada a ver com o movimento da carruagem.

— O que quer dizer? — perguntou devagar, com medo da resposta.

Jane desviou o olhar da janela para olhá-la franzindo a testa.

— Bem, porque ele estava na varanda quando Oscar sofreu o acidente.

21

Aqueles foram os cinco minutos mais longos da sua vida.

Jane acabara de acusá-lo, mesmo sem saber, e Callum quase podia ouvir os dentes de Amanda rangendo em uma dança histérica em sua boca. O jovem queria falar com ela, explicar que aquilo não era exatamente o que parecia, e que não era o monstro que ela estava imaginando. Mas não podia fazer um único som, nem mesmo cruzar o olhar com o dela. Essa prisão invisível estava começando a esgotá-lo e deixá-lo louco, com uma síndrome asfixiante de prisioneiro. Não era justo que, por ser homem, ele tivesse que começar do nada e se esforçar em dobro para ganhar a confiança do mundo. Ele teria que lutar o dobro do que qualquer mulher para chegar ao mesmo ponto, porque a sociedade o classificava e avaliava pelo seu gênero.

Sem ir mais longe, Amanda o julgava sem nem mesmo esperar ouvir sua versão do que acontecera. Ele podia sentir isso pelo jeito como ela se afastava dele, meticulosamente, no pequeno assento da carruagem. No pequeno espaço do vão que os separava, havia toneladas de preconceitos.

Callum queria se sentir indiferente em relação a opinião de Amanda, mas se ver refletido como um monstro em seus olhos o destruiu a um nível que tinha medo de admitir. Ele queria ser seu igual, seu parceiro, e não viver em um acordo onde uma das partes estava irremediavelmente dominada.

Por fim, pararam na casa de Jane e, quando as jovens se despediram, sua pulsação acelerou com os nervos antecipados. Assim que a porta da carruagem se fechou, Amanda virou-se para ele com uma expressão de raiva.

— O que você fez com aquele rapaz?

— Não é o que você está pensando, Amanda — afirmou, erguendo as mãos para acalmá-la. No entanto, o discurso que havia ensaiado em sua mente não saiu da maneira ordenada e exata que mentalizara. Ele tentou pegar a mão dela, mas ela o empurrou para longe e se sentou no banco oposto.

— Eu não posso ocultar todas as suas travessuras, Callum — disse ela em um tom cansado. — E isso não foi apenas uma travessura. Você machucou aquele rapaz indefeso.

Suas mãos se fecharam com força, e Callum teve que se conter para não golpear algo, o que não teria contribuído para sua inocência.

— Por que você me perguntou o que aconteceu se já decidiu que sou culpado de um crime? — questionou ele, veementemente.

Amanda suspirou e seu rosto se acalmou um pouco, dando lugar à descrença e à suspeita.

— Não estou dizendo que não sou o culpado pelo que aconteceu com Oscar — continuou ele. — Mas não queria machucá-lo daquela maneira. Em parte, não é culpa minha, porque estou sendo invadido por essas emoções que nem sequer entendo o que são e não tive tempo nem treinamento para aprender a controlar.

A jovem piscou várias vezes, e ele sabia que a sinceridade era a melhor maneira de chegar a ela. Com um movimento de cabeça, indicou-lhe que continuasse.

— Eu estava no palco tocando e aproveitando como nunca, você mesma viu a reação do público. Pude experimentar minha nova melodia e improvisar sem ser notado. Elas atribuíram tudo a você, mas não me importei, porque o sentimento era imbatível. Então, eu a vi ir para a varanda com Oscar, e não sei como explicar o sentimento que me invadiu, mas tive que segui-lo. O destino parecia oferecer a oportunidade, porque a canção tinha terminado. Então, fui para a varanda e, antes de chegar, vi você entrando no salão de novo. Minha intenção era ir até você, mas vi Oscar sair pela mesma porta. Quando o vi, senti aquela dor horrível dentro de mim novamente, como se milhares de cristais estivessem arrancando todos os meus órgãos de uma só vez. Eu estava cego com aquela dor. Sussurrei para o idiota voltar para a varanda e saí com ele. Minha intenção era ordená-lo que se escondesse na estufa ou entre as roseiras no jardim, qualquer coisa para impedir que você dançasse com ele novamente. Amanda, se você soubesse as coisas que acontecem aos homens... — Ele parou para se mexer no assento. Se explicasse alguma coisa para ela sobre os sentimentos tão obscuros que o inundavam, ou sobre o que havia feito no quarto pensando nela, ele a assustaria e a perderia para sempre. — Apesar de Oscar estar infectado... — Ele olhou para o decote que apenas a camisa dela ocultava. — Você, por favor, poderia não sair mais com essa camisa? Não tem ideia do perigo que correria se Oscar ou qualquer outro homem acordasse.

— Callum, continue a história — interrompeu ela, irritada.

— É isso, não há muito mais. Ordenei que ele se escondesse na estufa que eu via da varanda, mas havia chovido e ele escorregou nos degraus. Para ser justo, devo dizer que a escada não estava iluminada. Sei que não deveria ter feito aquilo e me senti péssimo ao vê-lo cair, mas essa não era a minha intenção e nem pensei que aquilo poderia acontecer.

Callum não percebeu que estava prendendo a respiração até que a viu concordar lentamente.

— Acredito em você — admitiu, finalmente. — Foi um acidente lamentável e, felizmente Oscar vai se recuperar.

— Você está muito interessada no bem-estar dele? — disse Callum antes de poder frear suas palavras. Fechou os olhos, lamentando tê-las dito. O que estava acontecendo?

Ele estava bem, mas em um segundo era invadido por uma onda de raiva que mal podia conter.

Para sua surpresa, Amanda sorriu.

Se a falta de iluminação não o confundiu, ela também tinha corado. De todas as reações que ele esperava, essa não estava na lista.

Suas mãos começaram a tremer e ele as apertou contra o assento.

— Amanda — prosseguiu, e teve que limpar a garganta para recuperar o tom habitual de voz. — O que aconteceu no teatro...

A carruagem parou e o interrompeu.

Amanda não perdeu tempo para sair, pulou do assento antes mesmo de abrirem a porta.

Subiram ao andar de cima em silêncio, para não acordar as outras mulheres da casa, mas na realidade ela estava feliz por ter tempo para se recompor e pensar. Callum estava preocupado e envergonhado, porque não entendia o que estava acontecendo com ele e não sabia o que dizer a Amanda.

Uma vez no sótão, ela permaneceu em silêncio até chegar à porta de seu quarto.

— Callum? — Não era preciso ser um gênio para entender que ainda estava zangada. — Nunca mais me diga que roupa devo usar.

Amanda disse isso com uma seriedade mortal, como se estivessem tratando de algo de importância vital. Não importava o quanto ele tivesse se esforçado em explicar que dissera aquilo para sua própria segurança, ela ainda parecia zangada com a ideia. Callum teria que acreditar que Amanda sabia mais sobre a vida do que ele, e essa era uma batalha que estaria condenado a perder. Talvez sempre.

Ele assentiu levemente e Amanda demonstrou um mínimo de satisfação, mas ainda não o havia perdoado, e o deixou saber disso ao se limitar a dizer boa noite em um tom frio e entrar no quarto.

Callum ficou lá, olhando para a elegante madeira da porta fechada por pelo menos dois minutos. Seu coração acabava de aprender uma forma nova de dor. Nunca antes Amanda estivera zangada e desapontada com ele daquele jeito. Nunca antes ele soubera que sua adorável amiga era capaz de proporcionar outros prazeres além da conversa e de sua bela imagem. Callum nunca a tinha sentido tão distante quanto naquele momento, e nunca a quisera tanto.

22

Amanda ouviu a voz da mãe através do corredor que conduzia ao seu escritório. O amanhecer penetrava pelas janelas do corredor, iluminando-o com uma brancura incomum. Estavam tendo o melhor verão dos últimos quarenta anos. Ela espiou por uma das janelas e viu que os lençóis brancos pendurados no pátio mal se mexiam. Mais além estendia-se o bosque, cuja folhagem oferecia uma trégua ao calor.

O relógio acabara de anunciar oito da manhã, mas Amanda acordara cedo para evitar Callum. Depois do que acontecera no teatro, estava com medo de ficar sozinha com ele.

Na noite anterior, na carruagem, com o olhar tão ardente e curioso, ele lhe questionara sobre o que havia acontecido entre eles no teatro. Essa era uma conversa que ela ainda não estava preparada para ter.

A porta do escritório se abriu e a mãe se inclinou para fora. Mary se assustou ao vê-la, como se não a esperasse ali, mas ficou satisfeita com a presença dela. Amanda a estava procurando porque queria pedir permissão para visitar seus parentes na Escócia. Seria um prazer mostrar a Callum o antigo castelo e se perder com ele nas Terras Altas.

— Excelente, estava prestes a buscar você — disse Mary, pedindo-lhe com a mão para se aproximar.

Amanda franziu a testa, um tanto desnorteada.

— Você precisa de mim, mãe?

Era a primeira vez que Mary convocava alguém da família enquanto estava reunida com outras mulheres. Normalmente, eram pessoas importantes, com quem devia resolver questões de política — e Amanda tinha pouco a dizer sobre isso.

— Nada importante — respondeu a mãe. — Venha e cumprimente minhas convidadas.

Era estranho, sem dúvidas, mas Amanda não hesitou em seguir as instruções e entrou no escritório, onde encontrou cinco mulheres sentadas tomando chá.

— Bom dia, Amanda — Elizabeth Hale cumprimentou-a com um sorriso benevolente. — Como vai?

— Bom dia, sra. Hale, senhoras. Tudo bem, obrigada.

— Você recebeu seu servo recentemente, certo? — perguntou outra mulher, cujos óculos redondos pareciam prestes a escorregar da ponta arredondada do nariz.

Amanda assentiu.

— Você consideraria que sua vida é mais simples desde então? — prosseguiu a mulher de óculos.

"Simples?"

Amanda gostaria de poder rir. Estava claro que elas não conheciam Callum. Pelo menos, ficou mais calma ao perceber que elas só queriam a opinião de uma jovem sobre sua experiência de possuir um servo.

— Imagino que sim — respondeu Amanda, sem saber mais o que acrescentar. Suas circunstâncias em relação ao seu servo eram muito peculiares e essa mulher não poderia nem imaginar.

— Você esteve na festa das Richardson na noite passada? — continuou a mulher, surpreendendo-a.

A jovem assentiu sem dizer uma palavra.

— Você dançou com Oscar Richardson?

Antes de responder, Amanda reconsiderou seriamente a possibilidade de estar sonhando. Sua vida privada fazer parte das discussões de mulheres tão importantes e dos assuntos do Estado era algo além do irreal.

— Sim, dancei com ele uma vez. Mas por que a pergunta?

Mary se aproximou dela e sorriu para tranquilizá-la.

— Nós imaginamos que você poderia nos dizer se Oscar estava bêbado.

Amanda piscou várias vezes.

— Claro que não. É ilegal servir álcool a um servo. Oscar estava bem. Ele escorregou na pedra molhada da chuva. Foi um acidente.

— É claro — repetiu a mãe. — Você já pode ir embora, querida.

Amanda demorou um pouco para se mexer. A entrevista a deixara um pouco atordoada. Porém, quando se virou para sair, as coisas ficaram ainda mais complicadas. Algo enganchou no xale que levava nos ombros e ele escorregou, deixando seus braços parcialmente descobertos. Quando se virou para descobrir o que era, ela encontrou o olhar fixo e horrorizado de todas as mulheres na sala, que observavam os hematomas e as contusões que seus dias com Callum tinham deixado.

Amanda se preparou para a enxurrada de perguntas, mas não recebeu nenhuma. Em seu lugar, o mais profundo silêncio reinou quando elas trocaram olhares sérios entre si. O xale estava aos seus pés, e a única explicação razoável para aquilo era que Mary o havia puxado.

— Pode ir — repetiu a mãe com toda a normalidade do mundo, como se nada tivesse acontecido. Será que estava imaginando coisas ou sua mãe parecia feliz?

— Aconteceu algo? — perguntou Amanda, arrepiada. A jovem havia lido em algum lugar que era isso que se sentia na presença de um fantasma. Obviamente havia algo fantasmagórico naquela sala.

Sua mãe sorriu tranquilizadora e balançou a cabeça.

— Discussões tediosas que você odiaria.

Amanda saiu do quarto com uma sensação arrepiante de irrealidade. Não podia nem mesmo voltar à familiaridade do seu relacionamento com Callum para contar o que acabara de acontecer, porque o estava evitando. Sabia que não poderia fugir dele para sempre e que, mais cedo ou mais tarde, teria que enfrentar seu embaraço e as perguntas desconfortáveis que ele faria. Mas ainda não se sentia preparada.

Determinada a estender sua trégua, andou pelo jardim dos fundos da casa. A tranquilidade da manhã, com seus sons naturais de belos pássaros dando boas-vindas ao novo dia, a envolveu como um manto de paz reconfortante.

— Você está se escondendo dele? — A voz de criança da sua irmã a surpreendeu, fazendo-a pular, ou talvez fossem apenas seus nervos ainda se contraindo, como os de uma cobaia que se assusta com qualquer barulho.

— De quem? — perguntou ela, forçando um sorriso disfarçado. Será que Callum tinha sido notícia nacional naquela manhã?

A menina estava concentrada penteando uma bela boneca de vestido azul brilhante.

— Onde você conseguiu isso, Cassie?

— Estava em um baú com coisas velhas.

Amanda aproximou-se da irmãzinha e se abaixou para pegar a boneca. Observou-a de perto. A boneca era delicada e bonita, com cabelo loiro e maquiagem perfeita. Esses pareciam ser os únicos atributos do brinquedo.

Amanda a quebrou.

Simplesmente a golpeou contra a pedra da escada e a fina porcelana se dividiu em milhares de pedaços.

— Por que fez isso? — gritou Cassandra, levantando-se.

Amanda acariciou a testa da irmã e se inclinou para olhá-la de frente.

— Porque é um instrumento criado para ensinar meninas desde pequenas a perseguir o ideal de beleza como objetivo na vida. Muitas meninas, por muitos anos, cresceram cercadas por esse tipo de brinquedo e, quando eram mais velhas, só falavam de vestidos, penteados e joias. Quando já eram adultas, acreditavam que o valor de uma mulher estava na sua beleza e, à medida que envelheciam, os homens as acusavam de serem vaidosas e superficiais, quando, na verdade, tinham sido treinadas para isso. Não quero que você brinque com isso. Quero que brinque com barro, folhas, instrumentos criados por você mesma, que a ensinem a explorar o mundo ao seu redor e a façam entender que o que você pode ser está limitado somente à sua imaginação e determinação.

Cassandra assentiu, parecendo ter entendido o que a irmã queria dizer. Andaram pelo jardim com tranquilidade, como se fosse feriado. Elas observaram as borboletas que rodopiavam entre as flores.

— Por que está se escondendo de Callum?

Amanda se virou para a irmã, surpresa. A menina pegou uma flor e olhou para ela, enquanto sorria maliciosamente.

— Cassandra? — disse com cautela.

— Era eu, naquele dia no lago — explicou a pequena. — Não se preocupe, estou do seu lado.

Quando Amanda se recuperou da notícia, girou a irmã pelos ombros com força e a olhou. Sua camisa pomposa tinha um belo estampado de flores minúsculas.

— Cassandra, você não pode contar a ninguém...

— Amanhã Callum será livre, Amanda, e ninguém mais poderá machucá-lo — interrompeu a garota.

Amanda suspirou. Não tinha tanta certeza.

23

Quando Amanda voltou ao quarto, Callum estava sentado na cama dela. Seu cabelo estava despenteado e ele ainda vestia a camiseta de manga curta e o short do pijama. Suas costas estavam encostadas no pilar que segurava a cortina e as pernas, estendidas ao longo do colchão. Lorde Byron estava a meio caminho entre o seu colo e a colcha. O cachorro dava pulinhos desajeitados com o pequeno corpo redondo e atentava contra a integridade de Callum com suas mordidas assassinas. O rapaz o observava sorrindo, ou pelo menos até perceber que Amanda os olhava. Callum apagou toda a sombra de diversão do rosto e depositou o filhote no chão com total indiferença.

— Vá morder um sapato, escrever um poema, ou seja lá o que você faz com seu tempo livre — disse ao cachorro.

Amanda escondeu o sorriso enquanto se agachava para acariciar Lorde Byron, que trotou de lado até ela. Era adorável como os filhotes não podiam se mover em linha reta, parecendo bêbados o tempo todo.

A jovem o levantou e beijou a parte de trás da cabeça sob o olhar atento de Callum.

— Como você se sente sabendo que faltam dois dias para deixar de ser um escravo? — perguntou ela. Um assunto seguro como aquele era exatamente o que precisava para acalmar a vergonha que sentia naquele momento. As lembranças do beijo no teatro surgiram imediatamente quando o viu sentado em sua cama.

— Você está tão certa disso — murmurou ele amargamente. Juntou as pernas para deixar espaço e bateu com a mão no colchão para que ela se sentasse ao seu lado.

Amanda sentiu como se a própria morte a tivesse convocado para o lado dela, uma bela morte que uma parte perversa de si mesma desejava.

Aproximou-se da cama. Virou-se e sentou-se na beirada, a apenas um centímetro da coxa de Callum. Assim, ela não tinha que olhar diretamente para ele, mas podia sentir sua respiração e presença. Amanda concentrou o olhar na porta do quarto.

— De fato, tenho certeza do resultado. É uma mudança inevitável. Toda escravidão está destinada ao fim. O problema é que as pessoas continuam inventando novas formas de escravizar.

Callum ficou em silêncio, até que ela virou o rosto ligeiramente para olhá-lo com desconfiança. Arrependeu-se no ato, pois, assim que seus olhos se encontraram, a pulsação dela acelerou.

— Então, vamos morar em Londres — sugeriu o rapaz. Amanda notou que a coxa dele havia chegado mais perto, pois já não tinha os centímetros de distância que ela havia deixado de propósito. — Ou talvez possamos viajar por algum tempo. Ver tudo o que há para ver, saborear tudo o que há para saborear e descobrir os costumes e as histórias de civilizações distantes, que abrirão nossas mentes ofuscadas pela vida nesse país.

Antes de conhecê-lo, nunca tinha experimentado tantos sentimentos diferentes em seu coração.

— Se você conseguir a sua liberdade, sem dúvida a última coisa que vai querer é viajar com sua ama. — Amanda se virou para encará-lo, com um sorriso inseguro. — Se o fizesse, você nunca experimentaria o que é a verdadeira liberdade.

Devia ser sua ignorância referente aos costumes que o tornava tão descarado, pois, enquanto ela estava sofrendo para manter os olhos fixos nos dele, o rapaz a bebia com seus olhos azuis.

— Bobagem — disse lentamente. — Minha ama nunca fez parte da minha escravidão, mas sim da minha liberdade.

Amanda o olhou com prazer. Seu peito estava cheio de satisfação, e seus lábios se curvaram em um sorriso afetado.

— Amanda, ontem à noite no teatro... — Ele começou a falar, sem tirar os olhos dos dela nem por um segundo. Era enervante.

Ela olhou para Lorde Byron em seus braços e se inclinou para deixá-lo no chão enquanto ordenava ao seu rosto que esfriasse.

— Suponho que você tenha várias perguntas.

Callum negou com a cabeça.

— Apenas uma — disse, com a confiança esmagadora de alguém que tem anos de experiência nesses assuntos. Sua mão cálida foi até o ombro dela com a força do ferro. — Você sabe como me impedir?

Nem mesmo esperou pela resposta, e puxou-a até deixá-la sobre ele. Para se certificar de que as costas de Amanda não se contorciam para trás desconfortavelmente, ele deslizou um pouco mais para o lado, permitindo que ela se acomodasse sobre o seu peito. O cabelo dela caiu como uma cachoeira em ambos os lados de seus rostos, envolvendo-os em uma cortina de intimidade. Toda a pele do rosto dela e seus lábios vibraram de alegria, desejando chegar mais perto do lindo rosto masculino. Amanda iria beijar um jovem e ele a beijaria de volta. A antecipação foi ainda mais intensa, pois seu corpo já sabia o que sentiria. Callum não demorou muito para acariciá-la com seus lábios macios e quentes. Seu peito se apertou contra o dele, sólido e largo. Sentiu a palma da mão dele no rosto, e a outra nas costas. Cada centímetro de contato lhe arrepiava, e estava estranhamente ciente dessas partes do seu corpo. Sua barriga lhe enviava ondas de carícias, enquanto seus lábios e línguas se tocavam, macios e quentes.

Amanda se recusou a tocá-lo, porque apenas beijá-lo já era intenso demais. Manteve as mãos no colchão, mas ainda assim aproveitou o contato dos seus braços com as laterais do corpo sólido como pedra de Callum. Tê-lo tão perto foi mais do que ela poderia ter sonhado em toda sua vida. Ele a beijava, e era tão bom que ela já não precisava se aventurar em nada novo. Porém, Callum não tinha a mesma paciência, e as mãos firmes deslizaram devagar, extasiadas, pelos ombros dela, os dedos se cravando na pele com paixão. Sem dúvidas, ele a desejava. O pensamento dela flutuou como uma folha trêmula no ar invernal.

Amanda virou o rosto para que eles pudessem respirar. Além disso, Callum tinha perguntado se ela sabia como pará-lo, o que significava que ele não tinha intenção de fazê-lo. Amanda precisava ir mais devagar.

A expressão no rosto dele a fez se sentir ainda mais feliz.

— Era disso que as suas primas estavam falando, certo? — perguntou ele em tom acusador.

Como resposta, ela sorriu, sentindo-se culpada.

— Você vai pagar por isso — ameaçou ele, calmamente, sem se mover de onde estavam. Sua mão contradizia a ameaça, acariciando o cabelo dela desde a nuca até o meio das costas. — Você tem o melhor cabelo de toda a Inglaterra.

Amanda duvidava que tivesse o melhor cabelo de toda a Inglaterra, mas tinha certeza de que era a mulher mais feliz do mundo.

A biblioteca era um de seus lugares favoritos. O cheiro das páginas velhas e amareladas impregnava a sala com o perfume inconfundível de milhares de histórias contidas em palavras. Fascinava-a pensar que a literatura era composta de palavras simples, que, colocadas em certa ordem, tinham o poder mágico de transportar quem as lia para um mundo diferente da própria existência, e esse novo mundo poderia oferecer um descanso à mente com o qual nenhuma noite de sono poderia competir.

A sala era de madeira, e essa era a segunda razão pela qual ela gostava tanto dela. Claro, a madeira era sua paixão, como a música era para Callum. Ou, pelo menos, era, até que ele se tornasse sua paixão.

Amanda entrou no segundo corredor à direita, que continha as obras literárias mais recentes. Sem dúvida, as suas favoritas: Wordsworth, Coleridge, Keats, Blake, entre outros. Inundavam as prateleiras através das quais ela passava a ponta dos dedos enquanto espiava Callum por um estreito espaço entre os livros. Ele estava analisando as lombadas das obras no corredor ao lado. Quando a descobriu o olhando, sorriu, e ela se derreteu por dentro. Amanda fingiu continuar buscando um livro e extraiu um exemplar dos poemas de Elizabeth Barrett Browning. Havia um poema que ela se lembrava de ter lido várias vezes nas tardes de tédio.

Como te amo? Deixa-me contar de quantas maneiras.
Amo-te até ao mais fundo, ao mais amplo
e ao mais alto que a minha alma pode alcançar
buscando, para além do visível dos limites
do Ser e da Graça ideal.
Amo-te até às mais ínfimas necessidades de todos
os dias à luz do sol e à luz das velas.
Amo-te com liberdade, enquanto os homens lutam
pela Justiça;
Amo-te com pureza, enquanto se afastam da lisonja.
Amo-te com a paixão das minhas velhas mágoas
e com a fé da minha infância.

Amo-te com um amor que me parecia perdido — quando
perdi os meus santos — amo-te com o fôlego, os
sorrisos, as lágrimas de toda a minha vida!
E, se Deus quiser, amar-te-ei melhor depois da morte.

Foi então que Amanda ouviu o som enferrujado da chave pesada girando no buraco da fechadura. Se a porta da biblioteca não fosse tão antiga, nunca teria percebido. Mas Callum não conhecia aquele barulho como ela e não percebeu nada.

Ela voltou por onde havia passado e viu Cassandra. Colocou o indicador nos lábios para que sua irmã não fizesse barulho.

— Você achou algo do seu gosto? — perguntou ao rapaz, como se ninguém tivesse entrado na biblioteca.

— Não compartilho o seu fascínio pela poesia, mas esses versos de John Clare me emocionaram.

Amanda foi até ele.

— Vamos, leia para mim — insistiu, vendo-o parado ali com o pequeno livro aberto em suas mãos.

Eu sou, e mesmo assim, quem sou ninguém sabe e a ninguém interessa;
Meus amigos me abandonaram como uma lembrança perdida;
Sou um consumidor dos meus próprios infortúnios.
Eles vêm e vão e passam por um anfitrião inconsciente;
como tons de amor e morte perdidos no esquecimento;
Mesmo assim eu sou, e vivo com sombras jogadas ao nada
do ridículo e do ruído, no mar vivo de sonhos despertos,
onde a vida e o prazer não se desfrutam.
(...)
Eu anseio os lugares que nenhum homem tenha pisado,
onde nenhuma mulher tenha sorrido ou chorado.

— É lindo!

— É como se ele estivesse falando... Não, não falando. É como se tivesse colocado palavras em sentimentos inexplicáveis.

Amanda sorriu com a descrição.

— Esse é o verdadeiro poder da poesia — disse ela, pegando o livro das suas mãos. — Agora que você entende, agora que o conheceu, será seu escravo para sempre.

Sem dúvida, também se tornara escrava de algo que nunca havia entendido antes.

— Amanda? Você está aí? — a voz de Cassandra os interrompeu. Callum fez uma cara de horror e Amanda se concentrou em fazer uma cara de preocupação em vez de dar uma gargalhada.

— Cassandra? — gritou em resposta. Com Callum atrás dela, caminhou em direção à área central da biblioteca. A menina estava sentada em uma das mesas e acariciava Lorde Byron no colo.

— Você estava lendo poesia? — perguntou. Ela estava tão calma e despreocupada que ninguém diria que os tinha ouvido conversar como duas pessoas normais.

Amanda piscou para a irmã, aproveitando que Callum estava atrás dela e não podia ver. Então se sentou no sofá atrás da mesa, e Cassandra a seguiu até lá.

— Estou entediada, Amanda — disse, se jogando no divã. — Agora que você tem um servo, ele poderia nos distrair.

— Você tem alguma ideia em particular? — Callum lançou-lhe um olhar de advertência, aproveitando-se do fato de que Cassandra estava dobrada sobre si mesma e com os braços esticados tentando alcançar Lorde Byron, que havia fugido dela. Amanda sabia o que aquele olhar significava. Callum temia que Cassandra pedisse algo incômodo ou desconfortável e queria que Amanda evitasse a situação. Quando o jovem não estava mais olhando, sorriu perversamente, pois ela e Cassandra tinham outros planos.

A garota gritou e afastou as mãos do filhote.

— Ele me mordeu! — gritou Cassandra, levantando as pernas e os braços no sofá como se Lorde Byron fosse um tubarão feroz e o chão fosse o oceano por onde passava o animal faminto. O lindo filhote estava sentado, com uma das pernas traseiras esticada e a enorme barriga rosa pousada no chão. Ele olhava para Cassandra com uma expressão inocente e confiante. — Amanda, esse cachorro me atacou. Você tem que fazer alguma coisa.

Amanda se inclinou sobre a irmã, pedindo que lhe mostrasse a mão.

— Você está sangrando! — exclamou Amanda, com toda a expressão de surpresa que conseguiu. Suas habilidades de atuação eram limitadas.

— Precisamos puni-lo! Precisamos corrigir suas inclinações perversas antes que ele cresça — continuou Cassandra. Sua irmã, por outro lado, era natural das artes cênicas. — Callum! — ela o chamou em um tom claro e autoritário. — Castigue Lorde Byron. Rápido, antes que ele se esqueça do que fez.

Callum, que permaneceu o tempo todo olhando para o mesmo lugar na sala, fez uma expressão de horror e Amanda estava prestes a cair na gargalhada. O jovem olhou-a com intensidade, provavelmente perguntando-se por que Amanda não intervira ainda.

— O que há com seu servo, Amanda? — perguntou Cassandra em um tom ainda mais histérico. — Por que não obedece à minha ordem?

— Acho que ele não entendeu, Cassie. Lembre-se de que você deve lhe dar ordens específicas — argumentou, tentando fazer sua voz soar o mais séria possível.

— Callum, castigue Lorde Byron por me morder. Dê um pontapé nele.

O jovem virou-se e olhou para o filhote. O pequeno animal estava mordendo o tentador pompom de uma almofada que caíra no carpete. Lorde Byron puxava a almofada, mas, sem força para arrastá-la pelo chão, seu traseiro se movia de um lado para outro. Só um bebê poderia ser tão adorável atacando uma almofada.

Callum, porém, não se mexeu um centímetro de onde estava, e observou o animal com tanta piedade que Amanda se apaixonou ainda mais por ele. Então, ele se virou, olhando-a com os lábios apertados e uma careta de determinação; e cruzou os braços, deixando bem claro que não iria fazer aquilo.

Cassandra o apontou com o dedo e com a boca aberta, gritando que iria contar para as outras mulheres. Correu para fora da biblioteca, enquanto os dois ficaram onde estavam, encarando-se.

Callum apenas deu de ombros com uma expressão desafiadora.

— Não posso acreditar que você arriscou sua vida por ele — disse Amanda, fascinada.

— E não posso acreditar que você deixou sua irmã me pedir uma coisa dessas — acusou-a, enfurecido.

Para surpresa do jovem, Amanda sorriu e, levantando-se do sofá, aproximou-se e o abraçou.

— Amanda, você estragou tudo. — Ela ouviu a voz da irmã atrás dela. Cassandra havia voltado para a biblioteca e, quando eles estavam se abraçando, fechou a porta atrás de si.

Callum intercalou um olhar surpreso entre ela e a garota.

— O que está acontecendo aqui?

— Cassandra era nossa espiã naquele dia no lago. Desde então ela sabe que você está consciente. Estávamos brincando com você.

Callum puxou o braço para se afastar de Amanda.

— Como pôde? E se eu o tivesse chutado?

— Você estava a uma distância segura do cachorro, eu teria parado você.

Callum a olhou apreensivo por um momento e, em seguida, estendeu a mão e puxou-a para beijá-la na testa.

— Fico feliz que você não seja tão cruel, e que as outras não vão atirar em mim por causa desse poeta babão estúpido.

— Isto era para ser engraçado e nós rirmos juntos — disse Cassandra severamente. — Não esperava tantos abraços.

Os dois olharam a garota e riram.

— Callum, não é assim que se joga — exclamou Cassandra, arrancando o atlas da mão dele. O livro pesado era praticamente do mesmo tamanho dos braços da menina. — Você tem que fechar os olhos antes de apontar para o mapa.

— Mas não abri os olhos e, além disso...

— Você tem que fechar os olhos e imaginar o mundo como é, com a Europa no centro.

— Na verdade, Cassie, o mundo é redondo, então não há centro — corrigiu Callum. — Os japoneses, sem dúvida, têm mapas em que a Ásia está no centro.

— Você acredita mesmo nisso? — interrompeu Amanda. Ela se endireitou na cadeira para olhar o mapa-múndi com novos olhos. — Nunca havia pensado que isso pudesse ser assim.

Ele piscou um olho para ela, então imediatamente fechou os dois com força e apontou para o mapa.

— China! — anunciou Cassandra em voz alta. — A escolhida foi China para a charada.

Eles se vestiram com trajes de mandarim que Cassandra tirou de um baú de madeira, e Callum tentou tocar música chinesa enquanto elas dançavam como gueixas. Mas eles caíram na gargalhada quando a melodia soou mais como um armário de cozinha se despedaçando.

Cassandra se sentou na cadeira que Callum colocara sobre a mesa, fingindo ser a imperatriz que observava a cena com desprezo.

— Corte-lhe a cabeça! — sentenciou com voz oficial, apontando para ele.

— Minha senhora! — O rapaz exalou, colocando seu joelho no chão em uma atitude serviçal. — Não seja tão cruel com nossos fiéis.

— Não sou. É por isso que você deve morrer, trovador. Para que minha comitiva não sofra mais a tortura da sua "música".

A menina, sem sentir pena dele, gesticulou para Amanda se aproximar, como um carrasco que cumpre a ordem de sua imperatriz.

Callum caiu de joelhos, enterrou a cabeça no colo dela e passou os braços ao seu redor.

— Não será capaz de cumprir essa ordem, minha dama.

Amanda sentiu uma intensa agitação em seu coração.

— Não vou executar você, jovem músico — declarou com magnanimidade, e colocou a mão na cabeça dele. — Sua pena é influenciada por seu vício em ópio.

Cassandra arfou, indignada com o que acabara de descobrir, e levantou-se da cadeira, com as mãos nos quadris, para mostrar sua surpresa.

— Mas eu proibi o ópio no meu reino!

— Perdemos a guerra, minha imperatriz — explicou Amanda com um drama exagerado. — Os ingleses continuam a escravizar nosso povo com suas drogas.

Callum levantou a cabeça, interessado.

— Estamos em guerra com a China por transformá-los em viciados? — sussurrou ele, como se falar em tom de voz baixo não fosse interromper a brincadeira.

— Houve duas guerras anos atrás por esse motivo e vencemos as duas. Não tínhamos prata suficiente para arcar com os custos do chá, da porcelana e da seda chinesa. Mas o problema foi resolvido quando eles se tornaram viciados no nosso ópio. Desde então, a China nos concede seus serviços.

— Ingleses malditos! — gritou Cassandra, batendo o punho contra a mesa, ainda presa em seu papel. Callum e Amanda sorriram.

— Também quero ir à escola para aprender essas coisas — disse ele por fim.

Cassandra saiu da mesa e se aproximou do rapaz. Ele ainda estava de joelhos e seus rostos ficaram na mesma altura. Cassie segurou o rosto dele.

— Depois da votação de amanhã, você vai poder fazer o que quiser, Callum — prometeu com sua voz tenra e infantil.

Ele sorriu com ternura.

— Você vai votar a favor?

— Não posso, sou apenas uma menina — disse, rindo do ridículo da ideia.

— Mas eu vou! — exclamou Amanda com determinação. — E você pode contar com isso.

24

Amanda afundou na banheira fumegante do seu banheiro, estremecendo com a mudança de temperatura. O vapor aqueceu o ambiente e dilatou os poros de sua pele. Mesmo assim, o cômodo estava muito mais frio do que a água em que tinha acabado de submergir.

As noites esfriavam mesmo nos dias mais bonitos. Os verões ingleses eram incoerentes. Ela esperava viajar para a Itália ou a Espanha naquele verão e mostrar a Callum as maravilhas das terras do sul. Alhambra, com seu estilo árabe exótico, ou a maravilhosa cidade de Roma, cujo ambiente repleto de construções antigas e ruínas transportavam imediatamente ao tempo clássico.

A jovem sorriu com a ideia de compartilhar com Callum todas as maravilhas históricas que viu em suas viagens. Vê-lo suar com o calor escaldante e provar comidas saborosas que nem havia sonhado provar.

— Não relaxe muito.

Ela quase gritou e mergulhou ainda mais na água. Ainda bem que o sabão tinha criado uma camada protetora na superfície que escondia seu corpo de forma eficiente.

— Saia imediatamente daqui! — ordenou. Porém, como acontecera desde o começo, ele não a obedecia se não houvesse mais ninguém ouvindo.

Callum se sentou na poltrona de flores enfeitada com detalhes dourados, que ficava na frente da banheira. Amanda a usava para colocar sua toalha e a roupa que tinha tirado. Ele pegou sua camisa e a observou por um momento.

— Você quer alguma coisa?

— Cassandra diz que há uma grande exposição em Londres — disse ele, colocando a delicada roupa no colo —, em que as mais recentes invenções e descobertas científicas mais importantes estão expostas.

Amanda assentiu. Gotas de água deslizavam pelo braço que estava apoiado na borda da banheira e formavam uma poça no chão.

— É a segunda vez que fazem essa exposição. A primeira foi ideia do príncipe Albert, mas isso era no tempo dos homens. A rainha decidiu repeti-la para que as novas patrocinadoras e inventoras tenham sua oportunidade. Além disso, ela dedicou-a ao marido, embora, claro, ele não possa vê-la — disse, fazendo uma careta.

— Ela devia admirá-lo muito.

Desde que Callum entrou na vida dela, a história de Vitória e Albert se tornou sua maior esperança. Era a única coisa que lhe garantia que uma vida de amor e harmonia era possível entre um homem e uma mulher. Não é que as outras mulheres não tivessem amado seus maridos e pais, mas essa história parecia mais real, talvez porque fosse de conhecimento público.

— Você pode ter certeza de que amanhã nossa monarca votará pela libertação dos homens. Dizem que ela foi tomada por uma profunda tristeza depois que a bactéria infectou Albert.

Callum assentiu, esperançoso. A cordialidade entre Vitória e Albert também o tranquilizava.

— Você tem que conseguir um lugar nesse evento — continuou ele, depois de se lembrar do que planejava dizer. — Seria uma ótima promoção para o seu negócio.

Amanda negou com a cabeça.

— Meus móveis são feitos à mão e de desenho exclusivo. Não quero que se tornem uma produção massiva sem qualquer originalidade.

— Mas, Amanda, você poderia ganhar muito mais dinheiro!

— E esse é o propósito da vida?

— No novo mundo, será — disse ele, com convicção. — Quando os homens acordarem haverá mais competição.

Amanda mexeu na água com os dedos, pensando no que ele estava dizendo.

— Você sabe quantas horas essas pessoas trabalham nas fábricas? Inclusive crianças?

Callum sorriu do jeito que sempre a fazia corar.

— Em que livro você leu isso?

Amanda apertou os lábios, percebendo o quanto ele a conhecia em tão pouco tempo. Durante os cortejos, antes que a bactéria chegasse, os casais se viam em certas comemorações sociais, de forma breve e sempre na presença de outras pessoas. Não era de admirar que a maioria dos casamentos fosse um verdadeiro desastre, uma vez que nenhum dos noivos realmente sabia com quem teria que passar o resto da vida, mesmo quando o cortejo era longo. No entanto, ela e Callum se conheciam a apenas alguns dias, tão intensos e íntimos, que podiam apreciar as características e julgar os defeitos uns dos outros com muita precisão. Quando os homens acordassem, seria preciso permitir que os casais vivessem juntos antes de decidir se casarem. No passado, isso prejudicaria as normas protocolares da sociedade, pois a reputação das mulheres seria maculada. Mas esse problema estaria facilmente resolvido se os homens desistissem da ideia estúpida de que suas esposas deveriam chegar a eles como virgens. Quantos problemas, casamentos falidos, vidas desperdiçadas e reputações destruídas uma única ideia irracional e absurda trouxe. As ideias eram tão poderosas quanto a munição de uma arma.

— Prometo que iremos à exposição, mas não vou deixar de ser artesã.

O rapaz ficou contente e se levantou da cadeira para lhe oferecer a toalha que ela tinha pendurado.

Amanda a pegou, mas não elevou o corpo uma polegada acima da superfície da água.

— Saia agora — ordenou, com uma voz muito pungente para soar autoritária.

Callum esboçou seu sorriso habitual de demônio e se virou, mas, em vez de sair do banheiro, foi até a janela.

— Callum! — advertiu ela, mas ele a ignorou e comentou algo sobre as plantas do jardim enquanto espiava pela minúscula janela redonda do banheiro.

Amanda suspirou, desistindo, e saiu da água tentando cobrir a frente de seu corpo com a toalha, que infelizmente era pequena demais para cobrir também a parte de trás. Ela saiu da banheira, tomando cuidado para não se deixar revelar, embora o rapaz não tivesse se virado para espiá-la. Inclinou-se cuidadosamente sobre a cadeira para procurar as roupas que também deixara lá antes de começar o banho.

Sua roupa de baixo não estava onde havia deixado. Amanda não teve escolha e pediu ajuda a Callum. Mas, quando ela olhou para cima, encontrou-o encostado no parapeito da janela de braços e tornozelos cruzados, observando-a com um sorriso malicioso.

Amanda o amaldiçoou por ser tão perfeitamente atraente e por estar tão envergonhada e embaraçada por sua nudez. Finalmente, também o amaldiçoou por ficar lá, mortificando-a com seu olhar.

— Você poderia me ajudar a encontrar minhas roupas?

— Não estou muito interessado nisso, sinceramente.

— Você prefere que lhe dê um pontapé no seu traseiro? — ameaçou ela, tentando esconder sua insegurança.

Callum riu.

— Gostaria que você tentasse — disse ele, e se inclinou para fora da janela rindo. — Seu quarto está um pouco longe daqui. Quero saber como você vai chegar lá sem que ninguém a veja.

— Do que você está falando?! — exclamou Amanda, jogando as pequenas almofadas das cadeiras para cima, como se fosse encontrar suas roupas nos cantos mais remotos. No entanto, também não estavam lá.

Callum riu de novo, e ela entendeu. Aproximou-se dele, espiando pela janela, cobrindo o traseiro com uma das almofadas, e gritou quando viu as roupas jogadas na grama do jardim.

Ela o encarou com os olhos arregalados, incapaz de acreditar que ele tinha feito aquilo. Callum começou a rir ainda mais da sua fúria.

— Ah! Vamos, Amanda, você sabe que eu lhe devia uma por me pregar uma peça na biblioteca.

Amanda não se conteve e bateu nele várias vezes com a almofada minúscula.

— Você não me devia nada! — gritou, com raiva pela impotência. — Nesse ponto do nosso jogo das brincadeiras sem graça, estou em mais desvantagem do que Henrietta jogando bridge.

Callum riu enquanto a seguia até a porta do banheiro.

— Você vai sair assim?

Aproveitando que ele estava atrás dela, Amanda lhe deu uma cotovelada desajeitada.

— Não tenho outra opção.

— Achei que você iria construir uma peça de mobiliário em forma de roupa com pedaços de madeira do seu banheiro — zombou ele com toda a seriedade possível. — Esse é o show que esperava ver.

Ela o olhou com ódio. Juntando as duas pontas da toalha, Amanda a prendeu na axila e com a mão livre girou a maçaneta da porta, com lentidão exagerada, esperando que o ruído não chamasse atenção. Inclinou-se para olhar o corredor, que felizmente parecia vazio. Callum colocou a cabeça sobre a dela. A parte do incômodo de estar assim era sentir a respiração dele fazendo cócegas na sua orelha e o roçar ocasional da roupa dele contra sua pele molhada.

Eles saíram do banheiro e Amanda correu e parou novamente. Callum a seguiu, visivelmente se divertindo com a situação. A jovem estava com sorte, porque o próximo corredor também estava vazio. Ela conseguiu cruzar até a próxima esquina, mas, quando viu a porta que conduzia à área segura do telhado, ouviu as vozes das primas. Vozes que se aproximavam e a qualquer momento entrariam no seu campo de visão. O suor começou a aparecer na testa dela, enquanto Callum cobria os lábios, incapaz de conter o riso. Ele estava vermelho pelo esforço de não cair na risada.

Então, Amanda teve uma ideia.

— Ah! — gritou alto. — Um rato!

Funcionou.

Suas primas gritaram e correram escada abaixo, enquanto avisavam que tinha um rato imaginário para todas que encontravam pelo caminho.

Amanda correu para a porta. Levou apenas um segundo para atravessá-la e suspirou de alívio quando Callum fechou a porta atrás deles. Naquela parte da casa, ela estava segura, pois seu quarto estava a apenas alguns passos.

Amanda se encostou na parede, exalando toda a tensão acumulada.

Callum tinha parado de rir. Estava encostado na parede oposta observando-a com olhos brilhantes e lábios entreabertos.

— O que foi? — perguntou ela, um pouco atordoada pela expressão dele. Estava ciente da situação vergonhosa de estar seminua.

— É sempre um prazer vê-la usar essa cabeça que tem sobre os ombros — disse o rapaz com admiração, deixando-a sem ar.

Ele gostava de provocá-la com insultos e provocações e raramente a elogiava. É por isso que, quando o fazia, a emocionava tanto.

— Fico sempre fascinado com a rapidez que você tem para solucionar as enrascadas que eu crio. Acho que faço isso só para te ver em ação — falou, sério, e sua voz soou diferente.

Ela não pôde deixar de sorrir. Era como se uma estrela tivesse explodido em seu peito. E deveria estar com raiva.

Deixando a própria parede segurar a toalha, bateu nele. O melhor foi que Callum não esperava, já que estava sorrindo para ela como um tolo.

— Posso sugerir enigmas para a próxima vez que quiser testar minha inteligência? — perguntou, virando-se para subir a escada de dois em dois degraus para o seu quarto. Amanda o ouviu rindo atrás dela.

Mais tarde, quando havia terminado de pentear o cabelo molhado, foi para o quarto de Callum com Lorde Byron nos braços.

O jovem, que estava encostado na cabeceira da cama com um livro nas mãos, fez uma careta ao ver o animal.

— Gostaria que vocês fossem amigos — disse ela, aproximando-se da cama. Amanda deixou o cachorro nos joelhos de Callum. Ele usava uma camisa branca com uma fileira vertical de botões na parte superior do tórax. No entanto, suas pernas estavam nuas, mas ela não sabia ao certo porque estavam cobertas por um fino lençol branco.

Um tanto abalada com a ideia, afastou-se da cama e foi até a prateleira onde estavam os livros que recomendara a Callum.

— Parou de ler *Paraíso perdido*, de Milton? — perguntou, acariciando a capa.

— É terrivelmente chato — respondeu Callum. — No meio da leitura, me perguntei por que estava me torturando daquela maneira.

Amanda sorriu e olhou por cima do ombro.

— Estou surpresa que você não tenha encontrado nada que o identificasse com ele. — Sentou-se na cadeira de madeira da mesa dele e começou a folhear o livro para encontrar os versos que achava que o rapaz iria gostar.

— Amanda diz que você é escritor. — Ela o ouviu falar com o filhote em tom mais baixo. Pelo visto estava seguindo o seu conselho em ser amigo do cachorro, literalmente. — Se for assim, como é que nunca te vejo ler nada?

Com um sorriso, Amanda voltou a se concentrar no que estava buscando.

— Aqui está! — anunciou. — Ouça isto: "Uma vez repelida, nossa última esperança será o auge do desespero. Deveria deixar de existir nosso único anseio? Remédio triste! Por que quem quer perder, apesar de tudo que sofremos, esse ser inteligente, esse pensamento que abraça toda a eternidade para perecer enterrado e perdido nas entranhas profundas da noite perpétua, insensível a tudo e gemendo na íntegra inércia?"

— Deixe-me ler — disse Callum, estendendo um braço em sua direção.

Amanda aproximou-se dele com certo sentimento de satisfação, porque afinal o livro havia despertado seu interesse.

Callum releu o fragmento silenciosamente. Com Milton entre eles, Amanda achou que era seguro se sentar na beira da cama.

— Vou dar uma segunda chance — admitiu ele, colocando o livro na mesa de cabeceira.

— A poesia assume vida própria quando se identifica com o tormento do poeta.

Callum assentiu, contemplando o rosto dela com um interesse peculiar. Amanda revirou os olhos, um pouco incomodada.

— A que horas você vai votar amanhã? — perguntou ele.

— Fomos convocadas muito cedo, às sete e meia — respondeu. — Fique na cama sem se preocupar com nada. Elas nos disseram para ir sem os servos para não encher muito a Prefeitura.

— E o resultado sairá às oito horas da noite?

Amanda anuiu com a cabeça. Callum estava um pouco nervoso, mas mantinha uma atitude segura.

— Você vai ganhar, Callum — disse, colocando a mão sobre a dele.

O jovem assentiu.

— Estava pensando que, se quiser... — continuou Amanda, desviando o olhar antes de continuar porque tinha corado —, poderia ficar comigo até conseguir melhorar sua situação e decidir o que fazer com sua vida. Onde morar, com o que trabalhar.

Callum a olhou de um jeito estranho, com um sorriso malicioso nascendo nos olhos.

— Sei o que quero fazer — falou, seguro. Por algum motivo ele o disse com ar de mistério. — E fazer móveis não está nos meus planos.

Amanda concordou, contemplando as dobras dos lençóis e como Lorde Byron insistia em mordê-las. Suas bochechas arderam e, por algum motivo, se sentiu como se ele tivesse rejeitado sua proposta de casamento.

— É claro, você vai se dedicar à música. Estava dizendo isso no caso de você querer economizar algum dinheiro antes de se aventurar por completo na sua independência — concluiu com o tom mais indiferente que conseguiu.

— Obrigado, Amanda — respondeu ele, ainda com um leve sorriso, como se tivesse se lembrado de uma piada. Amanda tinha a sensação enervante de que estava rindo dela e de sua tentativa patética de mantê-los juntos depois do resultado das votações.

— Tanto Bath como Londres são boas opções para a música — falou, com o mesmo tom glacial com que falaria à mulher do caixa do Crawley

Bank. Ela fez um movimento para se levantar do colchão, mas a mão de Callum em seu antebraço a impediu.

— Também há oportunidades de negócios para móveis artesanais nessas cidades?

Ela o encarou, como se não soubesse o que pensar dessa última pergunta.

— Digo isso porque pretendo me dedicar a duas coisas, e ambas devem coexistir na mesma cidade.

Amanda franziu a testa, confusa. Se dedicar a duas coisas? Se não estivesse errada, ele havia acabado de lhe dizer que não pretendia se dedicar à fabricação de móveis.

O rosto de Callum mostrou uma mistura de decepção e aborrecimento ao ver a sua confusão.

— Na verdade, a segunda atividade não é tanto uma ocupação, mas um passatempo — confessou, em um tom de drama fingido. A jovem se perguntou se ele estava desempenhando o papel do chinês viciado em ópio novamente. Quando pensou que não iria entender, Callum a puxou pelo antebraço magro que segurava, envolveu o outro braço na sua cintura e a jogou na cama. Antes que ela pudesse pensar em qualquer coisa, ele a beijou. Devagar, mas com a intensidade perfeita para o momento, fazendo todo o corpo dela se derreter na cama, como neve ao sol. Ela se perguntou se era aquilo que os usuários de ópio sentiam.

A nova posição de Callum, de joelhos na cama, expunha suas pernas nuas, que estavam cobertas com belos pelos masculinos. O lençol se enrolava e se emaranhava entre elas, mas sua suavidade e seu frescor eram agradáveis.

Apesar da sua determinação em mantê-los na fase mais inocente, Amanda não pôde deixar de estender a mão e acariciar uma das pernas dele. O músculo da coxa e o contato dos pelos com as pontas dos dedos parecia adorável. Ela deixou os dedos deslizarem preguiçosamente pelo quadril de Callum, e ele parou de beijá-la para encará-la com olhos brilhantes. Depois da surpresa inicial, ele a imitou, deslizando a mão esquerda por sua coxa, e subindo até o quadril, por baixo da camisola. Um intenso arrepio percorreu da lateral até o centro do seu corpo, e Amanda entendeu por que ele ficara maravilhado com aquela carícia.

Callum piscou, extasiado com o efeito que causara nela. Ele não queria mais beijá-la — em vez disso, olhou para ela com atenção e entreabriu os lábios. Voltou com a mão para o joelho dela, dessa vez subindo, deixando o polegar percorrer o interior de sua coxa. Amanda suspirou pesadamente e fechou os olhos, reabrindo-os imediatamente, enquanto seu pescoço se inclinava e sua cabeça se contorcia no colchão. Quanto mais profunda a reação dela, mais fascinado ele a olhava, e mais determinado ficava a continuar investigando. E Amanda não conseguia esconder o que estava sentindo.

Quando a mão dele alcançou a junção entre sua perna e o tronco, os dedos acariciaram seu quadril enquanto o polegar roçava o centro da sua pélvis. O que ela sentiu então a fez estremecer, e Callum parou. Ele ficou surpreso, como se não conseguisse entender por que ela tremera daquele jeito. Estava, porém, disposto a descobrir e voltou com o polegar para aquela área.

— Meu Deus! — exclamou Amanda em um misto de incredulidade, medo e êxtase. Atraído pela reação efusiva e pelo calor incrível daquele ponto do corpo dela, Callum deixou que todos os seus dedos deslizassem delicadamente entre as pernas dela, por cima da calcinha.

Amanda agarrou os lençóis de cada lado do colchão e os torceu entre os dedos, porque precisava libertar a tensão que atacava seu corpo em ondas poderosas.

Foi então que eles ouviram um estrondo alto e o gemido de dor do cachorrinho. Amanda deu um pulo ao entender que Lorde Byron tinha caído da cama. Callum se afastou, parecendo confuso, como se alguém tivesse acabado de acordá-lo de um sonho e ele não soubesse bem onde estava.

Ela se levantou e abaixou-se para pegar o cachorrinho e analisá-lo, apalpando as patas e o corpo para se certificar de que nada estava quebrado.

— Pobre bebê — sussurrou enquanto o consolava.

— Ele está bem? — perguntou Callum.

Assim que ouviu a voz do rapaz, ficou completamente vermelha. Respondeu que sim, mas sem sequer olhá-lo. Seu corpo ainda estava trêmulo e estranho.

— Lorde Byron deve ter levado um bom susto — continuou Callum, em tom relaxado. Não parecia mortificado com o que acabara de acontecer entre eles. Que sorte era viver uma existência tão livre de vergonha e preocupação!

— Vou dormir, tenho que acordar cedo amanhã — murmurou, enquanto se dirigia para a porta do outro quarto.

— Como?! — exclamou Callum, toda a tranquilidade abandonando sua voz.

— Boa noite.

— Mas não vá embora! — implorou ele como se aquela fosse a pior ideia que já ouvira.

Amanda nem se virou para olhá-lo. Fechou a porta e trancou-a. Ela não sabia se estava se escondendo dele ou de si mesma, mas, agora que Callum descobrira como fazê-la perder a cabeça completamente, estava em grave perigo. Seria melhor para ambos que a porta se mantivesse fechada.

25

Amanda caminhou depressa para atravessar a sala até a parte de trás da casa. Antes de dormir, batera na porta de Callum para lhe desejar boa noite. Preocupada por não receber uma resposta, ela abriu a porta e descobriu que o quarto estava vazio. Sem dúvida, o jovem estava em alguma parte da casa com Cassandra preparando alguma travessura. Ou pelo menos ela estava tentando se convencer de que era algo assim, enquanto tentava ignorar o peso que estava sentindo no peito.

Eles também não estavam no jardim. Mas isso não queria dizer que algo ruim tinha acontecido. Era lógico que sua irmã e Callum estavam se escondendo em algum lugar, onde poderiam conversar em paz.

Se fosse sincera, teria que admitir que estava com um pouco de ciúme só de pensar que, em breve, ele poderia se relacionar com mais gente, e ela deixaria de ser especial e importante para ele. Callum seria livre para escolher outra mulher para passar o tempo.

Naquele momento, ela só o compartilhava com Cassandra, e já estava enfrentando a desagradável sensação de não saber o seu paradeiro. O que aconteceria quando Callum tivesse vida própria?

O sentimento desagradável contra o qual vinha lutando a preencheu por completo enquanto caminhava em direção aos estábulos. Esse era o último lugar da casa em que ainda não havia procurado.

Apesar de sua inquietação, assim que atravessou a porta do celeiro ouviu as vozes deles e sorriu para si mesma, aliviada.

— Amanda, olha o que encontramos — gritou a irmã ao vê-la entrar.

Callum e Cassandra estavam debruçados no chão, observando uma ferradura.

— Eu disse a Callum que dão sorte e ele me deu! — exclamou a menina, incapaz de esperar que Amanda chegasse até eles.

Seus olhos encontraram os do rapaz, que sorriu com carinho, e o coração dela se encolheu deliciosamente.

Naquele momento, a porta do outro lado se abriu. A noite escura deu lugar a dois criados corpulentos que ela não conhecia, e que se moveram rapidamente para pegar Callum pelos braços e levantá-lo.

Cassandra gritou e Amanda ficou paralisada.

Os homens arrastaram Callum para fora e ela correu até eles enquanto ordenava que o soltassem, mas, por algum motivo, eles ignoraram sua ordem.

Quando os seguiu para fora, com Cassandra em seus calcanhares, ela encontrou sua mãe e as mulheres que a interrogaram naquela manhã. Elas estavam acompanhadas por vários servos.

— Mãe, diga-lhes para soltarem-no! — gritou, tentando lutar com um deles. Mas foi como tentar mover uma viga de aço. Callum continuou paralisado, fingindo bem seu papel de servo sem vontade.

Uma mulher que ela não conhecia se colocou na frente dos jovens e começou a movimentar as mãos e as feições do rosto. Eles eram surdos e ela sabia como falar com eles. Servos surdos eram usados como assistentes da polícia, para que nenhuma criminosa pudesse impedi-los dando-lhes uma ordem diferente.

Os servos, ainda segurando Callum, pararam ao receber ordens com a língua de sinais.

— Levem-no — disse Mary à mulher, que repetiu com movimentos de mão, fazendo os servos obedecerem.

— O quê?! — gritou Amanda para a mãe, enlouquecida, e então se virou para os três homens, que estavam se afastando delas em direção à casa. — Callum, lute. Liberte-se!

O rapaz começou a lutar imediatamente e, depois de liberar um braço, deu um soco em um dos homens, que cambaleou para trás.

— Aron, Henry, Thomas, prendam-no! Amarrem as mãos dele. — Pediu uma das mulheres, fazendo com que os outros servos corressem até Callum para contê-lo.

— O que estão fazendo? Por que o estão prendendo? — gritou Amanda, com a intenção de atacar as mulheres. Antes de alcançá-las, um dos servos colocou os braços ao seu redor para imobilizá-la. Era um dos policiais surdos, e nada que Amanda lhe dissesse faria efeito. — Ordene-os a parar! — exigiu, cheia de medo e raiva por não ser capaz de se mover.

— Calma, garota, eles não vão machucá-lo — disse uma das mulheres.

Isso conseguiu tranquilizá-la um pouco.

— Para onde o estão levando?

Mary se aproximou dela e colocou a mão em seu ombro.

— Querida, eles não vão machucá-lo e nós vamos devolvê-lo para você.

Amanda soltou um suspiro, aliviada.

— Diga-lhe para soltá-la — pediu sua mãe à mulher que se comunicava com os servos surdos em língua de sinais.

Sentir-se livre, junto com a serenidade da mãe, fez Amanda conseguir se acalmar. Pelo menos até ouvir o resto do que ela tinha para dizer.

— Eles o trarão de volta assim que ele for infectado novamente.

Pelo menos ela entendeu o que estava acontecendo. Elas descobriram que ele não estava infectado e o levariam para resolver isso. Mas Callum era imune. O que aconteceria quando elas percebessem isso? Elas o executariam?

— Foi você? — Ela se virou para gritar com a irmã. — Você contou a ela?

Cassandra, que estava chorando, balançou a cabeça para negar a acusação, mas Amanda não acreditou, e estendeu a mão para apertar seu ombro.

— Eu o perdi por sua culpa! — exclamou, com todo o ódio que sentia. Sentiu sua garganta arder com veneno pronto para sair.

— Já chega, Amanda! — gritou Mary. — Sua irmã não tem nada a ver com isso. Pare de drama, você o terá de volta em três dias, quando ele estiver infectado novamente. Esse é o tempo que o corpo demora para eliminar o antídoto.

"Antídoto?"

Sua mãe acreditava que Callum havia tomado o antídoto e que por isso não estava infectado. Assim que elas descobrissem que não era o caso, o matariam. A menos que o rapaz fingisse seu papel tão bem que não descobrissem. Amanda esperava que ele fizesse isso. Tinha que falar com ele e explicar o que precisava fazer. Ainda havia esperança.

— Você fez as coisas muito bem, minha querida filha — continuou Mary. — O experimento foi um sucesso, graças a você. Escolheu o jovem certo. Sabia que o faria. O manteve em segredo, e eu também sabia que faria isso. Conheço muito bem a minha filha.

— O quê?! — perguntou ela, com o sangue gelado. O que acabara de ouvir destruía todas as suas teorias. — Do que você está falando?

A mãe franziu os lábios, como se a achasse lenta demais.

— Com o dia da votação tão próximo, tive que pensar em algo que provaria às defensoras da libertação masculina que os homens ainda são perigosos. Então, surgiu a ideia de acordar um deles, e a melhor maneira de fazer isso seria aqui na minha casa, onde poderia observar as consequências e relatá-las ao mundo. É por isso que decidi realizá-lo durante sua cerimônia. É por isso que insisti que você escolhesse o mais inteligente, pois já conhecia o escolhido para o experimento e queria que você o trouxesse para casa. E você fez tudo perfeitamente, Amanda. Graças a você, fomos capazes de relatar ao mundo as feridas que Callum lhe infligiu, os problemas em que ele a meteu e o ataque a Oscar motivado por ciúme. O comportamento violento e descontrolado dele, típico dos homens, nos deu a chave para convencer as eleitoras do inferno que significaria o despertar dos servos. Graças a você, o resultado da grande votação será um retumbante não à libertação masculina.

Amanda cobriu a boca com uma mão e se inclinou, sem acreditar no que estava escutando. Ela teria caído no chão se ainda se lembrasse de como se mexer. Sua cabeça estava girando.

— Mas Callum é imune — murmurou. — Ele esteve em contato com outros servos e não voltou a se contagiar.

— É porque o antídoto foi administrado a cada três dias. Começamos uma semana antes da cerimônia, com a ajuda de uma das trabalhadoras do Andrónicus que conhecia o experimento, e encobrimos as primeiras indiscrições de Callum, até que o jovem aprendeu a fingir. Eu mesma administrei o antídoto nele aqui em casa. Sem ele, Callum estará infectado novamente e você terá seu servo de volta. Naturalmente, dessa vez será dócil e submisso e não lhe causará problemas. Quando você o vir novamente, filha, prometo que ele será como qualquer outro servo.

26

O Crawley's Hall nunca tinha estado tão cheio antes. Não se podia nem respirar pela multidão de gente que ocupava a sala. Mas Amanda estaria se sentindo sem ar mesmo que a sala estivesse vazia. O forte sentimento de que um muro a separava do resto do mundo não a deixara nem por um segundo desde o momento em que levaram Callum.

Naquela manhã, jornais de todo o mundo repetiram a mesma primeira página. A história verídica de um experimento realizado pela prefeita de uma pequena cidade na Inglaterra que expunha claramente o comportamento agressivo e descontrolado de um servo consciente. O artigo interpretava e exagerava as contusões de Amanda, a mudança em seu comportamento, o incidente com Oscar e as outras travessuras de Callum, e fora escrito de um modo tão grosseiro e gótico que parecia ter saído de um romance de Anne Radcliffe. O Callum que os jornais descreveram não era o homem que amava com uma intensidade avassaladora, mas um gêmeo maléfico que deixava em pé os cabelos das nucas de todas as mulheres ignorantes que se lançaram às urnas para votar naquela manhã de domingo.

Amanda ficara sem voz durante a noite, tentando convencer a mãe de que todas essas acusações eram infundadas e garantindo que ela deveria mudar de ideia sobre os homens em geral e sobre Callum em particular. Durante seu discurso, passou por todas as fases, tentou usar todas as técnicas, o raciocínio, a raiva, o carinho, e até ameaçou suicídio, mas tudo que fazia parecia convencer ainda mais a sua mãe do perigo que os homens representavam. Mesmo consciente de que Callum não era o monstro que havia imaginado, estava completamente determinada a manter a sua posição.

Amanda compreendia. Algumas pessoas se agarravam a seus preconceitos como uma prancha flutuando no meio do mar. Elas viviam inundadas de medo e insegurança, e a única coisa em que seus sentimentos destrutivos focavam era na convicção de que havia um grupo de pessoas para culpar pela escuridão que as devorava por dentro.

Sete horas da noite. Faltava apenas uma hora para publicarem o resultado da votação. Amanda tinha ido até a pousada onde Elizabeth Hale estava hospedada e explicou a ela de forma razoável, tentando parecer o mais sincera possível, a história verdadeira do experimento. Mas a sra. Hale, apesar de estar mais sensibilizada com o tema do que Mary, lhe assegurou que era tarde demais para retirar o artigo dos jornais. Tarde demais para apagar a semente do medo da mente das eleitoras. O dano estava feito.

Amanda não sabia o que mais poderia fazer. Seu pensamento estava colapsado pelas circunstâncias, e ela se sentia entorpecida, estranha.

Elizabeth Hale lhe dera esperança sobre o voto, assegurando-lhe que, apesar do experimento, elas tinham possibilidades de vencer. A única coisa que podia fazer era esperar que a mulher não estivesse enganada.

E era ela quem subia os degraus do balcão da prefeitura de Crawley naquele momento, fazendo o murmúrio que cercava Amanda diminuir até ser silenciado.

A mulher cumprimentou o público e pronunciou suas palavras, mas a cabeça letárgica de Amanda não prestou atenção, até que ouviu as palavras que lhe incendiaram os nervos, despertando-a completamente:

— O resultado da grande votação sobre a libertação dos homens é...

"Positivo", gritou a mente de Amanda. Ela apertou a barriga na altura do estômago com o braço direito. Tremia como um cachorro molhado na chuva. Seus nervos doíam por toda a extensão do seu corpo, e conseguia reconhecer perfeitamente onde começavam e para onde iam, até chegar ao cérebro. Se houvesse o inferno, deveria ser algo muito parecido com o que ela estava sentindo naquele momento. Aquela simples fração de segundo o tornava totalmente diferente de todos os outros. Um instante no tempo que não pertencia a este mundo e nunca o faria. Amanda não aceitaria isso como parte da vida, porque todos os sinais vitais de seu corpo pararam, como se a morte a tivesse invadido apenas pelos milésimos de segundo que o veredicto da grande votação levou para viajar da folha de papel que Elizabeth Hale tinha na mão até a voz que saía dos seus lábios.

— Negativo!

Amanda já sabia disso antes de ouvi-lo, porque os ombros da sra. Hale caíram em derrota quando ela olhou para a página.

Uma comoção atingiu a sala, que explodiu em aplausos. Muitas das participantes do Crawley Hall eram a favor da escravidão masculina. Todas as mulheres do mundo tinham suas malditas razões superficiais para decidir se queriam devolver os cérebros dos servos ou não. Nenhuma delas sabia o que era amar uma daquelas mentes desesperadamente, o que era viver em uma realidade com uma primavera cheia de lindas cores, aromas inebriantes, borboletas dançantes, o canto dos pássaros e raios quentes de sol, tudo compactado dentro do peito pela simples existência dessa pessoa. E aquelas mulheres acabaram de matá-lo. Elas tinham acabado de matá-la.

A jovem olhou para as mulheres ao redor, conversando animadamente, com um desprezo que nunca pensou que fosse capaz de sentir. Olhou os servos, silenciosos e inertes, inexpressivos, sem reagir depois de ouvir que nunca seriam libertados. Amanda sentiu náusea com o que haviam feito aos homens. Seus olhos se prenderam em um dos jovens e imaginou que tipo de personalidade ele teria, que mundo estaria dentro daquela cabeça adormecida por uma pequena bactéria.

Décadas atrás, os homens haviam escravizado, reprimido e anulado as mulheres, mas elas não estavam sendo melhores que eles. O simples fato de ter meios para abusar dos outros não lhes dava o direito de fazê-lo. Ou pelo menos não deveria.

Agora, o que ela faria?

Quem iria salvá-los?

27

O Andrónicus não tinha nenhuma segurança, simplesmente porque não havia necessidade disso. Nenhum dos seus ocupantes tentaria escapar, a menos que alguém o ordenasse, e isso nunca acontecera antes.

Não que o prédio nunca tivesse sido invadido — pelo contrário, era uma brincadeira infantil popular as garotas se esgueirarem durante o dia para procurar e conhecer os garotos. No entanto, Amanda seria a primeira a entrar de fininho à noite com a intenção de levar um dos jovens embora. Aquele fato inédito na história de Crawley aconteceria durante uma noite fresca de verão, pela qual Amanda teve que agradecer.

Devido à temperatura, as trabalhadoras haviam deixado as janelas entreabertas, para aproveitar a brisa noturna e refrescar o interior do edifício. Era fácil se deslizar para a recepção, que à meia-noite estava deserta. As trabalhadoras que tinham o turno da noite já haviam se retirado para seus quartos, e um sossegado silêncio reinava, até que os passos de Amanda rangeram a madeira dos degraus. O som não foi alto o suficiente para alertar as mulheres. A batida acelerada do seu coração também não era.

Os raios prateados da lua iluminavam o mosaico das janelas com um reflexo cinza fantasmagórico. Quadros medievais grotescos, com cenas de caça e guerra, adornavam as silenciosas paredes da recepção, e continuavam pelos corredores. Os homens do passado pelo visto tinham muito interesse em guerras e armas, e as pinturas representavam a masculinidade do lugar. As portas eram pintadas de azul-marinho e emolduradas na cor azul-celeste, uma zombaria com a antiga distribuição de cores por gênero: cor-de-rosa para as meninas, azul para os meninos. Amanda odiava cor-de-rosa e ficava feliz por não ter sido uma daquelas crianças vestidas em cores saturadas como uma declaração de sua identidade sexual. Os bebês eram os únicos cujo sexo não era imediatamente reconhecível com um simples olhar, então seus ancestrais haviam inventado esse código de cores para garantir que a segregação sexual fosse óbvia desde os primeiros dias de vida. O porquê dessa necessidade de classificar e impor condições à personalidade baseada em um órgão era algo que ela não entendia.

O quarto dos jovens era uma enorme galeria com fileiras de camas dos dois lados. Amanda atravessou o corredor central, parando para observar as cabeças descansando nos travesseiros. Mas nenhuma delas era a de Callum.

Ela fechou os punhos até as unhas se cravarem nas palmas das mãos. Se ele não tivesse sido levado para o Andrónicus, não saberia onde procurar.

Naquele momento, notou que uma das camas vazias estava com os lençóis desordenados, como se alguém tivesse dormido nela. Podia ser um dos garotos fazendo uma visita noturna ao banheiro, mas valia a pena investigar.

Quando chegou ao banheiro, encontrou-o vazio, o que, sem dúvida, era um bom sinal, já que nenhum servo sairia do quarto por qualquer outro motivo. Aquela cama só poderia pertencer a Callum.

Ela saiu do quarto, perguntando-se para onde ele tinha ido, e seu sapato escorregou em algo molhado e denso. Amanda se inclinou para analisá-lo, mas a escassa iluminação não permitia que visse com claridade. No entanto, quando o tocou, percebeu que era sangue. O seu próprio sangue congelou em suas veias. Algo no seu interior lhe disse que aquele pertencia a Callum. E se elas o tivessem machucado? E se fosse tarde demais?

Seu desespero superou a cautela e Amanda começou a chamar o rapaz enquanto abria todas as portas que encontrava.

Felizmente, nenhuma das portas pertencia às cuidadoras. Embora não se importasse se a ouvissem, pois queria enfrentá-las e exigir que lhe dissessem o que haviam feito com seu servo.

No momento em que ia articular seu nome novamente, uma mão cobriu sua boca, abafando o som.

— Sou eu! — disse uma voz familiar em seu ouvido. Os joelhos dela quase cederam de alívio. — Não faça tanto barulho. — Ele a soltou para que pudesse se virar e encará-lo.

— Você está sangrando? — perguntou Amanda, segurando-o pelos ombros e tentando examinar seu torso.

— Abaixe sua voz, vai acordá-las — Callum a repreendeu, olhando para a escada. Os quartos das cuidadoras ficavam no andar de cima.

— O que elas fizeram com você? Vi sangue.

— Estou bem, cortei meu braço tentando forçar a janela do quarto.

Amanda se inclinou para o lado para verificar, e o braço dele continuava sangrando, mas ele parecia não se importar com isso.

— Onde estava indo?

— Aparar as plantas da entrada — falou o rapaz enquanto examinava a ferida.

Amanda franziu a testa, confusa. Sua cabeça estava girando.

Callum revirou os olhos, mas logo em seguida sorriu.

— Para onde acha que eu estava indo, loirinha? Ia buscá-la — explicou com lógica — , mas, quando desci a escada para tentar as janelas do primeiro andar, ouvi você me chamar como uma louca. Quer que me matem, Amanda? Agora que não temos mais os votos, temos que fingir melhor do que nunca. Elas não podem descobrir que sou imune, ou me matariam, como você disse.

O coração de Amanda se contorceu de dor dentro do peito. Como poderia um pensamento causar tanta dor física?

— Durante os próximos dois dias, quando "me infectarem", tenho que ficar aqui e fingir muito bem. Você também deve fazê-lo até que me permitam ir para casa... Você está chorando?

Amanda não podia arriscar ter aquela conversa ali, onde poderiam descobri-los. Precisavam se esconder no bosque o mais rápido possível. E ela precisava de um pouco mais de tempo antes de revelar a Callum a terrível verdade que a envenenava. Por essa razão, em vez de explicar para ele quais eram os motivos das suas lágrimas que inevitavelmente começaram a cair pelo seu rosto, agarrou-o pela mão e o puxou para fora.

— Agora não posso explicar — disse quando o rapaz pareceu um pouco relutante em andar. — Callum, temos que sair daqui imediatamente.

Naquele momento, ouviram o rangido de uma porta se abrindo e de alguns passos que se aceleravam pela escada.

— Callum! — chamou a voz de uma mulher mais velha.

O sangue de Amanda congelou. Se perdesse a única chance de tirá-lo de lá, o perderia para sempre.

Ela puxou o jovem, e ele finalmente pareceu entender sua urgência, porque se moveu rapidamente.

— Vamos, Leopoldo, vamos encontrar esse garoto — dizia a mulher enquanto descia a escada.

— Qual é o problema, Margaret? — exclamou outra voz, sonolenta.

— É o pirralho de novo. Ele está em pé e fazendo bagunça.

Eles não ouviram mais nada, porque pularam pela mesma janela que Amanda tinha entrado. Correram em direção ao bosque e não pararam até chegar ao lugar onde ela havia deixado Astilla amarrado a uma árvore.

O cavalo se levantou um pouco quando notou seu nervosismo, mas Amanda sussurrou palavras doces enquanto batia no pescoço dele.

— Por que você nunca fala comigo desse jeito? — brincou Callum.

Sem se virar para olhá-lo, ela sorriu, triste. Amanda sentira falta dele, isso porque passaram apenas um dia separados. Ela se perguntou se ele continuaria de bom humor quando lhe revelasse que não era imune à bactéria.

Eles montaram em Astilla. Amanda levava as rédeas, já que Callum nunca havia galopado de verdade antes.

— O que é tudo isso? — perguntou ele, referindo-se às sacolas amarradas na sela.

— Provisões — explicou, enquanto se preparava. — Vamos viajar pelo bosque.

— Para onde?

Amanda podia perceber a surpresa e a confusão na voz dele.

— Para Horsham.

— O que há em Horsham que seja do nosso interesse?

Amanda se mexeu desconfortavelmente na sela. No momento, a única coisa que a preocupava era entrar na área mais profunda e menos habitada do bosque e passar a noite ali. Nada mais importava.

28

Estavam galopando entre as árvores havia cerca de duas horas. A escuridão da noite se tornou mais densa e as estrelas brilhavam entre as cavidades das folhas mais intensamente do que no vilarejo iluminado de Crawley.

A nuca loira que trotava na frente do queixo de Callum estava suspeitamente silenciosa e só quebrara o silêncio nas poucas ocasiões em que parou o cavalo para verificar o mapa e a bússola.

Por fim, Amanda decidiu parar perto de um riacho. O lugar parecia totalmente isolado de qualquer assentamento humano. E, aparentemente, era isso que ela procurava. Os únicos sons que se ouvia eram os naturais do bosque, de insetos, pássaros noturnos e do estrépito da água corrente contra as pedras do canal.

— Callum, tire essa camisa. Vou lavar a sua ferida no rio.

Ele obedeceu sem questionar. Sempre gostou de ver como aqueles belos olhos admiravam seu torso e, naquele momento, sozinho com ela no bosque, desejava mais do que nunca despertar seu interesse.

Qual foi sua decepção ao ver que a jovem de cabeça baixa não o admirava como antes. Em vez disso, ela se concentrou em lavar bem a ferida e despejou um pó branco no braço dele. Callum estava prestes a perguntar do que se tratava quando sentiu uma fisgada de dor horrível e puxou o braço. Mas Amanda se antecipou a essa reação e o segurou com firmeza.

— Pare, Callum, é só um pouco de sal, para limpar a ferida. Não tenho nada melhor.

— Dói — resmungou ele, relaxando o braço.

— Infecções doem ainda mais.

— Não exagere. Não é tão profundo.

— Não há nada de errado em prevenir.

Foi fascinante como a jovem mulher conseguiu aguentar toda a luta sem olhar para ele sequer uma vez. Estava concentrada em fazer tiras com a camisa. Usou dois pedaços para enfaixar o braço dele com força.

— Você quer cortar meu braço com essa bandagem? — retrucou ele, de mal humor. Callum estava ciente de que se comportava como um pirralho mimado, mas a súbita frieza de Amanda o irritou. — E agora, o que vou vestir? Se dormir ao ar livre com o peito exposto, vou acordar com um resfriado, ou pior.

— Pelo menos você vai acordar — sussurrou ela com tristeza.

— Posso saber o que está acontecendo? — Ele estava perdendo a paciência. — Chega, Amanda! O que houve? Por que fugimos para o bosque em vez de esperar que a tormenta passe?

Amanda o encarou pela primeira vez, enquanto pressionava os lábios até deixá-los pálidos. Em seus olhos, ele pôde ver que o considerava um cadáver ambulante, e ela parecia prestes a chorar.

— Você não é imune, Callum — murmurou, sufocando as palavras em sua própria garganta. — Elas lhe davam um antídoto a cada três dias. Você tem somente dois dias de proteção. E, então, estará novamente vulnerável à bactéria.

Callum a olhou por um momento, rezando para que fosse uma brincadeira de mau gosto, mas sabia que não era.

— Qual é o antídoto? — perguntou, desesperado. Sua voz estava tão estrangulada quanto a dela.

— Só a comissão internacional sabe. O antídoto está muito bem guardado, porque, se fosse público, qualquer mulher poderia tentar pegar e acordar seu servo.

Callum se deixou cair para trás e sentiu a água em seu traseiro. Nem se importava com o fato de que a água fria do rio molhava sua calça.

— Meu cérebro tem dois dias para viver... — murmurou, sentindo-se enjoado e tonto.

— Se você entrar em contato com a bactéria depois de seu corpo ter eliminado o antídoto, sim — explicou Amanda. — É por isso que o trouxe para o meio do nada. Onde não há homens, não há bactéria. Devemos ficar longe da civilização.

— E depois o quê? — questionou ele, olhando para o horizonte.

— Não tenho nenhum outro plano além desse — falou ela, sentindo--se culpada.

Callum virou o rosto para olhá-la. A jovem esfregava as mãos contra a testa e parecia estar se punindo por não poder oferecer mais nada.

— Ainda não tive tempo para amadurecer uma ideia, mas prometo a você...

Ele se inclinou até ela. Vê-la sofrendo afogou a dor de sua própria aflição. Callum a segurou pelos pulsos e puxou-os com suavidade, para descobrir o seu rosto.

— Amanda — disse, suavemente. — Creio que há um limite de vezes em que é possível salvar uma pessoa, e você ultrapassou esse limite muito mais do que deveria. Receio que agora a única coisa que me resta fazer é lhe oferecer a minha vida, porque você a ganhou de tantas maneiras que ela já não me pertence em absoluto.

— Não diga bobagens, tudo o que quero é recuperar sua liberdade.

Callum sorriu.

— É engraçado que diga isso — ele mudou de posição na água para ficar de joelhos — , quando sou o mais escravo de todos os servos.

— O que quer dizer? — sussurrou ela, sem fôlego. A lua iluminou seus lindos olhos úmidos. Amanda devia ser muito tola, porque não tinha entendido que ele estava se referindo a como se sentia perdido sem ela.

— Me diga você, ama.

Amanda não disse nada, e imediatamente começou a chorar de maneira inconsolável.

Callum a observou com a testa franzida. Talvez não devesse ter sido tão aberto com ela.

Ela continuou chorando e murmurando para si mesma por um momento, então o olhou através das lágrimas e disse:

— Você vai ficar doente.

— Não tenho camisa e minhas calças estão encharcadas. E ainda assim a tuberculose e a gripe são as menores das minhas preocupações.

A garota sorriu, e lhe pareceu que ela o fez com ternura, o que conseguiu aquecê-lo mais do que fantasiar com uma sala confortável.

— Eu lhe trouxe roupas.

— Você tinha tudo planejado, não é? — disse, piscando para ela. Callum se levantou e pulou para a margem lamacenta.

— Vamos nos esconder da civilização enquanto pensamos em um plano melhor — continuou a jovem, abrindo uma das sacolas penduradas nos flancos do cavalo.

Callum acreditava nela. Sabia que aquela cabecinha loira era capaz de elaborar os planos mais inteligentes. Escondê-los no bosque para ganhar tempo havia sido uma ótima ideia.

Amanda lhe deu uma muda de roupa quente o suficiente para passar a noite no bosque. Com o fino pijama do Andrónicus, fizera vários panos, e pendurou a calça molhada na árvore mais próxima.

Depois, improvisou um jantar, com omeletes, fatias de pão e pedaços de fruta.

O rapaz não falou muito enquanto comiam. Sabia que o silêncio era apenas exterior e que, dentro da sua cabeça, ela estava analisando todas as possibilidades imagináveis de resolver o problema.

Ele estendeu a mão e começou a abanar o ar sobre a cabeça loira. Amanda olhou ao redor e, quando não viu nada, fitou-o confusa.

— Está saindo fumaça da sua cabeça — explicou, fingindo seriedade. — Acontece com frequência quando alguém que não tem os meios tenta pensar demais.

Ela reprimiu um sorriso e jogou um pedaço de pão nele, que atingiu-o na testa e caiu na toalha de mesa.

— Ai! — reclamou Callum, acariciando a testa. — Se você vai jogar pão em mim, certifique-se de que não é pão de dois dias atrás, porque nesse caso prefiro que arremesse uma pedra do rio.

— Não seja impertinente, o pão é dessa manhã. Não tive tempo para preparar um banquete.

— Eu sei, loirinha — disse, feliz por tê-la distraído. O rapaz preferia vê-la indignada com ele em vez de preocupada em salvar o mundo. — Só estou dizendo que você não teria morrido se tivesse trazido um pouco de queijo.

Amanda tentou controlar o rosto, mas não foi rápida o suficiente, porque ele a conhecia e podia ler sua expressão.

— Você trouxe queijo! — exclamou, contente, inclinando-se para ir até as sacolas. A jovem as colocara em uma pedra perto do rio, um lugar bem fresco para a estação do ano.

Amanda não o deixou seguir em frente e puxou o braço dele enquanto o repreendia pelo racionamento inteligente dos alimentos. Callum caiu com um estrondo forte e deslizou para o lado que ela o havia puxado, aterrissando muito perto do seu rosto. Incapaz de evitá-lo, seu olhar se perdeu no dela, hipnotizado. Também podia sentir a fragrância familiar que emanava de suas roupas e seu cabelo. Toda a sua pele formigava quase dolorosamente pelo desejo de beijá-la, mas se deteve ao ver os profundos círculos de cansaço no pequeno rosto dela.

— Faça-me um favor, sim? — sussurrou perto de seus lábios. — Não procure mais soluções por hoje. É muito tarde e você precisa descansar.

Enquanto Callum recolhia as sobras da janta, Amanda escovou o cavalo para eliminar a transpiração do animal. Callum insistira em preparar a cama, para impressioná-la. Procurou no bosque e ao longo do rio materiais para acomodá-los da melhor maneira possível, e improvisou, com um lençol e gravetos, uma tenda que os protegeria um pouco do vento. Ao terminar, examinou seu trabalho com orgulho. Havia colocado a cama contra uma grande rocha e, do outro lado, um lençol a cobria. Os cobertores mais pesados foram reservados para a cama improvisada, e até conseguira amolecer o chão com um empilhamento de folhas.

Deitados, um ao lado do outro, Callum os cobriu com o cobertor. A noite esfriara um pouco e ele estremeceu ao sentir as mãos congeladas de Amanda em seu quadril.

— Desculpa — falou ela, rindo preguiçosamente. — Estou com frio. Não há dúvida de que você fez um bom trabalho com a cama, é confortável. Vou me aquecer imediatamente.

— Duvido. Não há recuperação possível para o seu grau de congelamento — zombou ele. — Me dê suas mãos.

Amanda hesitou e Callum foi buscá-las debaixo da coberta, acidentalmente roçando em seu traseiro. Um arrepio correu por suas mãos até sua barriga e mais além. Ele tentou ignorá-los enquanto lançava um olhar de soslaio para a garota cujos olhos já tinham se fechado.

Callum sabia que Amanda não estava dormindo porque ela sorriu ao sentir as mãos quentes dele cobrindo as suas. A tinha tão perto que podia sentir o cheiro inebriante dela. Seu coração acelerou quando várias ideias cruzaram sua mente. Tentou abandoná-las, mas o calor em seus nervos se apoderou de seus sentidos.

— Amanda? — chamou, baixinho, apoiando-se em um cotovelo e deixando os olhos deslizarem pelo contorno do rosto, do pescoço e da clavícula dela, que o cobertor não estava cobrindo. Sua língua ficou nervosa dentro de sua boca.

— Estou sem dormir há dois dias — respondeu ela com uma voz distorcida, como se a privação de sono tivesse agido como o álcool. Amanda nem sequer abriu os olhos para dizer isso, e sua respiração rítmica indicava que estava mais com Morfeu do que com ele.

Callum suspirou e caiu de costas. Se não conseguisse convencer certas partes de seu corpo de que não era o momento, seria ele quem não dormiria.

29

— Não pise nessa pedra, você vai escorregar — gritou Callum de dentro da água enquanto Amanda subia suavemente na pedra escorregadia. Depois de consegui-lo, se jogou na água, dobrando as pernas contra o tronco e segurando-as com os braços. Como havia planejado, uma tromba d'água salpicou o rosto do rapaz. Quando ela emergiu para a superfície, viu como ele secava os olhos com as mãos e riu satisfeita. — No futuro, você deve me obedecer. É para o seu bem — brincou Callum, enquanto tentava pegar o pé dela por baixo da água.

— Quem disse isso? — perguntou Amanda, nadando rapidamente em direção às rochas.

— A Bíblia.

Amanda chegou ao seu destino antes que Callum a alcançasse e pulou para se sentar na pedra aquecida pelos raios de sol.

— Quem diz que estou preocupada com o que esse livro diz? — provocou ela, colocando-se de frente para que o rosto ficasse ao sol. Callum se sentou ao seu lado.

— Você não acredita em Deus?

— Mas a Bíblia não foi escrita por Deus. Parece mais uma lista de ordens do que a palavra dele. Deus é misterioso demais para isso. Acho que nos fala através das coisas que temos ao nosso redor, como livros. Encontrei muitas vezes a resposta para uma dúvida existencial que tinha na minha cabeça em um livro que estava lendo no momento. Uma frase escrita de uma maneira tão perfeita que parece se destacar da página a ponto de subir e soar como uma pista para o caminho a seguir. Deus nos fala através dos músicos, que com uma melodia são capazes de expressar sentimentos sem palavras, e das cientistas, que com suas descobertas nos levam até onde Deus quer que cheguemos e não em outro caminho.

— Acho que o Papa acabou de ter um ataque na cama em Roma — brincou o rapaz.

— Não acho que seja assim, Callum. Até mesmo o Santíssimo Padre foi vítima da bactéria. E, mesmo que ele pudesse me ouvir, acho que não entenderia nada do que acabei de dizer. Eles só sabem sobre ouro e terra. Além disso, duvido que o Papa esteja na cama a essa hora.

— Claro que está, fazendo o cochilo papal.

— Acho que esses são os espanhóis.

— Bem, hoje serei espanhol — disse Callum, bocejando. Remexeu o cabelo da nuca dela com a mão com força, para irritá-la. — Não dormi nada ontem. Você me acompanha?

Amanda sacudiu a cabeça energicamente.

— Vou dar um passeio no bosque enquanto você descansa.

Callum a olhou um pouco desapontado, mas ela decidiu ignorá-lo.

Naquela noite, eles jantaram junto ao fogo. Havia algo de pacífico no fluxo das águas quando o fogo crepitava ao som natural do bosque. Amanda foi até a margem do rio para lavar os utensílios de cozinha, enquanto Callum rabiscava algo em uma folha. Mesmo concentrado no que estava escrevendo, levantou os olhos de repente e a viu observando-o. Ela desviou o olhar, notando como corava e seu peito se enchia de borboletas indisciplinadas.

Na noite anterior, ela estava exausta demais e preocupada pelo fato de estar sozinha no bosque com Callum ao lado dela, compartilhando a cama. Apesar de terem compartilhado a cama várias vezes antes, a inocência do jovem havia atenuado a tensão e o desconforto da situação.

Amanda voltou para a fogueira e se sentou novamente, para retomar a leitura do seu livro, enquanto Callum continuava escrevendo.

Tentou se concentrar na história, mas seus olhos continuaram a subir, sem a sua permissão, sobre a borda do livro para observar o jovem, cuja beleza era realçada pelas sombras atrás dele e os reflexos que o fogo criava ao redor de seu rosto.

Seus olhos se encontraram por um momento e o coração dela deu um pequeno giro enquanto retornava ao livro. Era a terceira vez que lia a mesma frase e não fazia ideia do que estava escrito.

— O que você está escrevendo? — perguntou, com o olhar fixo na própria leitura.

— Uma lista de compras — respondeu ele, e seus lábios se curvaram em um sorriso preguiçoso. Aqueles malditos lábios que a fascinavam até à loucura. — Recuso-me a comer essa carne seca repulsiva todos os dias.

Um som vindo da parte mais escura do bosque os interrompeu. Provavelmente, era um animal, mas Amanda não queria parar para pensar no tamanho ou na ferocidade.

— Se está com medo, pode se sentar perto de mim — sugeriu ele, dobrando o papel que estava escrevendo e colocando-o no bolso do paletó.

— Talvez você seja o único que tem medo — provocou ela.

— E de que eu deveria ter medo nesse bosque?

— Da carruagem fantasmagórica que vagueia por essas terras, para começar — declarou ela com um ar de mistério, como se estivesse lendo uma história em voz alta. — Uma luxuosa carruagem do século passado, puxada por quatro cavalos invisíveis à luz do dia, com o atormentado fantasma de Anne Duverville dentro. Anne não gosta dos homens, por causa do que lhe aconteceu. Cuidado com ela quando andar pelo bosque.

— Não é como se tivesse tido sorte com as mulheres que estão vivas — brincou Callum, tirando um sorriso dela, arruinando o efeito de terror que ela tentou criar. — Bem, não deixe a história sem fim, loira. Diga-me o que aconteceu com a bela Anne Duverville.

— Não disse nada sobre ela ser bela.

— Os protagonistas das histórias inventadas são sempre belos.

— Mas esta não é uma história inventada, realmente aconteceu — disse Amanda, antes de começar a narrar. — Anne era filha de um conde poderoso do leste da Inglaterra. No entanto, quando completou dezoito anos, sua família caiu em desgraça, mudando o curso de sua vida para sempre. O irmão mais velho de Anne havia partido para Londres anos antes, para estudar na universidade, mas lá ele se entregou a atividades muito menos didáticas e desperdiçou o dinheiro da família em jogos, bebidas e... bem, o divertimento oferecido pela noite em geral. O caráter do irmão de Anne nunca foi muito transparente, mesmo quando ele morava com a família no campo. Mas na cidade grande ele se degenerou a ponto de perder em uma partida de cartas, completamente bêbado, as joias e propriedades da família.

"O pai de Anne sempre fora muito indulgente com as traquinagens do primogênito, e fazia vista grossa em vez de confrontá-lo, o que provavelmente causou a fraqueza de caráter do jovem diante das tentações da juventude.

"Quando o pai finalmente admitiu a ruína que seu amado filho havia trazido à família, era tarde demais. Em vez de exigir que o rapaz assumisse a responsabilidade por suas ações, ele o tirou da universidade para trazê-lo de volta para casa, e prometeu Anne em casamento a Duverville, um rico proprietário de terras que tinha o dobro da idade dela.

"Porém, a idade de Duverville não era a maior preocupação de Anne, mas sua reputação como libertino. Ele era associado a inúmeras viúvas e até a mulheres casadas. As más línguas o culpavam pela morte da primeira esposa.

"Anne chorou cada lágrima que tinha, e implorou ao pai que não a forçasse a se casar com um homem mais velho, com tal reputação e a quem não amava. Sabia que a sua vida seria um inferno se isso acontecesse.

"O pai, que havia sido tão misericordioso com o filho, não mostrou misericórdia por ela e começou a convidar Duverville assiduamente para cortejá-la.

"No início, a jovem se escondia no quarto, recusando-se a participar das reuniões em que Duverville estivesse presente. No entanto, o pai a atormentou e a forçou a aparecer diante do homem. Felizmente, para Anne, Duverville se comportou com decência e interagiu com todos os presentes sem forçá-la a interagir com ele, quando era óbvio que ela não queria. Pouco a pouco, Anne começou a relaxar na presença dele. Sua personalidade era afável e alegre, e fazia a todos rirem, distraindo-os com infinitas histórias interessantes sobre suas viagens ao redor do mundo e suas abundantes conexões sociais. Anne, que se recusava a falar com ele, surpreendeu-se escutando atentamente algumas de suas histórias e rindo de suas piadas. Um dia, ela não conseguiu se controlar e respondeu a uma de suas provocações, e todos na sala riram da troca de palavras que tiveram. Seu voto de silêncio foi quebrado para sempre e eles se tornaram uma espécie de dueto cômico que animava as reuniões. Duverville ainda não a pressionava, quase como se não pretendesse desposá-la, mas muitas vezes lhe perguntava sobre seu livro ou poesia favorita, observava seus gostos culinários durante o jantar e sussurrava alguma piada particular nos salões de dança.

"Anne não entendeu o que estava acontecendo com ela, pois seu rosto começou a ficar vermelho com os olhares ocasionais de Duverville e seu coração pulava toda vez que seus olhos se encontravam em uma sala.

"Duverville permaneceu esbelto ao longo dos anos, e seu rosto bonito manteve a expressão de garoto, mas seu cabelo se tornara grisalho, combinando de modo interessante com sua maturidade e juventude. Dezenas de mulheres, embriagadas por sua aparência e caráter, lançaram-se descaradamente em seu caminho. No começo, Anne tinha pena delas por serem imprudentes. Mais tarde, com surpresa, descobriu que as atenções femininas descaradas começavam a incomodá-la.

"Naquela mesma noite, no salão de baile da mansão Duverville, o ciúme chegara ao ponto de enfurecê-la, quando uma atraente viúva havia especificado a Duverville em que quarto da vasta mansão ela estava.

"Uma onda de frio atingiu a região e a neve caía incessantemente, forçando os presentes na festa a passarem a noite lá.

"Irritada, Anne saiu para a varanda congelada, coberta em um manto invernal, onde mais ninguém ousaria se aventurar.

"— Tentando pegar um resfriado? — A voz de Duverville atrás dela fez com que Anne desse um pequeno salto. — Devemos aproveitar este clima durante o qual os resfriados são abundantes. Eu mesmo fui buscar um pela manhã. Mal posso esperar para começar a tossir e... aquela deliciosa dor de cabeça!

"— Queria ficar sozinha — explicou Anne, sem se preocupar em adoçar a voz. Gostaria de poder dar-lhe uma bofetada por merecer a reputação de Casanova.

"— É por causa da música, certo? — ele continuou brincando. — Sabia que eles não seriam espetaculares, mas não achava que iriam fazer uma jovem mulher arriscar a vida para descansar alguns minutos de sua tortura. Pelo menos coloque um xale.

"Anne pegou o xale das mãos do homem e amaldiçoou a si mesma ao olhá-lo e perceber que era a primeira vez que ficavam a sós. Pelo menos podia dizer que seu tremor era pelo frio da noite.

"— Você parece diferente — disse. E, quando o homem franziu a testa, ela completou a contragosto: — Deve ser a ausência de admiradoras flutuando ao seu redor.

"Duverville conteve um sorriso quando entendeu o que estava acontecendo com ela.

"— Sou viúvo há anos e não nego que me permiti indulgências e excessos para tentar aliviar a dor. Como consequência, minha fama e reputação entre as senhoras dessa região me precede.

"— Aliviar a dor? — perguntou Anne, escolhendo deliberadamente ignorar a confissão do libertino.

"Duverville estava bastante sério pela primeira vez desde que o conheceu.

"— Minha esposa não se foi desse mundo sem deixar uma ferida incurável no meu peito. Uma ferida que sangrou durante anos.

"Anne não tinha pensado nos rumores de que Duverville tinha algo a ver com a morte da esposa desde que sua opinião sobre o homem mudara. Mas, agora que ele a mencionava, a curiosidade dela foi grande.

"— Você a amava?

"— Loucamente, mesmo que ela não merecesse — disse, tristemente.

"Anne se perguntou como ele se atrevia a dizer tal coisa quando as más línguas lhe relacionavam com a morte dela.

"— Ela me despedaçou. Transformou-me no homem que fui durante os últimos anos. Mas ultimamente algo mudou — falou francamente e, olhando nos olhos dela com intensidade, continuou: — Descobri que o amor que sentia por ela não era o tipo de amor que nos faz feliz para sempre. Descobri que se pode admirar, em vez de idolatrar, que se pode rir com uma mulher em vez de implorar por sua misericórdia, que se pode conversar em vez de discutir. Descobri que a ferida pode ser curada.

"Anne engoliu em seco quando Duverville deu um passo em sua direção.

"Durante anos imaginou como seria ser beijada e, quando a curiosidade tinha sido demais, ela conseguiu que um dos vizinhos lhe desse um beijo para desvendar o mistério. A decepção com a descoberta a acalmou até aquela noite. Duverville não era uma criança inexperiente e, naquela noite em sua varanda, Anne sentiu a verdade em cada fibra de seu corpo.

"No dia seguinte, Anne pareceu ter acordado envolta em algodão doce. O mundo mudara irremediavelmente. O sol estava brilhando mais forte no seu quarto, seus lençóis eram mais macios, o café da manhã mais saboroso, e o olhar que Duverville lhe deu naquela manhã na sala de jantar a encheu de algo que não poderia pertencer àquele mundo, algo que certamente tinha caído do céu.

"Depois do café da manhã, ela caminhou pelo jardim de rosas de Duverville, sonhando acordada a cada passo que dava. Ela o encontrou nos estábulos, dando instruções sobre a manutenção da propriedade. Ele estava falando sério na frente de seus empregados, mas, quando eles saíram, a encheu de piadas e sorrisos.

"Depois de conversar por horas sobre assuntos leves, Anne voltou a falar sobre a falecida esposa dele, pois aquele assunto representava o último vestígio das suas dúvidas sobre ele. Duverville explicou que ela sempre fora instável, tratando-o com carinho quando estava interessada e com uma frieza intimidante quando se irritava. Mas ele não abriu os olhos até ouvir rumores dos seus empregados de que ela fora vista em atitude muito íntima com um dos trabalhadores da sua propriedade. Duverville nunca soube quem era, mas a dor em seu coração e as atitudes dela lhe disseram que os rumores estavam certos.

"Ele tentou reconquistá-la com trato afável e viagens românticas, mas, apesar da relação ter melhorado, nunca chegou a ver amor nos seus olhos. Em seguida, ela morreu de repente e misteriosamente.

"— Sei que você ouviu os rumores de que tive algo a ver com o que aconteceu com ela — disse ele, dirigindo-se a Anne. — Eles saíram da minha própria casa, alguns viam como uma vingança por sua infidelidade. No entanto, quem me conhece realmente nem sequer considerou a ideia. Mesmo assim, é difícil parar as más línguas que não têm mais nada com que ocupar suas horas.

"Anne o olhou diretamente nos olhos enquanto falava, e acreditou nele. Aquela dúvida representava o último muro entre os dois, e sua queda deu origem ao mais belo romance que já existiu.

"Durante os preparativos do casamento, eles visitaram um ao outro em suas respectivas casas, incapazes de passar muito tempo separados.

"Em uma linda manhã, sentada em um banco de pedra no jardim de rosas de Duverville, ela lia enquanto esperava que ele terminasse seu encontro com um cliente que queria comprar vários cavalos. Um dos jardineiros, um lindo jovem, um pouco mais velho que Anne, se aproximou dela e falou sobre a beleza do dia.

"Anne respondeu com cortesia distante. Ela já o tinha visto antes pela fazenda, observando-a. Era óbvio que a achava atraente. Mas ela não era como a falecida esposa do lorde, e queria deixar isso claro para todos.

"O nome do jovem era Henry, e ele voltou a falar com ela em várias ocasiões. Trazia-lhe lindas flores quando a via sozinha e, uma vez, mesmo na presença de Duverville.

"— Um presente para a futura dama da casa — disse na frente de Duverville, como se estivesse fazendo isso apenas para agradar o patrão. Muito diferente de suas maneiras quando Anne estava sozinha.

"O rapaz era simpático e bonito, Anne tinha que admitir. Um dia ele a acariciou para remover a sujeira de sua saia, e Anne se afastou e o repreendeu por isso. Henry ficou sério, empurrou-a contra alguns arbustos e a beijou.

"Anne se machucou para afastá-lo.

"— Não se case com ele — implorou com olhos brilhantes. — Duverville fará o mesmo com você.

"Então, tirou um pedaço de papel do bolso. Era uma carta e ele apontou para um trecho.

"— A senhora era minha amiga — assegurou. — Veja o que ela me escreveu pouco antes de morrer.

"Trêmula, Anne leu as linhas indicadas pelo jovem.

"'Tenho medo dele. Acho que é capaz de coisas horríveis e temo que nunca me perdoe. Temo pela minha vida se continuarmos sob o mesmo teto.'

"Alguém se aproximou e Henry apressadamente guardou a carta. Anne ficou chocada e seu coração, partido. Era tarde demais para desfazer o noivado. Eles se casariam naquela mesma semana.

"Henry prometeu que iria ajudá-la. E, nos dias que se seguiram, foi a sua casa várias vezes, sob o pretexto de lhe entregar mensagens do noivo, mas na realidade elaborava um plano para salvá-la.

"Quando Henry a beijou novamente, Anne estava muito letárgica pela dor em seu peito para recusar. O jovem era encantador e da idade dela. Era mais natural do que o vínculo com Duverville jamais fora. Henry era o único raio de luz nas nuvens cinzentas de sua vida até aquele momento.

"Eles fugiriam juntos para viver na Escócia, na noite de núpcias. O jovem lhe entregou um frasco com uma substância que deixaria Duverville dormindo até a manhã seguinte, para que pudessem escapar naquela noite.

"Anne tentou fingir que nada estava acontecendo com ela durante a cerimônia. Duverville era tão charmoso e apaixonado que às vezes seu coração se contorcia ao desejar que fosse tudo mentira. Mas não era, e Duverville, além de um grande mentiroso, era um assassino.

"Pensar em Henry lhe deu forças e Anne colocou o remédio no último copo de vinho que seu novo marido tomaria antes de serem levados para o quarto.

"A bebida teve efeito antes mesmo de ele ir para a cama. Anne o arrastou para deitá-lo e se preparou para a fuga.

"Ela começaria uma nova vida com seu único amigo, longe de sua cruel família e de Duverville.

"Mesmo assim, Anne sentiu uma dor no coração quando a carruagem se perdeu nas sombras da floresta e da noite.

"Depois de horas de viagem, eles pararam em uma pousada para passar o resto da noite. Anne não conseguia parar de imaginar os pensamentos de Duverville quando acordasse e descobrisse o que havia acontecido. Torturou-se em pensar que o estava machucando. Para deixar de se preocupar com seus sentimentos e vê-lo como o monstro que era, decidiu ler a carta de pânico que sua falecida esposa havia escrito para Henry. O jovem estava tomando banho, mas o paletó estava no encosto de uma cadeira e a carta estava no bolso.

"Anne franziu a testa em confusão quando viu o início da carta.

'Caro marido,

Sei que não tenho o direito de lhe pedir nada, depois de todo o sofrimento que lhe causei e da paciência que tem demonstrado com meu comportamento infantil. Acho que finalmente abri meus olhos e percebi o homem que você é. Nunca vou merecê-lo, mas espero pelo menos compensá-lo por esses dois anos com o resto da minha vida. Nossa viagem a Roma lançou uma luz diferente em você e abriu meus olhos para a bondade em seu interior.

Nunca esperei que me perdoasse por traí-lo. Mas, acredite em mim, vou reconquistar sua confiança. Comecei cortando todas as conexões com ele e, para que acredite em mim, lhe ofereço seu nome: Henry Tabot, um dos jardineiros. A garota dentro de mim se deixou seduzir por sua beleza, mas agora vejo claramente que seu interior é mais horrível do que qualquer coisa que tenha visto nesse mundo, e é ainda mais quando o comparo com um homem de sua classe.

Por favor, marido, volte de Londres e tire Henry de nossas vidas para sempre.

Eu disse a ele que quero ser uma pessoa melhor e uma esposa dedicada a você, e que a nossa relação acabou. Henry ficou furioso como um animal selvagem.

Tenho medo do que possa fazer. Acho que é capaz de coisas horríveis e temo que nunca me perdoe. Temo pela minha vida se continuarmos sob o mesmo teto.'

"O som da maçaneta da porta interrompeu sua leitura. O coração dela subiu pela garganta enquanto escondia a carta sob a cama.

"Henry era o verdadeiro assassino e aquela carta nunca chegara a Duverville. Provavelmente, Henry a descobrira escrevendo e a matou, talvez com um veneno, porque ele parecia familiarizado com diferentes remédios.

"Anne não disse uma palavra e, quando Henry tentou desrespeitá-la, fingiu estar com náuseas e correu para o banheiro. E fingiu estar doente pelo resto da noite para evitá-lo.

"Na manhã seguinte, Anne deu aos cavalos o mesmo remédio que Henry lhe dera para dormir a Duverville, em uma quantidade proporcional ao seu peso. Era a única maneira de parar a viagem por tempo suficiente para escapar dele.

"Pouco depois de entrar na floresta, os cavalos caíram como moscas, e Henry, atordoado, se aproximou para examiná-los.

"— Estão mortos — anunciou com estupefação.

"— Mortos? — repetiu Anne, horrorizada. Eles deveriam simplesmente ter dormido. A não ser que... — O que dei para Duverville? — gritou, fora de si. — Eu o matei? Você o matou.

"Henry, entendendo o que estava acontecendo, pegou-a pela garganta.

"— Nós o matamos. Juntos.

"Anne bateu nele e o arranhou, tentando se soltar, mas Henry a pegou de volta pelo cabelo assim que ela se virou para correr, e jogou-a no chão, apertando seu pescoço com força. Anne começou a engasgar. A vida lenta, mas inexoravelmente, escapava de seu corpo, até que sua mão agarrou uma pedra do chão, e com ela o atingiu na cabeça.

"Deve tê-lo atingido em um ponto crucial na têmpora, porque o sangue não parava de fluir como uma cachoeira do corpo inerte de Henry.

"Chorando enquanto tossia, sentindo na garganta a pior dor que já havia sentido, voltou para a carruagem.

"A última coisa que lhe passou pela cabeça, enquanto bebia o veneno restante e acariciava a carta que não chegou às mãos do lorde e que os teria salvado, foi o sorriso de Duverville."

— Ela se suicidou? — exclamou Callum, indignado.

— Claro, ela não poderia continuar vivendo depois de ter assassinado o homem que amava.

— E agora seu espírito vagueia de dor pelo bosque na carruagem fantasma?

— Isso mesmo. Alguns afirmam tê-la visto em noites de nevoeiro intenso, meio misturada com a névoa e com seus cavalos silenciosos, cujos cascos não tocam o chão.

— E quanto a Henry? Ele também vagueia pelo bosque? Você acha que vou pegar a bactéria se o encontrar?

Amanda sorriu enquanto jogava terra no fogo.

— Henry está no inferno.

— Na Irlanda? Você acha? — provocou ele, levantando-se.

— Você já esteve na Irlanda para acreditar que lá é o inferno? — perguntou Amanda zombeteira.

Callum se abaixou para pegar o livro que Amanda fingia ler antes de começar a história.

— É sobre isso que fala o seu livro, não é? Das mortes na Irlanda por causa do que aconteceu com a batata.

— Como sabe disso? — questionou ela com os olhos meio fechados. Callum parou para pousar os olhos sobre os dela.

— Sempre dou uma olhada no que você está lendo... — ele desviou o olhar como se estivesse envergonhado — por curiosidade, suponho.

Amanda corou. Naquela noite, não estava exausta pela preocupação e falta de sono, e todos os seus sentidos estavam ativos. Seus nervos, dolorosamente alertas pela proximidade do rapaz, não lhe dariam paz nem trégua, como tinha acontecido na noite anterior.

Ela entrou na cama improvisada antes do jovem, muito envergonhada. Não podia olhá-lo nem fazer algum comentário. E se cobriu até o queixo com os cobertores quentes e aconchegantes, como se pudessem protegê-la da inquietação em seu interior.

Callum apareceu apenas um segundo depois e, felizmente, não a olhou quando se sentou no chão, nem viu suas bochechas avermelhadas.

Tirou a camisa que usava e Amanda aproveitou que ele não a observava para admirar as costas dele. A pele lisa sobre os músculos tensos parecia convidá-la a deslizar as palmas sobre eles até culminar no cabelo castanho que se enrolava sobre o pescoço do jovem.

Mas não o fez. Era uma covarde imperdoável e não estava nada feliz com isso. Se não fosse por ter sido forçada a manter as aparências no teatro, nunca o teria beijado, apenas sonharia com isso, como vinha fazendo desde que o adquirira. Mas, agora que sabia o que estava perdendo, era muito mais difícil suportar a tentação quando ele estava por perto. Eles estavam juntos durante todo o dia, porém Amanda se mostrou estupidamente fria, evitando olhar nos olhos dele por muito tempo. O rapaz também não havia tentado nada, nem mostrara sinais de querer repetir o que aconteceu na noite em que o levaram embora.

A mera lembrança voltou a desestabilizá-la quando ele se deitou ao seu lado.

Amanda apertou os olhos, fingindo estar dormindo, mas eles se abriram quando sentiu ele se deitar e se colocar debaixo dos cobertores. Seu corpo estava fresco da brisa da noite e, ao encostar nela, o contraste de temperatura contra sua pele febril lhe parecia delicioso.

— Perdoe-me, estou com frio. Você se importa? — sussurrou ele contra seu ouvido, abraçando-a por trás.

— Não — falou.

Dentro de sua cabeça, uma batalha começou a ser travada. Um lado exigia que se virasse e pegasse o que queria tanto, e o outro estava com muito medo de deixá-la fazer isso.

— Amanda, você está muito quente — ele voltou a sussurrar no ouvido dela e Amanda sentiu a barba dele roçando em sua orelha, provocando-lhe arrepios. Por acaso ele pensava que estava surda, e que não era capaz de escutá-lo a uma distância normal? — Você não se importa de compartilhar um pouco de calor, não é?

Assim que ele disse isso, suas mãos frias se moveram sobre ela. Colocou o polegar da mão esquerda em seu quadril, frio contra o tecido fino. Como havia descoberto duas noites atrás, aquela área do corpo dela era muito sensível. Pelo visto, a parte superior das suas costas, onde Callum enterrou o nariz congelado, também. Ele lhe fazia carícias dos ombros até o pescoço.

A mão direita dele passou sob sua cintura, pousando na barriga. A agitação embriagante anestesiou a mente e os medos de Amanda e, sem perceber o que estava fazendo, ela jogou a cabeça para trás. O nariz de Callum desceu por seu pescoço e subiu pelo queixo.

Amanda se virou para deitar de costas e levantou o rosto para que seus lábios se encontrassem com os dele. Uma a uma, todas as sensações que havia experimentado antes foram voltando, e lembrar-se de como aconteciam, sabendo o que estava por vir, aumentava a tensão em seu abdômen. A mão de Callum roçou a clavícula e a pele fina do esterno dela até alcançar o decote. Então, puxou o tecido da sua camisa, fazendo com que dois botões se soltassem, e baixou o tecido até que o seio estivesse exposto. A mão forte se moveu lentamente sobre ele e Amanda não pôde ficar parada. Involuntariamente, ela se contorceu e o agarrou pela nuca para puxá-lo e beijar o pescoço dele. Amanda tinha que lhe dar algo. Ele merecia.

Como acontecera no teatro, Callum se perdeu assim que Amanda agarrou seu pescoço. As mãos dele pararam onde estavam e ele se concentrou no que estava sentindo. Ela adorava ter tanto controle sobre ele e saber que o paralisava com o simples ato de colocar os lábios em seu pescoço. Pelo menos, foi assim até que ela retornou aos lábios dele. Então, a mão voltou a se mexer, porém com mais urgência.

Amanda abriu os botões do pijama e enfiou a mão no peito sólido dele. Ela se demorou nos músculos duros do peitoral, as pontas de seus dedos se deleitando com a força que ele tinha.

A seguir, depositou beijos por todo o peito dele, sentindo como os escassos pelos acariciavam seus lábios. A pele de Callum, que um minuto antes estava fria, agora estava quente e produzia uma fragrância que a atormentava. Beijar o peito dele, como tudo o que fazia, tornou-se uma faca de dois gumes, porque ele a imitava, acrescentando sua própria criatividade. A respiração de Amanda a deixava em evidência, e rapidamente ele aprendia onde devia se deter um pouco mais.

Encorajado pela ideia de que os beijos também podiam ser dados abaixo do decote, ele abriu os botões ainda fechados da camisa de Amanda e deslizou os lábios, e às vezes a língua, por sua barriga. Então, Callum levantou a cabeça e olhou para ela com intensidade e interesse, sem querer perder uma única reação do que faria em seguida. Abriu sua calça e a puxou para que as pernas de Amanda ficassem nuas e se encontrassem com as dele.

Este foi um jogo que ele já conhecia. Sua mão deslizou lentamente pela perna dela, exercendo pressão com o polegar pelo lado interno de sua coxa até o centro, e lá ele repetiu o que fizera no quarto, mas dessa vez sem interrupções, aumentando a intensidade até que ela pensou que iria desmaiar.

Amanda mal sabia se a pergunta que ouviu a seguir vinha de Callum ou dela mesma.

— O que mais eu posso fazer?

30

— Não há mais nada — mentiu Amanda, e algo dentro dela se contorceu em protesto pela mentira.

Callum retirou a mão como castigo e Amanda quis irromper em lágrimas. Inclinando-se sobre um cotovelo, ele a olhou com fingida calma, embora ela pudesse ver a impaciência na veia que saltava em sua testa.

— Mentirosa.

Amanda o olhou surpresa com o quanto se sentia frustrada com a interrupção. Desejou que ele se calasse e a tocasse novamente.

— Não há mais nada — repetiu Callum, balançando a cabeça. Certamente tinha lido seus pensamentos e repetiu as palavras dela como uma doce vingança.

— Não me importo — retrucou, mas o próprio tom de sua voz a delatava.

Callum riu e caiu de costas no colchão. Ele estava muito seguro de si agora que descobrira sua fraqueza. Mas Amanda também conhecia a dele. Ela pensou em torturá-lo, mas ainda tinha medo.

— Boa noite — falou, e virou o rosto abruptamente para o outro lado. A última coisa que queria era dormir, mas Callum se recusava a tocá-la se ela não atendesse às suas necessidades. Embora a jovem o entendesse, a frustração no próprio abdômen a irritava também.

— Odeio quando você diz isso.

— O quê? — Ela virou o rosto para olhá-lo. Callum havia fechado os olhos, mas parecia tão frustrado quanto ela.

— Até quando durará essa morte em vida? — sussurrou sem abrir os olhos. — Sem conhecer o fim do meu próprio mistério. A incerteza me malgasta e me desgasta. Devo torcer hesitante entre o medo e a esperança? É melhor que me deixeis morrer imediatamente e, assim, mostrar o último exemplo do vosso orgulho, que me atormenta com tanta crueldade para demonstrar vosso poder, que eu já tanto tenho provado.

— Spencer — ela soltou entre os lábios, como um suspiro impressionado, por reconhecer o poema. Seus olhos observaram Callum, surpresos e abertos como os de uma coruja vigiando a noite.

— No entanto — continuou Callum, falando enquanto abria os olhos —, se no vosso bruto peito escondeis a pequena intenção de finalmente conceder-me algo de dádiva. Então todos os males e dores que tolero, como meios para a felicidade, com muito gosto os aceito. E desejarei que sejam cada vez maiores, até que uma grande recompensa finalmente me conceda.

Ao terminar o poema, ele sorriu, e Amanda continuou observando-o, boquiaberta. Quando ele tinha memorizado aquele poema de Spencer?

— Muito bem, você quis assim — disse em tom ameaçador. Ela se sentou e o tecido da tenda roçou sua cabeça. Callum se apoiou nos cotovelos. Amanda inclinou-se sobre ele e o beijou. Um beijo malicioso, e ele a olhou estupefato, sorrindo. Ela lhe beijou a bochecha, a orelha e depois o pescoço, sabendo que era o ponto que o desmanchava. Então, respirou profundamente e levou a mão ao quadril de Callum, mas dessa vez foi direto ao centro, com apenas um objetivo em mente. Passou a mão com firmeza pelo membro dele e sentiu remorso ao encontrá-lo tão rígido.

O sorriso de Callum se apagou de imediato e ele a olhou com os olhos arregalados. Sua mão foi diretamente pegar a dela, para impedir que seguisse com o movimento.

— Não faça isso — disse ele sem fôlego.

— Pensei que você queria saber o que mais se pode fazer.

— Mas, se fizer isso, vou morrer. — Ele parecia sério, como se realmente achasse que não seria capaz de aguentar.

Amanda sorriu para ele, insinuante.

— Todos nós morreremos um dia.

— Mas vou morrer essa noite.

— Claro que sim — prometeu Amanda em tom malicioso, agarrando a sua calcinha com a outra mão. Ela a puxou até ficar enrolada nos joelhos. Callum a olhava com olhos arregalados e assustados. Ele não parecia mais querer rir de ninguém. Amanda pôs a mão em volta da pele nua de sua masculinidade e os olhos dele se fecharam um pouco, em total abandono. Quando Amanda moveu a mão, os cotovelos do jovem desabaram e ele caiu de costas de uma forma desajeitada. Callum tentava olhar para ela e ver o que fazia, porém seus olhos se fechavam constantemente. Também parecia lutar entre afastá-la e trazê-la para mais perto. Observar a mistura de agonia e êxtase no rosto dele e saber que era ela quem a produzia fez com que Amanda se sentisse poderosa e inebriante. Agora entendia por que ele parecia tão satisfeito consigo mesmo quando a tocava.

A jovem parou e Callum a encarou, horrorizado. Mas a pausa foi apenas para tirar a calcinha e ficar só com a camisa aberta. Ela o olhou com cautela antes de se ajoelhar sobre ele. Callum a olhava, confuso e com expectativa. Amanda inclinou os joelhos para se sentar sobre ele. Parou quando o sentiu contra ela, mas não era hora de ter medo. Seu corpo estava preparado, sabia disso porque lhe haviam explicado tudo e não havia por que sentir dor.

Quando Amanda se apertou um pouco mais contra ele, os olhos do rapaz se fecharam pela confusão, mas assim que começou a entrar nela, seus olhos se arregalaram com surpresa e prazer inesperado. Com lentidão, ela foi escorregando sobre ele, atordoada pelas sensações em seu próprio corpo. Amanda se moveu lentamente, acostumando-se com a sensação. Mas pôde apenas começar a investigar, porque as surpresas tinham sido demais para ele. Ele apertou os dedos de uma mão no quadril dela e disse seu nome como se quisesse alertá-la sobre o que estava a ponto de acontecer. Amanda deixou que ele se acalmasse um pouco. Continuou se mexendo sobre ele e o beijou no nariz. Depois, se afastou e deixou-se cair ao seu lado.

Callum abriu os lábios e a olhou com total fascinação, como se Amanda fosse um anjo que acabara de descer do céu.

— Você está bem? — perguntou ela.

Callum colocou o braço em volta de seu pescoço e a puxou com ímpeto, dando-lhe um beijo forte na testa.

— Como alguém tão pequeno pode proporcionar tantos prazeres?

Amanda sorriu, deixando-se abraçar com força. Talvez ele não percebesse, mas sentia o mesmo por ele. Exceto que no caso dele não era pequeno.

31

— Não tenho certeza se gosto de omeletes. Têm gosto de galinha morta.

— O resto do frango que você come está vivo? — perguntou Amanda, sem levantar os olhos do livro.

— Não aguento mais — disse Callum, jogando o pedaço de carne seca na toalha da mesa. — Comemos essa porcaria durante quatro dias.

Amanda suspirou enquanto estendia o braço para escolher uma maçã. Callum a observou com o canto do olho. A jovem estava suportando seu mau humor com bastante resignação.

— Amanhã vou à cidade mais próxima e compro comida.

— Carne fresca, por favor — pediu ele prontamente. — Frango, carne de vaca, qualquer coisa que não seja essa aberração seca e dura que me destrói as gengivas e tortura o meu paladar. Se pelo menos você soubesse caçar... é de se esperar que alguém que te leva até o bosque saiba caçar perus ou javalis com sabor de carne de porco. Pelo menos nos livros, quando as pessoas entram no bosque, sempre há alguém que sabe caçar. Você não pensou nisso, não é? Além disso, não teria morrido se tivesse trazido algum doce, além de maçãs e pêssegos.

Amanda se reclinou em uma pedra e abriu o livro enquanto comia a maçã. O bosque parecia tranquilo àquela hora, como se todos os seus habitantes tivessem terminado suas ceias e se preparassem para descansar. Mas dentro de Callum não havia o mínimo sinal de tranquilidade.

— Você pode fazer o favor de não me ignorar quando estou falando com você? — falou ele, jogando uma pequena pedra contra a capa do livro.

Amanda pulou pelo susto, mas não abaixou o livro. Era impossível que estivesse lendo, simplesmente se escondia atrás dele.

Callum ficara desprotegido pelo antídoto dois dias antes e parecia que algo dentro de seu cérebro iria estourar de um momento para o outro. Era uma sensação extenuante e enervante.

— Mulher, me divirta — exigiu ele com um tom de um viking. — Dance nua ao redor do fogo, faça malabarismos com facas ou algo parecido.

Amanda, finalmente, desviou o olhar do livro e o encarou. Não pôde, no entanto, disfarçar sua compaixão. Ela entendia que o mau humor dele vinha do medo de perder a consciência a qualquer momento.

Ela caminhou em sua direção, se agachando para lhe dar o sorriso mais simpático, carinhoso e bonito que ele já tinha visto. Amanda era a única coisa que podia acalmá-lo e fazê-lo esquecer por um segundo a sensação de morte iminente que o devorava por dentro.

— Callum, você está seguro aqui, nada vai acontecer — prometeu, enquanto passava a mão e acariciava sua cabeça. O simples toque das mãos delicadas aliviou sua angústia.

— Você sabe que não podemos nos esconder no bosque para sempre.

— E por que não? Sua integridade é o mais importante. Ficaremos aqui para sempre, se necessário. Amanhã vou à cidade mais próxima e compro provisões. Por que você não termina a lista de compras que começou o outro dia?

Callum sorriu.

— Está guardada no bolso da minha jaqueta — disse, colocando a mão onde tinha guardado o papel, e depois ficou muito sério. — Se algo acontecer comigo, quero...

Amanda não o deixou continuar. Tapou os lábios dele e buscou seu olhar.

— Você não vai a lugar nenhum — afirmou com veemência. — É uma ordem de sua ama. Coloque isso na sua cabeça.

Amanda conduzia o cavalo cuidadosamente pelas árvores. Estava com provisões demais para acelerar o ritmo. Tinha sido bom voltar à civilização por uma hora e atravessar um mercado lotado. Também tinha gostado da sensação de comprar provisões para o seu pequeno lar com Callum. Imaginava a cara de felicidade do rapaz ao ver alguns produtos e os comprou com verdadeiro entusiasmo, como tortas de maçã e cenoura, pão fresco com sementes e nozes, carne fresca, que teriam que consumir no mesmo dia, mas pelo menos o banquete valeria a pena.

Sorriu pensando no jantar que teriam naquela noite e na felicidade do lar que haviam criado juntos. Eles não tinham um teto sobre suas cabeças, mas pelo menos Callum permanecia saudável depois de três dias sem o antídoto. Seu plano estava sendo um sucesso e o jovem lhe agradeceu tantas vezes que a fazia corar. Eles também conversavam sobre a impossibilidade de se esconder no bosque para sempre, porém era óbvio que, se por enquanto aquela era a única opção, eles a suportariam sem hesitar. Especialmente depois dos maravilhosos dias que passaram ali.

Se ela deixasse de lado a ansiedade da situação, teria que admitir para si mesma que uma felicidade ridícula a envolvia como uma nuvem de luz brilhante. Imersa na fantasia de que estavam recém-casados, apreciava sua nova casa e o fato de poderem conhecer um ao outro cada dia mais. Essa imensa felicidade era totalmente oposta ao medo, do qual ela se sentia cada dia mais distante. Tanto que, naquele momento, sorria como uma boba, sozinha sobre o cavalo. Amanda logo identificou a área do bosque que conheceu durante aqueles dias. Sabia que a alguns passos dali encontraria o rio e seu belo habitante. Ela tinha ido de madrugada, tentando não acordá-lo, mas tinha fracassado e só saiu depois de receber um profundo beijo de despedida. Então, o jovem se espreguiçou na cama e voltou a dormir, com o sorriso de uma criança feliz.

A primeira coisa que viu quando olhou a margem do rio foi uma mulher de pé, que, de cabeça baixa, examinava algo no chão. Amanda reconheceu quem ela era imediatamente. Usava roupas coloridas, com várias camadas sobrepostas, e chocalhos pendurados nas calças. A cabeça estava coberta por um turbante azul brilhante, e por baixo saíam fios de cabelo preto e frondoso que caía em cachos desgrenhados pelas costas.

Era uma cigana, provavelmente pertencente a algum acampamento cigano da área, pois elas se moviam como nômades através de países.

Ao se aproximar, ficou horrorizada ao descobrir que, agachado ao lado dela, havia um jovem que vasculhava seus pertences. Sem dúvida, deve ter sido uma ordem da mulher.

— Vão embora! — gritou Amanda, desesperada, antes mesmo de desmontar, pois o jovem cigano, que deveria estar resfriado, estava tossindo a poucos metros de onde Callum dormia.

A cigana se virou para ela e, com calma, como se não tivesse sido descoberta roubando, ordenou ao jovem que parasse e se despediu de Amanda com um profundo sotaque. Eles se afastaram de lá sem mais delongas, desaparecendo entre as árvores.

Amanda tropeçou em seu caminho até Callum. Nem notou a dor em seus joelhos quando os bateu no chão. Levantou-se novamente para alcançar o rapaz que tinha acordado com seus gritos.

— Callum! — exclamou, segurando-o pela camisa. — Você está bem?

— Calma, estou bem. O que aconteceu?

Amanda ficou tão feliz em ouvi-lo falar que o abraçou com toda a força.

— Eu pensei que tinha perdido você, que tinham o infectado de novo. Os ciganos.

— Você está tremendo — disse ele, segurando-a pelos braços. — Estou bem, ama.

Por fim, Amanda conseguiu se acalmar e contou o que havia acontecido. Eles checaram seus pertences. Os ciganos só pegaram algum dinheiro, mas Amanda não se importava, pois a coisa mais importante de todas não havia sido tirada dela: a saúde de Callum.

Mostrou-lhe as compras e o rapaz ficou encantado com os bolos, como havia ela antecipado.

Amanda começou a preparar uma fogueira para assar o frango, que havia temperado com alecrim e outras ervas.

Callum beliscou sua bunda quando a viu se inclinar, e ela o repreendeu, batendo na mão dele como se fosse uma criança pequena.

— Sinto muito, não posso controlar — disse o rapaz com tanta seriedade e honestidade que a fez rir. — Minha mão tem vida própria.

Ela o empurrou com o ombro e ordenou que se sentasse na pedra e não se movesse.

— Quando você cozinha, eu não o incomodo.

— Espero que você esteja dizendo isso para a minha mão — disse, sentando-se. Provavelmente, era a primeira vez desde que o conheceu que ele aceitava uma ordem dela. Não era tão ruim.

Callum ergueu a mão para ela como se quisesse facilitar a conversa e sorriu como o diabinho que era.

— Por favor, continue — pediu. — Assim que você terminar de repreendê-la, eu começo também. Se você soubesse as coisas que ela está planejando fazer com você mais tarde. Vamos ter que mandá-la para um convento para corrigir suas tendências perversas.

Ela riu e se virou para continuar suas tarefas.

— Trouxe o jornal *Herald*, assim podemos saber o que está acontecendo no mundo — contou.

Amanda atiçou o fogo depois de colocar o frango para assar. Depois, lavou as cenouras no rio e começou a descascá-las com sua pequena faca.

— Você gosta de cenouras?

Não recebeu resposta.

Agachada como estava no rio, virou a cabeça para olhá-lo. Callum caminhava de volta para a pedra, com o jornal aberto nas mãos. Ela suspirou e voltou ao trabalho. Devia se acalmar, não podia sempre pensar que algo iria acontecer com ele.

— Estamos no jornal — avisou o rapaz. — Elas acham que fomos para Londres.

— Londres? Por que iríamos à cidade mais populosa da Inglaterra quando você pode se contagiar a qualquer momento?

— Não sei. Houve várias revoltas em algumas cidades por causa dos resultados — continuou ele. — Além disso, elas nos culpam por instigá-las com a nossa fuga. Aparentemente, muitas mulheres nos usam como argumento para sua posição contra a escravidão. Trabalhadoras de sete fábricas estão em greve.

O tom de voz de Callum cresceu com emoção e esperança enquanto lia a notícia. Aquilo era maravilhoso, significava que eles não estavam sozinhos em sua luta e que suas possibilidades se multiplicavam.

— É uma excelente notícia, Callum — falou Amanda. Ela deixou as cenouras na tigela que havia comprado na cidade, lavou as mãos nas águas frias do rio e se ergueu para sorrir para ele.

Callum tinha o jornal aberto nas mãos, mas os olhos fixos no horizonte, perdido nos seus pensamentos sobre o que acabara de ler.

— Temos que ajudá-las. Podemos convencer mais pessoas com a nossa história, mas não sei como fazê-lo sem sermos encontrados — continuou, sem receber uma resposta. Ele nem a olhou. — O que acha? — Ela queria saber sua reação. Amanda conhecia muitas pessoas que se perdiam em seus próprios pensamentos e tinha que repetir as coisas algumas vezes para que reagissem, mas Callum nunca fora uma delas. — Callum? — Sua voz saiu fraca e amedontrada.

— Sim, ama? — respondeu ele, e dessa vez se virou para olhá-la, mas sem nenhuma expressão no rosto.

— Callum? O que está fazendo? — gritou Amanda, com a voz afogada no peito, seu coração descontrolado de medo do que aquela atitude podia significar. — Callum, não tem graça, pare com isso.

Nada. Nem a mínima reação.

Ela pulou sobre ele e olhou em seus olhos.

— Callum, maldito seja! Não tem graça — gritou novamente, sacudindo-o pelos ombros. Seu peito doía como se um vulcão tivesse entrado em erupção, queimando tudo no caminho. — Se essa é uma das suas brincadeiras, vou matar você.

A ameaça parecia fraca, porque tudo o que ela queria era que aquilo fosse uma brincadeira e, assim que ele parasse, o abraçaria com força.

Mas o jovem não respondeu, não fez nada. Ficou lá, quieto, olhando para o rosto dela, mas seu olhar não era mais o mesmo. Estava vazio, quebrado, inexpressivo.

Aquele cigano o havia contagiado.

Callum se fora.

Sem dizer adeus, ele a deixou para sempre.

Continua...